COMO SER AS DUAS COISAS

ALI SMITH

Como ser as duas coisas

Tradução
Caetano W. Galindo

Copyright © 2014 by Ali Smith
Todos os direitos reservados.

Grafia atualizada segundo o Acordo Ortográfico da Língua Portuguesa de 1990, que entrou em vigor no Brasil em 2009.

Título original
How to be both

Capa
Flávia Castanheira

Foto de capa
Travessia, Henrique Oliveira, 2015, acrílica sobre tela, 600 x 340 cm, Houston Airport System, Houston TX-EUA

Preparação
Ana Cecília Agua de Melo

Revisão
Ana Maria Barbosa
Isabel Jorge Cury

Dados Internacionais de Catalogação na Publicação (CIP)
(Câmara Brasileira do Livro, SP, Brasil)

Smith, Ali
    Como ser as duas coisas / Ali Smith ; tradução Caetano W. Galindo. — 1ª ed. — São Paulo : Companhia das Letras, 2016.

    Título original: How to be both.
    ISBN 978-85-359-2794-8

    1. Ficção inglesa I. Título.

16-06310   CDD-823

Índice para catálogo sistemático:
1. Ficção : Literatura inglesa 823

[2016]
Todos os direitos desta edição reservados à
EDITORA SCHWARCZ S.A.
Rua Bandeira Paulista, 702, cj. 32
04532-002 — São Paulo — SP
Telefone: (11) 3707-3500
Fax: (11) 3707-3501
www.companhiadasletras.com.br
www.blogdacompanhia.com.br
facebook.com/companhiadasletras
instagram.com/companhiadasletras
twitter.com/cialetras

Agradecimentos

Os ícones do olho e da câmera foram criados por Francesco del Cossa e Sarah Wood

Obrigada, Daniel Chatto, Polly Dunn, Robert Gleeson, Jamie Mckendrick, Cathy Moore, Sarah Pickstone, Matthew Reynolds, Kadya Wittenberg e Libbi Wittenberg

Um agradecimento gigante e especial para Kate Thomson

Obrigada, Andrew e Tracy e todo mundo da Wylie's

Obrigada, Simon, e obrigada, Anna

Obrigada, Xandra

Obrigada, Mary

Obrigada, Emma

Obrigada, Sarah

*Para Frances Arthur
e a todos que a fizeram,*

*para manter em mente
Sheila Hamilton,
obra de arte ambulante,*

*e para Sarah Wood,
artista.*

Et ricordare suplicando a quella che io sonto francescho del
cossa il quale a sollo fatto quili tri canpi verso lanticamera :

Francesco del Cossa

A verde alma que busca
vida lá onde apenas
arde o incêndio, a desolação
a centelha que diz
tudo brota quando tudo parece
carbonizar-se

Eugenio Montale
[tradução de Mauricio Santana Dias]

J'ai rêvé que sur un grand mur blanc
je lisais mon testament

Sylvie Vartan

Embora o vivo esteja sujeito à ruína do tempo, o processo de
decadência é ao mesmo tempo um processo de cristalização,
que nas profundezas do mar, onde afunda e se dissolve
aquilo que outrora era vivo, algumas coisas "sofrem uma
transformação marinha" e sobrevivem em novas formas
e contornos cristalizados que se mantêm imunes aos
elementos, como se apenas esperassem o pescador de pérolas
que um dia descerá até elas e as trará ao mundo dos vivos —

Hannah Arendt
[tradução de Denise Bottmann]

Tal qual uma personagem de romance, desaparece de
repente, sem deixar nenhum vestígio.

Giorgio Bassani

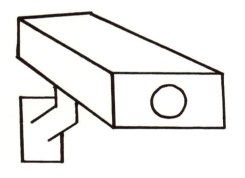

UM

Considere esse dilema moral um minutinho, a mãe de George diz a George, que está no banco do passageiro.

Diz, não. Disse.

A mãe de George está morta.

Que dilema moral? George diz.

O banco do passageiro do carro alugado é esquisito, por estar do lado em que o banco do motorista fica lá nas nossas bandas. Deve ser meio parecido com dirigir, só que sem, tipo, dirigir de verdade.

Beleza. Você é artista, a mãe diz.

Ah, é? George diz. Desde quando? E isso lá é um dilema moral?

Haha, a mãe diz. Me dá uma mão aqui. Só imagine. Você é artista.

Essa conversa está acontecendo em maio passado, quando a mãe de George ainda está viva, óbvio. Ela está morta desde setembro. Agora é janeiro, mais precisamente acaba de passar da meia-noite do Primeiro de Janeiro, o que significa que acabou de passar a ser o ano seguinte ao ano da morte da mãe de George. O pai de George não está. É melhor do que ele ficar em casa, parado choraminguento na cozinha ou andando de um lado pro outro, ligando e desligando as coisas. Henry está dormindo. Ela acabou de entrar pra dar uma olhada nele; ele estava morto de sono, se bem que não morto como a palavra morto quer dizer quando quer dizer, tipo, morto.

Este vai ser o primeiro ano em que a mãe dela não vai estar viva desde o ano que a mãe dela nasceu. Isso é tão óbvio que chega a ser imbecil até pensar e mesmo assim é tão terrível que não dá pra não pensar. As duas coisas ao mesmo tempo.

Enfim. George está passando os primeiros minutos do Ano-Novo olhando a letra de uma música antiga. A letra do Kal Mann é bem ruinzinha. *Let's twist again like we did last summer. Let's twist again like we did last year.* Aí tem uma rima horrorosa, uma rima que, a bem da verdade, nem é rima.

Do you remember when
Things were really hummin'.

Hummin' nem rima com *summer*, o verso não termina com ponto de interrogação, e será que a ideia era dizer, literalmente, *você lembra quando tudo corria a toda?*

Aí *Let's twist again, twisting time is here.* Ou, como dizem todos os sites, *twistin' time.*

Pelo menos eles usaram um apóstrofo, a George de antes de a mãe morrer diz.

Eu estou cagando se algum site da internet liga pra grafia certinha das coisas, a George de depois diz.

Esse negócio de antes e depois é coisa do luto, é o que todo mundo fica dizendo. Ficam falando que a dor tem estágios. Tem lá uma discórdia sobre quantos estágios. São três, ou cinco, ou tem gente que diz até sete.

Parece mesmo que a criatura que escreveu essa música nem se deu ao trabalho de pensar na letra. De repente a pessoa que escreveu a música estava num dos três, cinco ou sete estágios do luto também. Nono estágio (ou vigésimo terceiro ou centésimo vigésimo terceiro ou ad infinitum, porque nada jamais vai não ser assim): nesse estágio você não vai mais dar bola se as músicas querem dizer algo. No fundo você vai detestar quase todas as músicas.

Mas George tem que achar uma música que dê pra fazer aquela dancinha.

O fato de essa parecer tão contraditória e sem-sentido certamente é um bônus. Deve ter sido bem por causa disso que ela vendeu tanto e foi tão importante na época. As pessoas curtem que as coisas não façam muito sentido.

Beleza, eu estou imaginando isso tudo, a George no banco do passageiro em maio na Itália diz exatamente ao mesmo tempo que a George que está em casa na Inglaterra no mês de janeiro seguinte encara o sem-sentido da letra de uma música antiga. Do outro lado do vidro do carro a Itália se desfralda à volta e por cima deles tão quente e amarela que parece que foi jateada com areia. Lá atrás Henry funga de leve, olhos fechados, boca aberta. A tira do cinto de segurança passa pela testa dele, de tão pequeno que ele é.

Você é artista, a mãe diz, e está trabalhando num projeto com vários outros artistas. E todo mundo no projeto está recebendo a mesma coisa, em termos de salário. Mas *você* acha que o que *você* está fazendo vale mais do que o que os outros que estão no projeto, inclusive você, estão recebendo. Aí você escreve uma carta pro sujeito que encomendou a obra e pede pra ele te dar mais dinheiro do que está dando pros outros.

E eu tenho mais valor? George diz. Por acaso eu sou melhor que os outros artistas?

E faz diferença? a mãe diz. É isso que faz diferença?

Sou eu ou é o trabalho que vale mais? George diz.

Muito bem. Continue, a mãe diz.

Isso é real? É só hipotético?

E faz diferença? a mãe diz.

Isso já tem resposta na realidade mas você está me testando com o conceito da coisa apesar de já estar careca de saber o que você mesma acha do assunto? George diz.

Pode ser, a mãe diz. Mas eu não estou interessada no que eu acho. Eu estou interessada no que você acha.

Normalmente você não se interessa por lhufas do que eu acho, George diz.

Você foi tão adolescente agora, George, a mãe diz.

Eu *sou* adolescente, George diz.

Então, tá. Está explicado, a mãe diz.

Vem um minúsculo silêncio, ainda tudo em ordem, mas se não ceder um pouquinho e bem rápido, George sabe que sua mãe, que anda nervosa, imprevisível e com cara de sofrimento há semanas porque rolou algum problema no paraíso particular conhecido para os leigos como a amizade dela com aquela tal de Lisa Goliard, vai ficar distante assim de cara e aí nitidamente chateada e áspera.

Isso é agora ou no passado? George diz. É uma artista ou um artista?

E alguma dessas coisas fazem diferença? a mãe diz.

Faz diferença, George diz. O verbo concorda com alguma.

Mea maxima, a mãe diz.

Eu só não entendo por que você nunca vai até o fim, tipo nunca, George diz. E isso não quer dizer o que você acha que diz. Se você fala sem a palavra culpa só quer dizer *eu sou a mais*, ou *eu sou o máximo*, ou *a mim pertencem as maiores coisas*, ou *minha mais*.

É verdade, a mãe diz. Eu sou a mais máxima. Mas a mais máxima o quê?

Passado ou presente? George diz. Homem ou mulher? Não pode ser as duas coisas. Tem que ser ou uma ou outra.

Quem foi que disse? Tem que ser por quê? a mãe diz.

AFFE, George diz alto demais.

Não faz isso, a mãe diz espiando no banco de trás. A não ser que você queira que ele acorde, e aí você é que vai ficar responsável pelo entretenimento a bordo.

Eu. Não. Posso. Responder. A. Sua. Questão. Moral. A. Não. Ser. Que. Eu. Saiba. Mais. Detalhes, George diz sotto voce, que, em italiano, apesar de George não falar italiano, literalmente quer dizer debaixo da voz.

E a moral precisa de detalhes? a mãe sussurra de volta.

Jesus, George diz.

E a moral precisa de Jesus? a mãe diz.

Conversar com você, George diz ainda debaixo da voz, é que nem conversar com uma parede.

Ah, muito bem, menina, muito bem, a mãe diz.

E como é que isso está muito bem? George diz.

Porque essa arte, esse artista e o dilema de que a gente está falando são super-relacionados com paredes, a mãe diz. E é aonde eu estou te levando.

Opa, George diz. Me colocando contra a parede.

A mãe solta uma risada alta, de verdade, tão alta que depois as duas se viram pra ver se Henry vai acordar, mas ele não acorda. Esse tipo de risada, da mãe, agora é tão raro que é quase normal. George fica tão satisfeita que se sente corar.

E o que você acabou de dizer está gramaticalmente incorreto, ela diz.

Não está não, a mãe diz.

Está sim, George diz. A gramática é um conjunto finito de regras e você acabou de violar uma delas.

Eu não assino embaixo dessa crença, a mãe diz.

Eu não acho que a linguagem seja questão de crença, George diz.

Eu assino embaixo da crença, a mãe diz, de que a língua é um organismo vivo e mutável.

Acho que essa crença não vai garantir sua entrada no paraíso, George diz.

A mãe ri de verdade mais uma vez.

Não, olha só, um organismo, a mãe diz —

(e na cabeça de George aparece a capa de um livro antigo chamado *Como atingir um orgasmo de qualidade*, que a mãe dela deixa numa das mesinhas de cabeceira, uma coisa que vinha de bem antes de George nascer, daquela época da vida em que a mãe dela era, segundo a própria, jovem e tranquila à sombra das macieiras)

— que segue suas próprias regras e altera essas regras como quiser e o sentido do que eu disse é totalmente claro e portanto a gramática daquela frase é totalmente aceitável, a mãe diz.

(*Como atingir um organismo de qualidade.*)

Bom. Gramaticalmente deselegante então, George diz.

Aposto que você nem lembra o que foi que eu disse pra começo de conversa, a mãe diz.

Aonde eu estou te levando, George diz.

A mãe tira as duas mãos do volante se fingindo desesperada.

Como é que eu, a mais máxima não pedante de todas as máximas não pedantes do mundo, acabei pondo no mundo uma pedante dessas? E como é que eu não tive a presença de espírito de afogar essa coisa quando nasceu?

O dilema moral é *esse*? George diz.

Considere, só um minutinho, tá, a mãe diz.

Não, não diz.

A mãe não diz.

A mãe disse.

Porque se as coisas acontecessem mesmo simultaneamente ia ser que nem ler um livro em que todas as linhas foram impressas uma vez a mais, como se cada página na verdade fosse duas páginas mas com uma em cima da outra pra deixar tudo ilegível. Porque agora é Ano-Novo e não maio, e é a Inglaterra e não a Itália, e está chovendo a cântaros lá fora e apesar de a chuva cair com força (a toda) ainda dá pra você ouvir aqueles fogos de artifício idiotas que as pessoas compraram pro Ano-Novo disparando aqui e ali como uma guerra em miniatura, porque as pessoas estão lá na chuva torrencial, com chuva martelando seus copinhos de champanhe, rostos virados pro alto pra ver seus próprios fogos (tristemente) inadequados se iluminando e apagando.

O quarto de George fica meio no sótão da casa e depois que eles refizeram o telhado no verão do ano passado ele tem uma goteira lá na empena do fundo. Entra um riachinho de água toda vez que chove, está entrando agora mesmo, *feliz Ano-Novo, George! Feliz Ano-Novo pra você também, chuva,* e escorre numa linha de contas que vai direto ao ponto onde o gesso encontra a parede e aí pinga nos livros empilhados em cima da estante. Nessas semanas em que isso vem acontecendo os pôsteres começaram a descascar da parede porque a fita adesiva não gruda mais em alguns lugares. Embaixo deles um conjunto de manchas castanhas, claras, como o mapa da rede de raízes de uma árvore, ou um conjunto de estradinhas do interior, ou um bolor ampliado mil vezes, ou as veias que ficam visíveis na parte branca do seu olho quando você está cansada — não, não é como essas coisas, porque pensar essas coisas é só uma brincadeira idiota. A umidade está entrando e manchando a parede, e pronto.

George não falou disso com o pai. As vigas do teto vão apodrecer e aí o teto vai desabar. Ela acorda com o peito chiando e o nariz entupido toda vez que chove, mas quando o teto desmoronar toda essa dificuldade de respirar vai ter valido a pena.

O pai dela nunca entra no quarto. Ele não tem ideia do que está acontecendo. Com um mínimo de sorte só vai descobrir quando já for tarde demais.

Já é tarde demais.

A perfeita ironia da coisa toda é que neste momento o emprego do pai dela é numa empresa que faz telhados. O trabalho dele envolve entrar na casa dos outros com uma camerazinha rotatória que tem uma luz grudada e que ele prende na ponta daquelas varas que normalmente as pessoas usam pra limpar chaminés. Ele conecta a câmera à telinha portátil e enfia lá dentro da chaminé. Aí quem quiser saber, e tiver 120 libras de sobra, pode ver a parte de dentro da sua chaminé. Se a pessoa que quiser saber tiver mais 150 libras, o pai dela pode gerar um arquivo com a gravação das imagens pra que ele ou ela possam olhar a parte de dentro da chaminé quando ele ou ela quiserem.

Eles. Todo mundo diz eles. Por que George não consegue? Quando eles quiserem.

Enfim, o quarto de George, com o tempo, com certa dose de clima ruim e com a devida desatenção, vai se abrir pro céu, pra toda essa chuva caindo numa quantidade que as pessoas na TV ficam chamando de bíblica. O noticiário da TV vem listando os pontos de alagamento no país toda santa noite desde antes do Natal (apesar de não ter havido alagamentos aqui, diz o pai dela, porque o sistema medieval de drenagem continua sendo bom como sempre foi na nossa cidade). O quarto dela vai ficar manchado pela gordura gris e pela borra da terra que a chuva absorveu e levou, a terra que o ar absorve todo dia graças meramente ao fato de que há vida na Terra. Tudo aqui neste quarto vai apodrecer. Ela vai ter o prazer de ver isso acontecer. As tábuas do piso vão se enroscar nas pontas, vão se dobrar, rachar nos pontos pregados e se desgrudar da cola.

Ela vai ficar na cama sem cobertor e as estrelas vão estar direto em cima dela, com nada entre ela e os olhos há muito exauridos das estrelas.

George (para o pai dela) : Você acha que, quando a gente morre, a gente ainda tem lembranças?

O pai de George (para George) : Não.

George (para a sra. Rock, a psicóloga da escola) : (mesmíssima pergunta).

Sra. Rock (para George) : Você acha que a gente vai precisar das lembranças, depois de morrer?

Ah, que inteligente, que inteligente, eles acham que são sempre tão inteligentes, respondendo as perguntas com perguntas. Se bem que no geral a sra. Rock é bem bacana. A sra. Rock é pauleira, como os professores da escola vivem dizendo, como se achassem que são os primeiros que disseram isso na vida, quando sugerem a George que ela devia se consultar com a sra. Rock, *ela é rock 'n' roll, sabe*, coisa que eles dizem depois de limpar a garganta e perguntar a George como ela está, e aí dizem de novo depois de ouvirem que George está se consultando com ela e conseguiu trocar a aula geminada de educação física, toda semana, por uma série de shows. Shows de rock! Eles riem! Eles riem da piadinha de George e aí ficam com cara de constrangidos, porque riram quando deviam ser atenciosos e fazer cara de luto, e será que George pode *mesmo* ter feito uma piada, será que *pode*, já que ela devia estar tão triste e tal?

Como é que você está se sentindo? a sra. Rock disse.

Legal, George disse. Acho que é porque eu acho que não estou.

Você está legal porque acha que não está legal? a sra. Rock disse.

Sentindo, George disse. Eu acho que estou legal porque eu acho que não estou sentindo.

Você não acha que está sentindo? a sra. Rock disse.

Bom, se estou, é assim meio de longe, George disse.

Se você está sentindo, é meio de longe? a sra. Rock disse.

Parece quando você fica ouvindo alguém fazer um furo numa parede, não na sua parede, mas numa parede bem perto de você, George disse. Assim, digamos que você acorde um dia com o barulho de alguém ali na rua que está reformando alguma coisa em casa, e você não escuta só o barulho que ele ou ela está fazendo, você sente que é dentro da sua casa, apesar de a reforma estar acontecendo a várias casas dali.

E está? a sra. Rock disse.

O quê? George disse.

Mmm, a sra. Rock disse.

No caso, nos dois casos, a resposta é sim, George disse. É de longe *e* está incomodando que nem uma reforma. Enfim, eu nem ligo mais pra sintaxe. Então desculpa eu ter incomodado você com aquele último o quê.

A sra. Rock ficou bem confusa.

Ela anotou alguma coisa no seu bloquinho. George ficou vendo ela anotar. A sra. Rock ergueu de novo os olhos para George. George deu de ombros e fechou os olhos.

Porque, George ficou pensando enquanto estava ali de olhos fechados antes do Natal na poltrona deliberadamente confortável do consultório da sra. Rock, como é que pode ser que tenha um anúncio na TV com bananas dançantes e saquinhos de chá dançandinho, e a mãe dela nunca vá ver esse anúncio? Como é que o mundo pode ser tão vulgar? Como é que pode existir aquele anúncio e a mãe dela não existir no mundo?

Só que ela não falou isso em voz alta, porque não tinha por quê.

Não é questão de dizer.

A questão é o buraco que vai se formar no telhado e que vai deixar o frio se intensificar e depois vai fazer a estrutura da casa se reacomodar, como bem devia, e que vai permitir que George fique deitadinha na cama toda noite olhando o céu negro.

É agosto do ano passado. A mãe dela está na mesa da sala de jantar lendo em voz alta coisas da internet.

Os observadores de meteoros estão com sorte hoje, a mãe está dizendo. *Com previsão de céu claro para a chuva de meteoros de Perseida em quase todo o Reino Unido, até sessenta estrelas cadentes poderão ser vistas por hora entre o fim da noite de segunda-feira e o começo da manhã de terça.*

Sessenta estrelas cadentes! Henry diz.

Ele sai correndo em volta da mesa, bem rápido mesmo, fazendo um barulhinho tipo iiiiii.

A apresentadora Sarah Pennock, da meteorologia do Sky News, diz a mãe, *afirmou que a chuva vai diminuir durante a noite, dando a muitos a chance de presenciar o espetáculo astronômico.*

Aí a mãe ri.

Sky news! Notícias do céu, a mãe diz.

Henry. Dor de cabeça. Chega, o pai dela diz.

Ele segura Henry, ergue o menino do chão e o vira de cabeça para baixo.

Iiiiiiiiiii, Henry diz. Eu sou uma estrela, eu estou

cadentando, e me virar de cabeça pra baixo não vai me impediiiiiiiiiiiiir.

É só poluição, George diz.

Você não vai dizer isso quando ver elas caindo tão lindas por cima da sua cabeça, a mãe diz.

Vir, George diz.

Cada meteoro é um grânulo de poeira de cometa que se vaporiza ao entrar na nossa atmosfera a cinquenta e oito quilômetros por segundo, a mãe lê.

Isso não é muito rápido, Henry diz ainda de cabeça para baixo por baixo do pulôver que virou do avesso e caiu por cima da cara dele. Uma *carreta* anda a cinquenta.

Por segundo, não por hora, George diz.

Duzentos e vinte e cinco mil quilômetros por hora, a mãe lê.

Lento pacas, na verdade, Henry diz.

Ele começa a cantarolar palavras.

Cometas e carretas, cometas e carretas.

É bem empolgante, a mãe diz.

Noite mais fria, George diz.

Não seja tão mala, George, a mãe diz.

Ia, George diz porque essa conversa ocorre numa época em que ela começou a insistir que a mãe e o pai, quando fossem citar o nome dela, falassem o nome inteiro.

A mãe ri meio fungado.

O que foi? George diz.

É só que quando você diz isso, bom. Parece que está dizendo uma coisa engraçada de quando eu era nova, a mãe diz. Era o jeito da gente fazer caricatura dos riquinhos. Lembra, Nathan?

Não, o pai dela diz.

Yah, George, yah, a mãe diz fingindo ser uma dondoca do passado.

George pode escolher reagir ou ignorar. Ela escolhe ignorar.

A gente não ia conseguir ver nada mesmo, ela diz. Vai ter poluição luminosa demais.

A gente apaga as luzes, a mãe diz.

Eu não estou falando da nossa luz. Eu estou falando das luzes de Cambridge inteira, George diz.

A gente apaga essas aí também, a mãe diz. *Mais intensa em torno da meia-noite. Beleza. Saquei.* A gente pode todo mundo entrar no carro e se mandar pra fora da cidade, lá pros fundões de Fulbourn e ver de lá, Nathan, o que você acha?

Eu acordo às seis, Carol, o pai dela diz.

O.k., beleza, a mãe diz. Você fica em casa com o Henry pra mim e a George, quer dizer a George yah, pra gente ver tudinho.

Pra Georgia e eu, George diz. E eu não vou.

E com isso então são três George yahs que não vão, a mãe diz. Beleza. Vocês três mais seu pai podem ficar em casa com o Henry e eu vou. Nathan, o rosto dele está ficando bem vermelho, larga o menino.

Não, porque eu *quero* ver as sessenta estrelas, Henry diz ainda de cabeça para baixo. Eu quero ver mais que todo mundo nesta sala aqui.

Diz aqui que pode até ter umas bolas de fogo, a mãe diz.

Eu super quero ver bola de fogo, Henry diz.

É só poluição. E satélites, George diz. Não faz sentido.

Srta. Reclamenta, o pai dela diz sacudindo Henry no ar.

Senhorita não se diz mais, a mãe diz.

Favor perdoar meu chocante ato de incorreção política, o pai dela diz.

Ele fala isso com delicadeza e quer que seja as duas coisas: engraçado e maldoso.

Eu prefiro senhorita mesmo, George diz. Até eu virar, tipo, dra. Reclamenta.

Jovem demais pra saber a importância política de ser chamada de senhora, a mãe diz.

Ela podia estar dizendo isso para George ou para o pai dela. O pai dela é dez anos mais novo que a mãe, o que significa, a mãe gosta de dizer, que eles foram formados por contextos políticos muito diferentes, sendo que a principal diferença era uma infância sob Thatcher versus um fim de adolescência sob Thatcher.

(Thatcher foi a primeira-ministra que em algum momento depois do Churchill e bem antes de George nascer, segundo uma das mais bem-sucedidas Subversões da mãe dela, deu à luz um bebê Blair, alguém que George realmente lembra de ser primeiro-ministro quando ela era bem pequena, ele de fraldinha e coisa e tal mas totalmente maduro e, fora a fralda, nu, em cima de uma ogiva (não do tipo arquitetônico, do tipo de míssil mesmo) com as bochechas infladonas da Thatcher soprando o cabelinho dele e o bebê Blair com uma mão em cima da virilha e a outra toda recatada no peito e a legenda embaixo : A *nazi-mente que vê-nos*. Aquela Subversão, George lembra, estava em toda parte. Era engraçado ver aquilo em todos os jornais, e on-line, e saber e não poder dizer a ninguém que foi a mãe dela quem apertou o botão que fez aquilo ir para o mundo.)

O que a diferença de idade entre os pais dela significa em termos reais é que eles já se separaram duas vezes, apesar de até agora terem voltado duas vezes.

E eu imagino que os tempos em que você era ao menos gentil comigo no que se refere ao feminismo já passaram, mas nem vou reclamar, já que não vai fazer diferença e já que a história do feminismo ensina a gente a não esperar grandes gentilezas mesmo, e quando você estiver largando essa criança aí, tente não largar de cabeça pra baixo com força pra não quebrar o pescoço, a mãe diz sem tirar os olhos da tela. E George. Ou seja lá qual for seu nome. Se você deixar de ver isso aqui comigo você vai se arrepender pelo resto da sua vida. Não vou, George diz. Diz, não. Disse.

Teve um obituário no *Independent*, porque apesar de a mãe de George não ser famosa como as pessoas que ganham obituário normalmente são, e apesar de ela nem ter mais a cátedra na universidade, ainda tinha um emprego bem importante num instituto e de vez em quando publicava uns artigos de opinião no *Guardian* ou no *Telegraph* e às vezes até nos jornais americanos, nas edições europeias, e muito mais gente ficou sabendo quem ela era depois que os jornais revelaram a coisa da guerrilha de internet. *Dra. Carol Martineau, Economista, Jornalista, Ativista de ciberguerrilha, 19 de novembro de 1962 — 10 de setembro de 2013, aos cinquenta anos de idade.* Diz, no primeiro parágrafo, *uma mulher dos tempos do Renascimento.* Diz *infância nas Cairngorms escocesas educação Edimburgo Bristol Londres.* Diz *artigos e palestras ideologia discrepâncias salariais desvios salariais consequências ideológicas e literais aumento da pobreza no Reino Unido.* Diz *tese reconhecida pelo* FMI *desigualdade e lentidão do crescimento e da estabilização.* Menciona o seu tema mais odiado, *interesse do Executivo de manter a mão de obra assalariada mal paga.* Diz *descoberta três anos atrás de que Martineau era membro do influente grupo anônimo do movimento artístico on-line das Subversões milhares de fãs e imitadores.*

Diz *trágica reação alérgica inesperada a um antibiótico comum.*

A última coisa que diz é *deixa*. Isso quer dizer morreu. *Deixa o marido, Nathan Cook, e dois filhos.*

Isso tudo quer dizer morreu.

Isso tudo quer dizer que a mãe de George sumiu da, ou na verdade sumiu para dentro da, face da Terra.

Todo dia antes do trabalho a mãe de George, quando estava viva (porque ela não pode exatamente fazer essas coisas agora, por estar, tipo, morta), fazia uma série de exercícios e de alongamentos para se manter em forma. No fim dos exercícios ela sempre dava uma dançadinha na sala de estar, pelo tempo de uma música da playlist do telefone.

Tinha começado com isso uns dois anos antes. Todo dia ela encarava o sarro de todo mundo por ficar fazendo seus passinhos no meio dos móveis, com aqueles fones maiores que as orelhas.

Todo santo dia, George decidiu, desde o primeiro dia até o fim deste primeiro ano em que a mãe dela não vai estar viva, ela vai não apenas usar algo preto em alguma parte do corpo mas ainda fazer a dancinha anos 1960 em homenagem a ela. Isso só é problemático na medida em que George vai ter que ouvir as músicas enquanto dança, e ouvir músicas é uma das coisas que ela não consegue mais fazer sem gerar um tipo de tristeza que chega a doer no peito.

O telefone da mãe de George é uma das coisas que desapareceram no pânico que se seguiu. Ele não apareceu, apesar de a casa ainda estar cheia de todas as outras coisas dela exatamente onde ela deixou. Ela devia estar com o telefone. Ele sumiu entre a estação de trem e o hospital. O número foi cancelado, presumivelmente pelo pai dela. Se você ligar agora a mensagem que vai ouvir é a voz gravada que diz que esse número não está mais ativo.

George acha que o telefone da mãe deve ter sido levado por alguém de um serviço de espionagem.

O pai de George : George, eu te disse. Eu não quero mais saber dessas suas bobagens paranoicas.

A sra. Rock : Então você acha que o telefone da sua mãe foi levado por alguém que trabalha para um serviço de espionagem? Todas as playlists da mãe estavam no telefone. A mãe era atipicamente reservada quanto ao telefone. George só deu uma espiadinha nele uma ou duas vezes (e nas duas vezes se sentiu mal por fazer isso, por motivos diferentes). Ela nem chegou a olhar as playlists. Só deu uma olhada nos e-mails e nas mensagens. Ela nunca pensou em olhar as músicas. Eram as músicas da mãe. Claro que ia ser porcaria. Agora ela não tem ideia e nunca vai saber que música ou que músicas a mãe ouvia todo dia pra fazer a dancinha, ou no trem, ou andando pela rua.

Mas a dança que a mãe fazia era sempre aquela dança antiga anos 1960, que tem instruções específicas on-line e até várias músicas específicas.

Existe uma filmagem de super-8 que a mãe mandou digitalizar, com ela pequenininha lá perto de 1965 fazendo aquela dancinha com a mãe dela, a avó de George. George tem o vídeo no laptop e no telefone.

É uma avó que morreu bem antes do tempo de George, apesar de George ter visto umas fotos antigas. Ela parece uma pessoa de outro tempo. Bom, e é mesmo. É uma mulher muito jovem, com cara de séria mas bonita, uma desconhecida com cabelos escuros empilhados na cabeça. O filme é todo tremido e cheio de sombras na borda de cima, que é onde tende a estar o rosto da avó porque o filme na verdade é da mãe de George, que é bem menor ali do que Henry é agora. Ela deve ter coisa de uns três aninhos. Está usando um cardigã tricotado de lã cor-de-rosa. É a coisa mais colorida do filminho. George consegue até ver o detalhe, se pausar o filme, dos botões que parecem dentes caninos na frente da blusa, bem pretos, e por trás dessa criança que é a mãe dela tem uma tela de televisão com umas perninhas compridas e diagonais, daquele tipo de quando a tela das televisões era inflada que nem a barriga de algum obeso de meia-idade.

A mãe de George, junto das pernas com meias finas da sua própria mãe, se contorce de um lado para o outro em silêncio, com uns bracinhos que são só cotovelo. Ela está com uma cara séria e grave, mas também está sorrindo; já naquela época a boca, quando ela sorria, era aquela mesma linha reta e parece que ela já estava, mesmo tão novinha, sendo educada mas firme quanto ao fato de que precisava se concentrar. No filme ela está precisando *mesmo* se concentrar porque é tão pequenininha e a blusa é tão grossa, tão maior e mais pesada do que ela que ela fica parecendo um bonequinho de neve cor-de-rosa, como se estivesse condenada a acabar tombando de lado. A coisa toda de alguma maneira combina com o fato de ela estar equilibrando toda a sua pessoinha, com sua integridade, sua densidade e sua pequenidade, contra algo que parece que está para acontecer e que, se acontecer mesmo, vai pôr fim à dança. Mas nunca chega a acontecer porque logo antes de o filme passar a mostrar uns cisnes e uns botes num laguinho de algum lugar da Escócia a dancinha acaba, a mãe dela (criança) ergue exultante os bracinhos e a senhora de cabelo empilhado (a avó de George) abaixa os seus, pega a criança e a ergue para a parte tremida, saindo do enquadramento.

A parte da dança dura quarenta e oito segundos no laptop de George.

Trismo. Tísica. Pólio. Pulmão. São algumas das palavras de que a mãe de George tinha medo quando era pequena. (George um dia perguntou.)

Tell Laura I Love Her. É um dos discos que a mãe dela adorava quando era pequena. *One Little Robin In a Cherry Tree.* Ouvir esses discos, primeiro com aquele chiadinho da agulha e aí a eclosão daquelas melodias bregas, é tipo poder viver o passado tipo ter entrado de verdade naquele tempo e ali ser um lugar completamente diferente, totalmente novo pra você, onde as pessoas cantam mesmo esse tipo de música, um passado tão distante de você que é um tipo de baque. O baque do novo e do velho, as duas coisas ao mesmo tempo, a mãe diz.

Dizia.

Um dia, de tardinha, o pai de George traz pra casa o toca--discos novo e quando finalmente consegue dar um jeito de ligar aquilo no aparelho de CD eles vão pegar os discos velhos lá debaixo da escada.

Um rapaz chamado Tommy ama uma moça chamada Laura. Ele quer lhe dar "tudo" (isso por si só já é engraçado, aparentemente, pelo tanto que os pais dela riem, apesar de isso ser quando George ainda é nova demais pra entender o motivo). Flores. Presentes. Mas acima de tudo uma aliança. Mas ele não tem dinheiro, aí se inscreve numa corrida de stock car porque o prêmio é de mil dólares (imbecil, George diz, é, infelizmente acho que você tem razão, a mãe diz, romântica, o pai dela diz, e Henry é pequeno demais naquele momento pra dizer alguma coisa). Tommy liga para a casa de Laura. Mas Laura não está. Então ele acaba pedindo pra mãe dela dizer pra Laura que ele a ama, que ele precisa dela, que ele não demora, ele tem que fazer uma coisa que não pode esperar (aiaiai, a mãe diz, já parece trágico porque está a um passo. É? George diz. Como assim um passo? Romântica, o pai dela diz. No fim a tecnologia só faz isso mesmo, a mãe diz. Só consegue sublinhar o metafísico. O que é metafísico? George diz. Uma palavra complicada demais pra essa música, o pai dela diz). Aí o carro de Tommy capota e pega fogo. E quando arrancam ele das ferragens contorcidas as últimas palavras que eles ouvem são: digam para a Laura que eu a amo. Digam para ela não chorar. Que o meu amor não morre jamais. Ela e a mãe e o pai dela rolando de rir no tapete. Por que é que você foi me guardar esse disco? George pergunta para a mãe. É horroroso.

Eu não sabia até agora, mas é óbvio que eu estava guardando o disco exatamente pra gente acabar ouvindo hoje, a mãe diz e eles rolam de rir de novo.

Pensar naquele hoje daquele tempo neste novo hoje de agora, esteja ela no estágio do luto em que estiver, não faz George se sentir triste, nem sentir nada em particular.

Mas na dúvida se o disco pode servir praquilo da dancinha, ela desceu logo antes de acontecer o Ano-Novo, mas depois que o pai dela tinha saído pra ele não sofrer por ouvir aquilo, e encontrou o disco na pilha de disquinhos menores ao lado do toca-discos (tem um nome, esses disquinhos menores, mas ela não consegue lembrar).

Ela ligou quase sem volume. Colocou o disco. Estava meio torto, então as guitarras da introdução soavam meio nauseadas, como se o disco estivesse com enjoo, apesar de George estar se sentindo bem, ou, na verdade, não estar sentindo nada.

Só que definitivamente não servia, porque era lento demais.

A dança de todo dia da mãe precisava de uma batida animada.

À meia-noite em todos os outros anos-novos a mãe dela normalmente pegava um papel bem bom mesmo, daquele tipo que tem pétalas de flores de verdade na textura, e dava dois pedacinhos pra ela e dois pro pai dela. Aí cada um (menos o Henry, dormindo, o que era importante, já que tinha fogo nessa história) escrevia os seus desejos e esperanças para o Ano-Novo num dos papeizinhos e no outro as coisas que mais tinham odiado no ano velho. Aí — com muito cuidado pra não misturar os pedacinhos — cada pessoa ia pra frente da pia, acendia um fósforo, encostava a chama num canto do pedacinho de papel que tinha todas as coisas de que ele ou ela não gostou, e ficava vendo queimar. Aí quando você não conseguia mais segurar sem se machucar você deixava cair com cuidado na pia (essa coisa de largar aquilo era o sentido todo do ritual, a mãe sempre dizia) onde, quando terminava de queimar, você podia enxaguar as cinzas.

Neste ano George não tem desejos e esperanças.

Em vez disso o pedacinho de papel diante dela está vazio, a não ser pelas palavras AGENDA PARA OS ÚLTIMOS DIAS DAS FÉRIAS DE FIM DE ANO. Num lado ela escreveu números, que representavam as horas do dia. Junto das 9:30 ela escreveu DANCINHA.

É esse o sentido de ela sair procurando músicas, poder estar pronta pra começar assim que acabar o café da manhã do dia seguinte (hoje).

Algum tempo antes, George entra no escritório da mãe e fica andando por ali fuçando nas coisas que estão em cima dos livros nas estantes. A mãe dela ainda não está morta. A mãe está ali trabalhando. Tem pilhas de papel por toda a parte.

George, a mãe diz sem virar a cabeça.

O que é que você está fazendo? George diz.

Você não tem tarefa da escola? a mãe diz.

O que você está fazendo é perguntar se eu tenho tarefa? George diz.

George, a mãe diz. Não mexa em nada, pare de encostar nas coisas e vá cuidar das suas coisas.

George se aproxima e fica parada ao lado da mesa. Ela senta na cadeira ao lado da poltrona da mãe.

Eu estou meio entediada, ela diz.

Eu também, a mãe diz. Isto aqui é estatística. Eu tenho que me concentrar.

A boca da mãe está como um risco fininho.

Por que é que você guarda isto aqui? George diz pegando o potinho cheio de restos de lápis apontados.

O pote originalmente era de minialcaparras de Santorini, é o que diz o que restou do rótulo. Pelo vidro dá pra ver as madeiras diferentes dos lápis diferentes que a mãe andou usando. Uma camada é marrom-escura. Uma camada é de um ouro-claro. Dá pra ver as linhas de tinta, minizigue-zagues de cor que ganharam a forma das bordas daquelas conchas de vieira por causa das contorções do lápis no apontador.

Um lápis, ela consegue ver, era vermelho e preto (listrado?). Um era azul marmorizado. Um era verde, um verde forte bem bonito. George pega uma lasquinha de borda azul. Parece um pouco uma mariposa de madeira. Ela a enrosca no dedo. É delicada e se desfaz assim que ela a contorce.

Guardo o quê? a mãe diz.

George estende as aparas de lápis.

Me aponta um sentido pra isso? ela diz.

Aponta. Haha! a mãe diz. Engraçadinha.

Por que é que você não faz isso em cima do lixo que nem uma pessoa normal? George diz.

Bom, a mãe diz empurrando a cadeira para trás. Parece uma coisa triste simplesmente jogar tudo fora, eu não gosto. Só quando eu tiver acabado o trabalho em que eu estava usando os lápis.

Meio patético, George diz.

É, acho que é mesmo, a mãe diz. Literalmente. Acho que é porque eles são a prova de alguma coisa. Hummm. Mas prova de quê?

George revira os olhos.

Prova de que um dia você apontou uns lápis, George diz.

Posso pegar o dicionário emprestado um minuto?

Use o seu, a mãe diz. Se manda. Fecha a porta quando sair, sua pestinha irritante, coisinha mais difícil.

Ela puxa de novo a cadeira para perto da mesa e clica em alguma coisa. George não sai imediatamente. Fica atrás da mãe, tira o dicionário grande da prateleira e o abre apoiado na parede.

Plonk piazza pêle-mêle pasta pastiche pataca patético ver páthos. O que gera compaixão. Patético. Que provoca sentimento de pena, compaixão ou dor. Lamentavelmente inadequado. (Interessante: inadequado *e* lamentável.) Desprezível. Derrisório. Referente ao músculo superior oblíquo, que vira o globo ocular para cima, e ao nervo troclear que se liga a ele (*anat*).

Só quando George sai da sala e fecha a porta que ela entende o que ela mesma disse e por que foi tão engraçado.

Apontar lápis. Apontar um sentido. Haha!

Ela pensa em voltar e dizer.

Saquei!

Mas sabe que é melhor não, então não.

(Mais um apontamento, George pensa agora, na manhã do Ano-Novo.)

AGENDA PARA OS ÚLTIMOS DIAS DAS FÉRIAS DE FIM DE ANO.

Embaixo de DANCINHA ao lado das dez horas da manhã ela escreve a palavra JARDIM.

Essa palavra, jardim, aqui significa mais do que um simples jardim, porque há algum tempo (antes de setembro) George ficou de saco cheio de todo mundo na escola o tempo todo falando da pornografia que tinha visto na internet. Era como ser virgem duas vezes, nunca ter visto. Então ela decidiu assistir um pouquinho e ver o que achava. Mas ela não queria que Henry visse porque ele só tem oito aninhos, bom, ele era mais novo ainda, só tinha sete naquela época. Isso não é preconceito da parte dela. Ele vai sacar sozinho e decidir sozinho quando tiver idade. Quer dizer, isso se ele tiver a chance de esperar todo esse tempo, já que as crianças veem essas coisas na maior tranquilidade no parquinho das escolas primárias também.

Ela saiu com o iPad e ficou sentada no que restava da pérgola, onde podia ver qualquer pessoa (especialmente Henry) que viesse na direção dela, se fosse o caso, e clicou nas primeiras imagens que apareceram, e foi meio interessante, bem incrível na verdade o monte de coisas que ela viu, e ela começou a ficar contente de ter decidido ir sentar lá no jardim longe da casa.

De início foi interessante. Foi bem elucidativo.

Aí foi ficando tedioso e repetitivo bem rapidinho.

Depois disso, ela começou a se interessar, por outro lado, em quantos daqueles roteiros tinham que ter ou pelo menos fingir que tinham histórias. Tinha um com uma loira de uns vinte anos de idade, que estava só de salto alto e com as mãos atadas por uma mulher muito mais velha com um vestido de festa decotado e bem elegante. A mulher mais velha ergueu o queixo da loira, pegou um conta-gotas e colocou alguma coisa nos dois olhos da mulher. Aparentemente isso agora deixou a loira cega. A mais velha levou a loira pra uma sala que parecia um pouco uma academia de ginástica se a academia fosse pintada de preto e tivesse correntes penduradas nas barras presas à parede; e também mais ou menos que nem numa academia tinha umas máquinas e tudo quanto era tipo de aparelho no salão, além de um semicírculo de homens e mulheres com as mesmas roupas de festa da mulher mais velha, como se todos tivessem saído pra um evento formal em algum lugar. A mulher mais nova não sabia de nada disso. Ela não estava enxergando nada por causa das gotinhas. Pelo menos era essa a história. Nesse momento o filme avançava um pouco pra várias cenas curtas que mostravam momentos bem radicais do que estava prestes a acontecer com a cega, que você só podia ver inteiros se pagasse.

Ela estava enxergando? Estava cega de verdade? George ficou intrigada. Aquilo era de verdade? Ou a mulher estava só atuando? E se estava cega, se tinha sido cegada pela coisa que a mulher mais velha colocou nos olhos dela, quanto tempo ia levar pra ela poder enxergar de novo? Ou será que ela nunca mais ia enxergar? Talvez ela estivesse em algum ponto do mundo neste exato momento ainda andando às cegas. Talvez eles tenham dito que aquilo passaria, e nunca passou, ou só em parte. Talvez alguma coisa naquelas gotinhas tenha mudado de alguma forma o jeito de ela enxergar. Ou talvez ela estivesse vendo bem, por outro ponto de vista.

Vendo por outro ponto de vista! Redundância. Haha.

Aí veio um filme em que uma mulher bem velha mesmo, com coisa de trinta anos, estava deitada de costas e sendo comida por uma quantidade enorme de homens, um de cada vez e um logo depois do outro, quase todos eles com umas máscaras que nem as que os assassinos usam nos filmes de suspense na TV. Um número sempre aparecia na tela cada vez que outro começava. 7!! 8!! 9!! Aí os números avançam de 13!! 14!! pra 34!! 35!! 36!! Eram supostamente quarenta caras no total. A coisa toda teria durado exatamente quarenta minutos, é o que o relógio ali na tela ficava mostrando, apesar de o filme durar uns cinco. Era só uma mulher, de costas no que parecia uma mesinha de centro, o que não podia ser uma posição confortável. Ela estava de olhos fechados, tinha meio que uma cor vermelha no corpo todo, e também parecia que alguém tinha borrado ou melecado a lente, como se estivesse embaçada. No fim do filme as palavrinhas na tela anunciavam que depois dessa filmagem *minha esposa* ficou *grávida*. Aí três pontos de exclamação. *!!!*

Por que quarenta? George ficou sentada pensando no jardim com as flores todas fazendo que sim com a cabeça ao lado dela e a sombra de uma ou outra borboleta de passagem chamando os olhos dela pra longe do iPad. Será que porque quarenta é um número que parece querer dizer um monte, um número mágico como nos quarenta dias e quarenta noites, quarenta anos no deserto, quarenta ladrões? Abre-te, sésamo! Haha. Não, essa foi meio podre. E será que a mulher da mesinha era mesmo a esposa da pessoa que fez o filme? E será que ela ficou grávida mesmo, depois? Tinha alguma coisa meio interessante naquilo, como ficar olhando uma abelha rainha trabalhar na colmeia. Mas por que tantos dos homens estavam com aquelas máscaras? Será que deixava a coisa mais excitante? Pra quem? Ou talvez eles não quisessem que suas esposas, ou as pessoas no trabalho quando eles fossem fazer alguma entrevista de seleção, digamos, depois que eles participaram daquele filme, soubessem a identidade deles.

Aí numa tarde George clicou num determinado filme que fez ela jurar a si própria que ia ver esse mesmo filme (ou um pedaço dele, já que era bem compridinho) uma vez por dia pelo resto da vida.

Tinha uma menina no filme que devia ter dezesseis anos porque precisava ser maior de idade mas parecia bem mais nova que George. Ela parecia ter uns doze. Tinha um homem que parecia ter uns quarenta. Quando beijava a menina ele quase engolia a cara dela inteira. Eles ficavam num cômodo com jeito de tenda um tempão fazendo coisas e as dimensões reduzidas e conformadas da menina além do evidente desconforto que ela sentia e de como ela parecia estar ali e ausente, as duas coisas ao mesmo tempo, como se estivesse drogada, como se tivesse recebido alguma coisa pra fazer ela sentir as coisas em câmera mais lenta do que elas estavam acontecendo de verdade com ela, tinham alterado alguma coisa nas estruturas do cérebro e do coração de George e certamente dos olhos dela, e depois quando George tentava assistir mais desses tipos de filmes sexuais a menina estava ali esperando no fundo de todos eles.

Mais. George descobriu que a menina estava ali também, pálida e sofrida de olhos fechados e com aquele o aberto da boca, por baixo da superfície do próximo programa de TV que ela começou a ver.

Estava lá por baixo dos vídeos no YouTube, do Vampire Weekend e do cachorrinho caindo do sofá e do gato sentado no aspirador que aspirava sozinho e da raposa tão domesticada que a pessoa que filmava conseguia fazer carinho na cabeça dela.

Estava lá por baixo dos avisos e dos anúncios no Facebook, e por baixo dos fatos da história das sufragistas no site da BBC que George foi ver por causa da escola.

Estava lá por baixo da notícia da mulher que tentou comprar um hambúrguer no drive-thru do McDonald's montada a cavalo, e que, quando foi recusada na cabine, apeou do cavalo e foi com ele pra dentro da lanchonete pra tentar pedir no balcão. *O McDonald's lamenta não estar preparado para servir clientes a cavalo.*

Quando percebeu que a menina estava por baixo até disso, George revisou seu histórico pra encontrar o filme pornô. Ela clicou no filme.

A menina estava acanhada na beira da cama de novo.

O homem sorriu pra câmera e pegou a cabeça da menina com as mãos de novo.

Fazendo o que aqui fora, Georgie? o pai dela perguntou uns meses antes.

Novembro. Estava frio. A mãe dela estava morta. George tinha esquecido da menina por semanas, aí lembrou numa aula de francês na escola quando eles estavam revisando o condicional. Ela voltou para casa e foi até o jardim e encontrou o filme e clicou. Pediu desculpas sotto voce para a menina do filme por ter ficado desligada.

O pai dela tinha saído pra pôr coisas no lixo. George estava na pérgola sem casaco. Ele foi atravessando o jardim. Ela virou a tela para ele. Quando foi chegando perto ele diminuiu de velocidade.

Meu Deus, George. O que é que você está fazendo?

Eu queria perguntar pra mamãe sobre isto aqui, George disse. Eu ia mesmo. Eu ia. Agora não dá.

Ela explicou ao pai que já tinha assistido, e que pretendia assistir de novo, aquele filme daquela menina, todo dia para se forçar a não esquecer as coisas que tinham acontecido com aquela pessoa.

Mas, George, o pai dela disse.

Ela falou que estava fazendo aquilo para prestar testemunho, por extensão, de todas as coisas injustas e erradas que aconteciam o tempo todo com as pessoas.

George, isso é uma ideia boa, o pai dela disse. Eu aplaudo a sua intenção.

Não é só intenção, George disse.

Sério, George, quando eu te vi aqui assistindo alguma coisa eu fiquei animado, ele disse. Eu pensei, que bom, a Georgie voltou, ela está vendo alguma coisa no iPad, está interessada de novo no mundo. Eu fiquei satisfeito. Mas, querida. É horroroso, isso aí. Você não pode ficar assistindo isso. E você tem que lembrar que isso não é feito pra você. E *eu* mal consigo *olhar*. E enfim. Aquela menina. Quer dizer. Isso provavelmente foi anos atrás.

Isso não é motivo pra não fazer o que eu estou fazendo, George disse.

Ela provavelmente foi muito bem paga por isso, o pai dela disse.

Os olhos de George se abriram muito. Ela soltou ar pelo nariz.

Eu não estou acreditando que você falou isso, ela disse. Eu não estou acreditando nem que eu sou sua parente.

E sexo não é isso. Sexo com amor. Sexo de verdade. Sexo entre pessoas que se amam, o pai dela disse.

Você acha mesmo que eu sou tão imbecil assim? George disse.

E você vai ficar louca se ficar assistindo essas coisas, o pai dela disse. Você vai se fazer mal.

O mal já está feito, George disse.

George, o pai dela disse.

Isso aconteceu de verdade, George disse. Com *essa* menina. E qualquer um pode simplesmente ficar vendo, tipo, acontecer, quando ele ou ela quiser. E acontece pela primeira vez, e sem parar, cada vez que alguém que nunca viu isto aqui clica no filme e assiste. Então eu quero assistir por uma razão completamente diferente. Porque o fato de eu assistir de um jeito completamente diferente faz alguma coisinha no sentido de reconhecer tudo por que a menina passou. Você ainda não entendeu?

Ela ergueu a tela. O pai dela pôs a palma da mão na frente dos olhos.

Eu sei, mas, George, o pai dela disse. Você assistir isso, seja lá como você pensa que está assistindo ou pretende assistir, não vai fazer a menor diferença pra essa menina. Só significa que o número de pessoas vendo o filme com ela vai continuar subindo. E enfim, não dá pra ter certeza, não tem como saber. Há circunstâncias —

Eu tenho olhos, George disse.

Bom, então tá, bom, mas e o Henry? o pai dela disse. E se ele visse?

Por que é que você acha que eu estou aqui fora no frio? Ele não vai ver. Não por minha causa pelo menos. Quer dizer, óbvio que ele vai ter que ver por conta própria na hora dele, George disse. E enfim. Você assiste essas coisas. Eu sei que você assiste. Todo mundo assiste.

Ai, Jesus amado, o pai dela disse. Eu não estou acreditando no que você acabou de dizer.

Ele tinha virado de costas porque o filme ainda estava de frente para ele e ainda estava passando. De costas para ela, ele começou a reclamar. Os filhos dos outros, dos sortudos, filhos normais com umas neuroses normais tipo sempre precisar comer com a mesma colher ou não comer absolutamente nada ou vomitar, se cortar, sei lá.

Ele estava meio-que brincando e meio-que não.

George se recostou. Clicou no botão de pause. Ficou esperando o pai sair do jardim.

Ficou sentada com o pai naquela noite assistindo *Newsnight*, o tipo de programa em que massacres e injustiças aconteciam toda noite — se é que chegavam ao noticiário —, aí viravam notícia velha e sumiam, simplesmente não eram mais notícia. A mãe dela estava morta. O pai dela estava dormindo. Ele estava extremamente cansado. Andava dormindo muito. Era por causa do luto. Quando acordou, ele trocou de canal sem nem olhar para George, para UK Border Force no canal chamado Pick.

Quem é que ia acreditar nisso? a mãe de George diz.

É um ano antes de ela morrer. George e os pais estão

assistindo porcaria na televisão antes de irem dormir, trocando de canais antes de desistir e desligar.

Quem é que ia acreditar, ela diz, quando eu era pequena, que um dia a gente ia ficar vendo programas sobre pessoas que são revistadas e recusadas no controle de passaporte? Quando foi que isso virou entretenimento leve?

Seis meses antes de morrer e logo antes de ficar deprimida por causa do apagar da chama da sua amizade com aquela tal de Lisa Goliard, a mãe de George entra na sala de estar. É um domingo à tarde. George está assistindo um programa sobre o Escocês Voador, um trem das antigas, na televisão. Mas como George chegou quando o programa já estava na metade e perdeu o começo, e como é um programa interessante, ela está ao mesmo tempo pegando do começo no site do canal, no laptop.

Numa tela o trem acaba de bater o recorde das cem milhas por hora. Na outra tela o trem acaba de ser superado pelos carros. Simultaneamente George olha photobombs no telefone. Tem umas supergeniais e engraçadas. Tem umas que não dá pra acreditar que não foram mexidas no Photoshop, ou que parecem encenadas mas que as pessoas que tiraram juram que não foram.

Você, a mãe disse, é uma refugiada da sua própria existência.

Não sou, George diz.

É sim, a mãe diz.

Qual que é o seu problema, ô dinossaura? George diz.

A mãe ri.

O mesmo que o seu, ela diz. Nós todos somos refugiados da nossa própria existência agora. Ao menos neste cantinho do mundo aqui. Então melhor a gente se preparar. Porque olha como é que tratam os refugiados mundo afora.

Às vezes esse seu lado politicamente correto é tão mala que quando eu vejo eu estou —, George diz.

Aí ela finge que caiu no sono.

Você nunca fica com vontade de simplificar? a mãe diz.

Ler um livro?

Eu leio o tempo todo, George diz.

Pensar numa coisa só, em vez de quinze ao mesmo tempo? a mãe diz.

Eu sou versátil, George diz sem erguer os olhos. Eu sou da geração versátil. E é você que supostamente é a grande anarquista on-line. Você devia gostar de eu ser tão ligada.

Ligada, tá, a mãe diz. Continue ligada, por favor. Uma filha minha não podia ser de outro jeito. Senão, como eu sou assim tão politicamente correta e tal, eu te mandava direto pro orfanato.

Na real, isso ia significar que tanto você quanto o pai iam ter que morrer, George diz.

Bom, mais cedo ou mais tarde, a mãe diz. Mais tarde, se a gente der sorte. Enfim. Eu realmente não ligo pra quantidade de telas que você fica olhando ao mesmo tempo. Eu só estou fazendo a minha ceninha de mãe preocupada aqui. Todo mundo tem obrigação. Está no contrato.

Blá, George diz. Você está se fazendo de descolada agora porque anos atrás o ativismo on-line teve cara de coisa descolada por um três meses —

Obrigada! a mãe diz. Finalmente ratificada.

— mas no fundo você é tão paranoica quanto qualquer outra pessoa de mais de quarenta, George diz, só lamúria e miséria e ah, os tempos antigos, autoflagelação em público e aqueles sininhos de procissão, *impureza! Impureza! Desempoderamento via informação! Desempoderamento via informação!*

Nossa, essa é boa, George, a mãe diz. Posso usar?

Pra uma Subversão? George diz.

Isso, a mãe diz.

Não, George diz.

Por favor? a mãe diz.

Quanto você me paga? George diz.

Você nasceu mercenária, a mãe diz. Cinco libras.

Feito, George diz.

A mãe tira uma nota da bolsa e escreve nela com um lápis, no espacinho em branco entre o retrato de Elizabeth Fry e o desenho de umas detentas que ela ajudou, as palavras *desempoderamento via informação pago à vista.*

Antes : George gastou aquela nota de cinco libras no dia seguinte. Ela gostou da ideia de soltar a nota na natureza.

Agora : George queria não ter gastado a nota de cinco libras. Em algum lugar do mundo, se ninguém apagou e se elas ainda não saíram sozinhas, as palavras da mãe dela estão passando de mão em mão, de desconhecido para desconhecido.

George olha a palavra JARDIM embaixo de DANCINHA, com a sua própria letra. A dancinha vai levar menos de cinco minutos e o filme da menina dura quarenta e cinco, e ela normalmente não aguenta ver mais que cinco daqueles minutos horrendos.

Dancinha. Jardim. Aí Henry parado que nem uma criança vitoriana saída de uma daquelas músicas sentimentaloides sobre morte e orfãozinhos, com as mãos postas daquele jeito meio religioso que ele acha legal desde que viu os cânticos de Natal do King's College na TV semana passada. Aí o pai dela tentando fingir que não está bêbado, ou levantando ainda bêbado e dormindo até a hora do almoço no sofá, pro porre passar, aí tentando pensar numa desculpa pra ir passar a noite com umas pessoas que vão pensar que a única coisa boa que podem fazer por ele é deixar ele bêbado, e ele só vai voltar a trabalhar depois do fim de semana, o que significa mais cinco dias de bebedeira. Mal passaram dez minutos desde a meia-noite. O tempo quase não andou. Os fogos ainda estão disparando esporadicamente lá fora. A chuva ainda martela a claraboia. Mas o pai dela ainda não chegou e provavelmente vai levar horas pra chegar e George decidiu ficar esperando para o caso de ele não conseguir subir as escadas sozinho quando chegar em casa.

Vem um barulho do outro lado da porta dela.

É Henry.

Ele está sentado no limiar com uma cara chorosa e enfebrada e parecendo bizarramente uma ilustração do Pequeno Lorde agora que está com o cabelo tão comprido.

(Ele está se negando a deixar cortarem porque ela sempre cortou o cabelo dele.

Henry, ela não vai voltar, George disse.

Eu sei, Henry disse.

Ela morreu, George disse. Você sabe.

Eu não quero cortar o cabelo, Henry disse.)

Pode entrar, George diz. Permissão especial.

Obrigado, Henry diz.

Ele fica parado na porta. Não entra.

Eu estou bem acordado. Eu estou bem entediado, ele diz.

Ele está quase às lágrimas.

George vai até a sua cama e dobra o cobertor e dá uns tapinhas no colchão. Henry entra no quarto, vai até a cama e sobe.

Torradinha? George diz.

Henry está olhando para as fotos da mãe deles que George colocou na parede ao lado da cama. Ele ergue a mão para uma delas.

Não, George diz.

Ele está bonzinho porque acabou de acordar. Ele se vira e senta de novo.

Duas, por favor, ele diz.

Com geleia? George diz.

Desde que seja sem manteiga, ele diz.

Eu vou te trazer duas torradas, George diz. E depois que você comer nós dois juntos vamos banir o tédio.

Henry sacode a cabeça.

Eu não queria dizer entediado, ele diz. Eu quero ficar entediado. Só que não dá. Mas o que eu não quero é estar isso que eu estou tendo que estar em vez de estar entediado.

George concorda com a cabeça.

E, Henry, ela diz. Não encoste nessas fotos enquanto eu desço. Sério.

George desce e faz só uma torrada. Ela lambreca o pão com manteiga bem grossa e aí mete a faca de manteiga direto na geleia sem lavar porque ninguém nem vai perceber. Faz isso precisamente *porque* ninguém vai perceber, porque pode deixar restos de manteiga em toda geleia que quiser pelo resto da vida agora.

Quando ela volta para o primeiro andar Henry está dormindo. Ela sabia que ele estaria. Ela tira da mão do irmão a foto que ele tirou da parede (o retrato da mãe adolescente sentada numa estátua num parque de Edimburgo bem na garupa do cavalo de sei lá que sujeito que calha de estar representado naquela estátua) e coloca de novo no lugar (ela arrumou as fotos para não haver ordem cronológica).

Ela senta no chão, se recosta na própria cama e come a torrada.

Isto aqui é um *tédio*, ela diz na Itália, no palazzo, com a voz que imita uma criancinha e que elas sempre usam pra essa brincadeira.

Só você passaria pelas portas de um palácio projetado especialmente para eliminar o tédio e seria capaz de dizer em voz alta, graças a alguma compreensão mágica do sentido das coisas, que você achou isto aqui um tédio, a mãe diz.

Mas George está brincando de pra-que-serve-a-arte. Talvez a mãe não tenha percebido que ela está brincando.

Não tem mais *ninguém* aqui, só a *gente*, ela diz ainda com a vozinha. Pra *quê* tudo isso, pra *quê*? O que que isto aqui tem a *ver* com o mundo? Pra *que* serve a arte?

A arte não faz nada acontecer, de um jeito que faz alguma coisa acontecer. (É o texto de uma das Subversões mais retuitadas da mãe dela.) Óbvio. Mas isto aqui é uma brincadeira de família. Eles estão brincando disso há anos. É uma das brincadeirinhas do pai dela, que ele usa pra fazer ela e o irmão rirem toda vez que a mãe faz todo mundo visitar um museu. Ele finge ser uma pessoa com uma leve deficiência mental. Finge tão bem que às vezes as pessoas no museu ficam se virando pra olhar pra ele, ou olham pro outro lado pensando que ele é mesmo um deficiente mental.

Neste caso a arte deste lugar já fez uma coisa acontecer — a literal reanimação da mãe, que calhou de na semana passada ver numa revista de arte uma foto de uma das obras daqui, um retrato azulado de um homem de pé com roupas brancas rasgadas e com uma corda velha no lugar do cinto, foto que ao ser vista e admirada fez literalmente a mãe parar de ficar triste (ela está de mau humor já há algumas semanas por causa do desaparecimento da sua amiga Lisa Goliard) e então anunciar para a família na hora do café três dias atrás que eles iam todos ver aquela pintura de verdade semana que vem e que ela tinha reservado o hotel.

Nathan, você consegue pegar uma folga de quarta a domingo? ela disse.

Necas, o pai dela disse.

Beleza, ela disse. Eu não preciso de você pra ir ver pinturas comigo. George, você consegue faltar na escola de quarta a sexta?

Eu vou ter que conferir com a minha secretária, George disse, eu estou com uma agenda bem apertada. E eu sinto ser meu dever informar à senhora que hoje em dia é ilegal tirar uma criança da escola só pra passear.

Como é que você está da garganta? a mãe disse.

Tá bem dolorida, George disse. Acho que inflamou. Aonde é que a gente vai?

Algum lugar da Itália, a mãe disse. Henry, como é que está a sua garganta?

A minha garganta está muito bem, obrigado por perguntar, Henry disse.

Henry, a sua garganta está bem dolorida, George disse.

Ah, é? Henry disse.

Senão você não pode ir pra Itália, George disse.

Faz bem pra garganta, lá? Henry disse.

Agora, no palazzo, quando George diz a coisa que-era-pra--ser-engraçada de a arte serve pra quê, Henry diz, como se ela estivesse falando a sério também,

É bem bonito.

Henry é gay. Tem que ser. Se bem que é verdade, é uma sala bem bonita. Pelo menos aquela parte lá em cima e esse cantinho ali, é espetacular, ou de repente só está mais bem iluminado que o resto da sala. A mãe está lá do outro lado, mais perto daquele canto. Parece que a mãe foi atingida por um re... lâmpada. A mãe se acendeu no minuto em que eles pousaram neste país e a porta do avião abriu e o ar mais quente entrou.

No momento em que eles entraram aqui ela se acendeu ainda mais.

Apesar de ser constrangedor e torturante quando alguém não entra na sua brincadeira, George supera. Ela volta à sua personalidade normal.

Era daqui que você estava falando no carro? ela diz. O dilema moral?

A mãe não abre a boca.

Ela está olhando.

George olha também.

A sala está quente e escura. Não, não escura, está clara. As duas coisas. É como um imenso salão de festas escuro com uma pintura iluminada que circunda algumas das paredes. Não há mais nada ali, a não ser uns banquinhos baixos pra você sentar e ficar olhando as paredes, e lá do outro lado uma senhora (funcionária?) de meia-idade numa cadeirinha de armar. Fora isso, só a pintura. É impossível ver tudo ao mesmo tempo. Metade da sala está coberta por ela. A outra metade tem uma pintura desbotada, ou pintura nenhuma. Mas o que restou, por outro lado, é tão cheio de vida acontecendo que chega até a ser como a vida, pelo menos aqueles pedacinhos mais do fundo. E as pessoas dentro da larga faixa azul que circunda todo o meio da altura da parede, passando bem pelo meio da pintura, que divide em um acima e um abaixo, parecem flutuar, ou andar no ar, especialmente naquela parte mais clara.

Parece uma tirinha gigante de cartum. Só que também parece arte.

Tem uns patos. Tem um cara segurando o pescoço de um pato. O pato está com uma cara supersurpresa, como se estivesse dizendo *mas que m* —. Em cima da cabeça do pato tem outra ave pousada ali totalmente livre. Ela está pousada ao lado do homem e fica olhando ele esgoelar o pato como se estivesse bem interessada no que está rolando.

Isso é só um dos detalhes. Tem detalhes assim por tudo. Tem um cachorro nadando. George fica olhando a genitália do cachorro. A bem da verdade, olha só o tamanho dos testículos de todas as criaturas que têm testículos na pintura inteira, fora a única criatura em que você ia esperar ver bem isso, o touro. Ele aparentemente nem tem.

Aí tem um macaco abraçado na perna de um garoto, que está olhando pra ele com um desdém bem esnobe. Mais pra lá tem uma criancinha com um gorrinho, de roupa amarela, lendo ou comendo alguma coisa. Uma velha segurando um pedaço de papel está prestando atenção na criança. Tem uns unicórnios puxando uma carruagem aqui e uns amantes se beijando ali, e gente com instrumentos musicais aqui, gente colhendo coisas em árvores e em campos ali. Tem querubins e guirlandas, montes de gente, mulheres trabalhando no que parece ser um tear ali, e mais pra cá tem uns olhos que espiam de uma arcada negra enquanto umas pessoas conversam e compram ou vendem coisas e não percebem o olhar. Tem cães e cavalos, soldados e gente da cidade, aves e flores, rios e margens, bolhas de água nos rios, cisnes que parecem estar rindo. Tem um monte de bebês. Eles parecem metidos. Tem uns coelhos, ou lebres, não, as duas coisas.

As construções na pintura são ora lindas ora destruídas, tem lajes partidas nas estradas e tijolos quebrados, arcadas partidas apoiadas numa arquitetura belíssima e plantas crescendo dos buracos e prédios destruídos por toda parte.

Só que é impossível não ficar olhando e olhando de novo pra faixa de cor azul que corre como um friso por toda a volta da sala entre a parte de cima e a parte de baixo da pintura e onde as pessoas e os animais parecem flutuar. O azul chama os seus olhos o tempo todo. Ele te dá uma folga das coisas que acontecem por cima e por baixo. No azul tem uma mulher com um lindo vestido vermelho sentada no ar em cima de um bode com cara de safado, ou uma ovelha. Tem o cara com os trapos brancos. É o cara que estava na pintura que a mãe viu em casa. É ele o motivo de eles estarem aqui. Adiante dele, do outro lado da mulher que flutua em cima do bode, tem um rapaz ou uma moça, podia ser qualquer coisa, num lindo e suntuoso traje, segurando uma flecha ou um bastão e uma coisa tipo uma argola de ouro, com aquele ar de tudo não é mais que uma brincadeira elegante.

Homem ou mulher? ela diz pra mãe, que está parada sob essas figuras.

Não sei, a mãe diz.

A mãe, sorrindo, aponta o homem dos trapos e aí a mulher sentada no ar e aí a figura jocosa e um tanto quanto diletante com as roupas suntuosas.

Homem, mulher, as duas coisas, ela diz. Lindos, todos, inclusive a ovelha. E olha só aquilo.

Ela aponta o nível de cima, o nível que dói mais ficar olhando mais tempo porque é tão alto, onde tem três carruagens, puxadas por criaturas diferentes, e um monte de gente parada à toa, e pássaros e coelhos e árvores e flores e paisagens distantes.

E chegam os deuses, a mãe diz.

Eles são os deuses? George diz.

E ninguém nem se dá conta, a mãe diz. Olha o pessoal em volta deles. Como se os deuses nem fossem importantes. Eles chegam e ninguém nem pisca.

George dá meia-volta para olhar para a outra parede. Lá naquele lado comprido da sala tem outras partes da pintura. Era pra ser a mesma coisa dessa parede aqui. O padrão geral é o mesmo. Mas não é a mesma coisa, não é tão interessante nem tão chamativo — ou de repente não foi tão bem restaurado.

George dá uma olhada mais de perto na outra parede--pintura.

As figuras ali simplesmente não são tão lindas. Tem umas criaturas, como aquela lagosta gigante ali, mas elas não são nada em comparação, digamos, com aquele cavalo naquela parede que está te lançando um olhar quase direto, com aqueles olhos que te dizem que ele não tem a menor certeza de que é jogo ficar com aquele cara nas costas. Tem pessoas e flores aqui também, até tem gente coberta de flores, mas elas são menos atraentes, ou mais grotescas do que as pessoas ali naquela parede do fundo onde os cavalos ficam mais gordos e os céus, mais azuis.

É pra ser as estações do ano, então?

Ela volta à parede boa.

É como se tudo estivesse em camadas. As coisas acontecem bem na frente das pinturas e ao mesmo tempo continuam acontecendo, separada e interconectadamente, as duas coisas, por trás e por trás desse por trás e ainda por trás disso, como a gente enxerga, em perspectiva, por quilômetros. Aí tem os detalhes separados, tipo o cara com o pato. Eles também estão acontecendo por direito próprio. A pintura faz você olhar os dois — os acontecimentos em close-up e o quadro mais amplo. Olhar pro cara do pato é como ver quanto a crueldade é cotidiana e quase cômica. A crueldade acontece em meio a tudo que se passa. É um jeito bem incrível de mostrar como a crueldade no fundo é comum.

Parece que não tem caça nem crueldade nas partes de cima, só nas de baixo.

Parece que uma brisa atravessa as roupas que todo mundo está usando.

George se vira para a mãe e se surpreende com o quanto ela parece jovem e animada ali parada sob o azul.

O que este lugar aqui *é*? George diz.

A mãe sacode a cabeça.

Palazzo, ela diz.

Depois diz uma palavra que George não consegue pegar.

Eu nunca vi uma coisa dessas, a mãe diz. É tão quente que é quase acolhedor. Uma obra de arte acolhedora. Eu nunca pensei numa coisa dessas na minha vida. E olha só. Nunca é sentimental. É generosa, mas também é sardônica. E toda vez que fica sardônica, um segundo depois ela volta a ser generosa.

Ela se vira para George.

Ela é meio que nem você, ela diz.

E depois não diz nada. Só olha.

O lugar está completamente silencioso atrás delas a não ser pela funcionária que Henry convenceu a levá-lo de pintura em pintura e a lhe dizer o nome em italiano das coisas que ele vai apontando e repetindo em inglês.

Cavallo, a mulher diz.

Horse, Henry diz.

Si! a mulher diz. Bene. Unicorni. Cielo. Stelle. Terra. Dei e dee e lo zodiaco. Minerva. Venere. Apollo. Minerva Marzo Ariete. Venere Aprile Toro. Apollo Maggio Gemelli. Duca Borso di Ferrara. Dondo la giustizia. Dondo un regalo. Il palio. Un cagnolino.

Ela vê que George e a mãe estão as duas tentando ouvir também. Aponta para as paredes vazias e desbotadas.

Secco, ela diz.

Aponta para as paredes ainda cobertas de pinturas.

Fresco, ela diz.

Aponta para o canto realmente bom da parede.

Mando o andato a Venezia per ottenere il meglio azzurro.

Acho que ela está dizendo que o pigmento azul é veneziano, a mãe diz.

A mãe de George vai conversar com a funcionária. Fala em inglês. A funcionária responde em italiano, que a mãe não fala. Elas sorriem uma para a outra e conversam.

O que foi que ela disse? George pergunta para a mãe assim que elas saem da sala por uma porta cortinada e descem as escadas.

Não tenho ideia, a mãe diz. Mas foi bacana conversar com ela.

Depois eles pegam uma mesa na frente de um restaurante no jardim do palácio. Umas florzinhas amarelas com um cheiro doce caem das árvores na cabeça deles e na mesa. George percebe uma rachadura imensa na parede externa do prédio lá perto do teto.

Vai ver é por causa do terremoto, a mãe diz. Bem recente. Ano passado. Acho que a gente deu sorte de conseguir ver isto aqui. Acho que acabou de reabrir.

É por isso que tem paredes com pinturas e tem paredes só com o reboco? George diz. E duas pessoas das que estão nas carruagens na parede do fundo têm cara e a outra não?

Não sei, a mãe diz. Eu não sei muita coisa dessa obra. Já foi bem difícil descobrir o que eu sei. Mas eu estou achando bem agradável não saber.

Mas e o dilema moral? George diz.

O o quê? a mãe diz.

Aquilo de ganhar mais pela arte melhor, George diz.

Ah, é. Isso, a mãe diz. Então.

Ela conta de novo para George do artista que pintou parte daquela sala quinhentos e cinquenta anos atrás, que achou que o seu trabalho devia ser mais bem pago que o dos outros ali da sala e escreveu uma carta pedindo mais dinheiro para o duque.

Na verdade, o que aconteceu é uma coisa ainda mais interessante, ela diz. Porque aquela carta que ele escreveu é o único meio de a gente saber até que esse artista existiu. E só acharam a carta uns cem anos atrás. O que era mais de quatrocentos anos depois de ele ter pintado a parte dele das paredes. Por quatrocentos anos ele não existiu. Ninguém nem sabia que a sala tinha esses afrescos até coisa de cento e tantos anos atrás, fim do século xix. Eles ficaram caiados por séculos. Aí um pouco da cal caiu da parede e eles acharam essas pinturas por baixo. A sala estava perdida antes disso.

Então se você estivesse numa sala, assim se você estivesse só sentadinho na sala. Será que dava pra essa sala ficar — perdida? Henry diz.

Ele parece arrasado.

Não, George diz. Para de ser sem noção.

Não chame o seu irmão de sem noção, a mãe de George diz.

Você que é sem noção, Henry diz.

Não chame a sua irmã de sem noção, a mãe deles diz.

Eu não chamei ele de sem noção, eu disse sem loção, George diz. Sem loção é bem pior que sem noção.

Você é mil vez infinito mais sem loção que eu, Henry diz.

Mil vezes, George diz.

A mãe ri.

Você não consegue não fazer isso, né? Ela diz. É a sua natureza, né?

Fazer o quê? George diz.

Henry sai correndo pelo campo de salsa no canto não cuidado do jardim onde tem umas esculturas com cara de modernas e eles deixaram a vegetação atingir a altura que quisesse. Como o mato está bem alto, ele some completamente.

Este lugar parece mágico, a mãe diz.

É verdade que é bem espetacular aqui, George pensa — e é a segunda vez que ela pensou a palavra espetacular —

porque quando eles vieram pra cá agora há pouco e desceram
o caminho do jardim até este restaurante, que parecia que
era uma lojinha de tralha mas acabou que servia massa e
vinho, uma trilha de jazz com um pianinho antiquado e uns
trompetes começou a tocar de repente como que sozinha no
ar (na verdade saindo de um dos alto-falantes do restaurante)
como que especialmente pra eles.

Agora o jardim está se enchendo de aluninhos italianos
mais novos que George e mais velhos que Henry. Eles sentam
em volta das mesas e conversam.

E ele conseguiu a grana no fim? George diz.

Quem? a mãe diz.

O pintor, George diz. Porque ele era melhor *mesmo*. Se foi
ele que pintou a parte lá do fundo da sala.

Não sei, George, a mãe diz. Eu não sei quase nada. Eu
só sei mesmo o que eu te disse, que é o que dizia embaixo da
imagem quando eu vi lá em casa. Quando a gente voltar eu
vou dar uma pesquisada. Só que, sabe, pode ser simplesmente
que os olhos da gente estejam mais acostumados a achar certas
partes da sala mais lindas que as outras, por causa do que a
gente espera que seja a beleza. Pode ser responsabilidade dos
nossos padrões, e não dos *deles*. Mas eu concordo. Eu concordo
com você. Tem partes ali que são lindas demais mesmo. Tem
umas coisas de tirar o fôlego. E eu achei bem interessante que
o único motivo de a gente saber até que o pintor que fez aquela
parede existiu, que ele viveu no mundo, é o fato de ele ter
pedido mais dinheiro.

Que nem o Oliver Twist, George diz.

A mãe sorri.

De certa forma, ela diz.

Como que era o nome dele? George diz.

A mãe aperta os olhos.

Sabe que eu sabia, George? Sabia mesmo. Eu li quando a gente estava em casa. Mas agora eu não estou conseguindo lembrar, a mãe diz.

A gente veio até aqui só pra ver uma pintura que você acha bonita mas você não consegue lembrar o nome do cara que pintou? George diz.

A mãe arregala bem os olhos.

Eu sei, ela diz. Mas meio que não faz diferença, né? Isso da gente não saber o nome dele. A gente viu as pinturas. O que mais a gente precisa saber? Já basta saber que alguém pintou e que aí um dia a gente veio aqui e viu. Ou não?

Eu podia dar uma olhada no seu telefone, George diz.

Aí ela imediatamente sente uma mistura de coisas que vão do desagradável até o ruim.

(Culpa e fúria:

— *Canta uma canção de amor pra mim*

— *Não, eu perdi a voz na gravidez*

— *Onde será que ela foi parar. Aposto que está numa* cidade catedral lá em algum teto de catedral pendurada junto com os anjinhos entalhados

Fúria e culpa:

— *Como é que estão os teus olhos hoje e como é que vc tá* kd vc & quando a gente se vê)

A mãe não percebe. A mãe não faz ideia. A mãe está procurando o telefone, conferindo se ele está bem em segurança no compartimento interno da bolsa.

(O telefone de George não é um smartphone apesar de que ela virá a ganhar um em menos de um ano, no Natal, três meses e meio depois da morte da mãe.)

Não vamos olhar essas coisas não, a mãe diz. É tão legal. Não ter que saber.

A mãe está ficando mole.

Não que haja algum problema nisso de ser mole. A mãe, mole, esquecida, vaga e amorosa, como a mãe dos outros sempre parece ser, é uma perspectiva totalmente nova. Mas é tão não-a-cara-dela não tentar saber ou descobrir tudo que se possa saber. E hoje de manhã no hotel, quando eles estavam saindo do salão do café da manhã e passando pela recepção, a mãe disse *buona sera* pro cara e pra menina atrás do balcão, e a menina riu. Aí a menina percebeu que estava sendo indelicada, ficou com vergonha e se forçou a parar de rir. George nunca tinha visto alguém ficar sério ou séria desse jeito.

Não *buona sera*, senhora, com sua permissão, o homem disse. Mas *buon giorno*. Porque a senhora está nos desejando boa noite e agora é de manhã.

Na frente do hotel a mãe parou na calçada e olhou para George.

Este lugar aqui está abalando tudo que eu achava que sabia, ela disse. Todas as coisas que eu vinha pressupondo há anos.

Ela passou um braço pelos ombros de George. Segurou Henry bem apertado do outro lado.

É bom pacas eu me deixar levar um pouquinho assim! ela disse.

Ela parecia legitimamente feliz ali na calçada diante da loja que vendia lembranças e produtos de Ferrara.

George se vira agora no jardim do Palazzo e monta o banco como um cavalo. Ela percebeu que tem alguma coisa esquisita naqueles aluninhos e acabou de se dar conta do que é. Nenhum deles está ao telefone ou olhando pra uma telinha. Eles estão conversando entre si. Alguns deles agora estão até falando com Henry, ou tentando. Henry está descrevendo alguma coisa. Ele desenha um círculo no ar. Os meninos com quem ele está falando fazem a mesma coisa redonda com os braços.

George olha para a mãe. A mãe olha para George. Uma flor branco-amarelada cai, roça o nariz da mãe, prende no cabelo e descansa sobre sua clavícula. A mãe ri. George sente vontade de rir também, apesar de ainda estar com sua careta de culpa/ fúria. Metade da sua boca sobe. A outra metade mantém o contorno descendente.

Esta cidade onde eles vieram parar tem um lado claro e um negro, as duas coisas. É um lugar de muralhas e tem um castelo imenso e imponente a respeito do qual, se George estivesse escrevendo sobre ele na escola, usaria as palavras impugnável e pujante. Tem uma sensação constante de fortaleza, e aí tem aquelas ruelas tortas de muros altos que parecem um lugar de pesadelo, feitas para você se perder definitivamente. Mas as coisas mudam num segundo aqui, da luz às trevas, das trevas à luz, e apesar de ser tão pétrea, a cidade dá um jeito de ser verde-clara e vermelha e amarela ao mesmo tempo, também; todas as muralhas e os prédios ficam de um dourado-carmim sob a luz do sol. Os muros são altos e lisos mas o som que vem do outro lado parece delatar um jardim oculto. Tem as longas avenidas retas de árvores bem lindas, como se não fosse nem de longe uma cidade de muros, mas uma cidade de árvores. Na verdade, todos os prédios e muros têm pedaços de árvores e arbustos e mato brotando deles no topo e pelos lados das paredes claras.

Tem cheiro de jasmim, aí de mais jasmim, aí uma ou outra valeta, e aí jasmim de novo.

É bem esquisito aqui, a mãe disse ontem à noite quando eles estavam se arrumando pra ir deitar. Eu não estou sacando direito a desta cidade.

Ela olhou o mapa em cima da cama.

É como se o mapa que eles deram não tivesse nada a ver com a experiência de estar aqui de verdade, ela disse.

Eles passaram o dia todo andando e se perdendo apesar de terem o mapa que o hotel tinha dado. Coisas que no mapa pareciam estar pertinho, quando eles tentavam alcançar estavam na verdade bem afastadas; aí eles tentavam fazer alguma coisa que parecia que ia consumir um tempão e se viam chegando lá quase que imediatamente.

Se a mãe simplesmente desse uma conferida no Google maps ou no Streetview eles podiam ter chegado nos lugares com maiores precisão e alacridade. Mas a mãe está relutante, não quer consultar nada on-line, nem mesmo ligar o telefone, por algum motivo.

Alacridade? Bela palavra, George, a mãe diz.

Do latim. Significa agilidade, George diz.

A gente não precisa de agilidade. Vamos andar inagilmente a toda pra dar uma variada. É a primeira cidade moderna da Europa, a mãe diz enquanto eles voltam depois de ver o palácio. Por causa do planejamento urbano e das muralhas. Se bem que vocês dois estão acostumados com cidades históricas, por terem crescido onde vocês cresceram. Vocês veem essas coisas todo dia. Provavelmente pra vocês não é nada de mais. Enfim, o palácio que a gente acabou de ver, com as pinturas, é mais antigo até que as muralhas. É de antes de murarem a cidade. Isso é que é ser antigo. É impressionante, pra uma coisa tão velha.

Aí ela para de dizer essas coisas e eles simplesmente vão andando meio atordoados meio iguais aos carinhas largados da escola depois de uma maresia, porque isto aqui não é nada igual a estar em casa. Por exemplo, agora que é a hora do dia em que as pessoas saem e andam pela rua, está tudo cheio de pedestres. Ao mesmo tempo, as ruas estão cheias de gente de bicicleta, mas os ciclistas todos se misturam com as pessoas e se trançam entre ela e a mãe e Henry e todas as outras pessoas de um jeito que parece superfácil. É um milagre ninguém se trombar e as pessoas conseguirem pedalar tão devagar sem despencar. Ninguém despenca. Ninguém se apressa, nem na chuva. Ninguém toca a campainha das bicicletas (a não ser, George percebe, os turistas, que são bem identificáveis). Ninguém grita com os outros pra eles saírem da frente. Até umas velhinhas bem velhinhas pedalam aqui de roupa preta e com as cestas das bikes cheias de coisas embrulhadas em papel e atadas com fitas ou barbante, como se ser velha, ir até uma loja e comprar coisas e levar pra casa fossem atos completamente diferentes aqui.

Um menino da mesma idade de George passa por eles num cruzamento com os braços nus dos dois lados de uma menina bonita delicadamente empoleirada e agarrada a nada sobre o guidão da bicicleta dele.

A mãe de George pisca para ela.

George ruboriza. Aí fica puta consigo mesma por ruborizar.

Naquela noite o barulho dos pássaros de verão dando rasantes perto do hotel abre caminho para um barulho de tambores e trompetes. Eles seguem o barulho até uma praça onde montes de jovens, mais velhos que George mas ainda jovens, alguns com roupas históricas parecidas com tabardos metidas por cima das calças jeans e camisetas, ou com ceroulas como as das pessoas das pinturas que eles viram antes, uma perna de uma cor, outra de outra cor, se revezam para marchar umas danças ou dançar umas marchas em que arremessam no ar umas bandeiras imensas montadas em varetas, bandeiras que se desfraldam e se revelam maiores que colchas de cama quando sobem e aí se enrolam nas varetas de novo quando descem. Os lançadores de bandeiras caminham com elas nas costas apoiadas no ombro como asas dobradas, aí as agitam no ar como se fossem asas gigantes de borboletas enquanto membros da sua equipe (aquilo parece ser um ensaio pra um concurso de arremesso de bandeira) sopram longas trombetas de aparência medieval e batem nos tambores.

Ela e a mãe e Henry ficam numa antiga escadaria histórica com outras pessoas, acima de duas placas bem altas que dizem MUROS FALANTES (dá pra você baixar um passeio guiado em cada uma das placas e uma te conta onde um diretor de que a mãe gosta cresceu, e a outra sobre Giorgio não sei quem, a mãe diz que é um romancista que morou aqui nas antigas). É tão barulhento, o ensaio, que literalmente faz as placas tremerem.

Mas George fica olhando um cachorro atravessar a praça no meio do barulho e parar pra farejar alguma coisa e aí sair tranquilo como se nada fora do comum estivesse acontecendo, então de repente uma coisa dessas simplesmente acontece aqui toda semana. Aí, sobre a cabeça de todo mundo ali na cidade, sobre as bandeiras que voam alto, sinos de igreja aqui e ali anunciam a meia-noite e como se estivesse enfeitiçada a equipe que vem depois daquela pra fazer o seu número faz tudo sem tambores e clarins mas com os músicos murmurando, com vozes melodiosas e com uma delicadeza que parece doce e absurda depois do estardalhaço das equipes que vieram antes.

Ah, se todas as cerimônias e toda a pompa fossem assim, sem essa velocidade toda, a mãe diz.

Você lembra quando
As coisas estavam a toda.
Ponto final.

A mãe dela está morta mesmo? Será que é uma pegadinha supercomplicada? (Todas as pegadinhas, na televisão e no rádio e nos jornais e on-line, são descritas como coisas complicadas, seja isso verdade ou não.) Será que alguém, complicada ou descomplicadamente, raptou a mãe dela como num episódio de

Spooks, e agora ela está vivendo outra vida com um nome novo e simplesmente não tem direito de entrar em contato com as pessoas (nem com os próprios filhos) da vida antiga?

Porque como é que alguém pode simplesmente desaparecer?

George tinha visto a mãe retorcida na cama do hospital. A pele dela tinha mudado de cor e estava coberta de pústulas. Ela mal conseguia falar. Mas o que ela disse, na última parte de sabe-se lá o que que estava acontecendo com ela e antes de eles colocarem George porta fora pra esperar no corredor, era que ela era um livro, eu sou um livro aberto, ela disse. Se bem que também era bem possível que o que ela disse foi que ela era um livro de alerta.

E o um liv a ert.

George (para sra. Rock) : Eu vou contar uma coisa, e acho que depois que eu contar a senhora vai sugerir que me mandem pra um tipo mais forte de terapia que esse tipo que vocês têm aqui porque a senhora vai achar que eu estou completamente paranoica e histérica.

Sra. Rock : Você acha que eu vou achar que você está paranoica e histérica?

George : Acho. Mas eu quero lhe dizer, antes de contar, que eu não estou nem paranoica nem histérica, apesar de ostensivamente poder parecer que eu estou, e eu quero deixar claro que eu achava essas coisas bem antes de a minha mãe morrer, e ela também, ela também achava.

A sra. Rock acenou com a cabeça para fazer George perceber que ela estava ouvindo.

O que George contou para a sra. Rock então foi que a mãe dela estava sendo espionada e tinha sido monitorada.

Sra. Rock : Você acha que a sua mãe estava sendo monitorada por espiões?

Era isso que os psicólogos eram treinados pra fazer, repetir pra você o que você tinha dito, mas na forma de uma pergunta pra você poder se perguntar por que você tinha pensado ou dito aquilo. Era de destruir a alma.

George contou mesmo assim para a sra. Rock. Ela contou daquela vez cinco anos antes em que a sua mãe estava passando pelas vitrines grandonas de um hotel caro e chique no centro de Londres. As pessoas estavam jantando ali; a vitrine era a janela do restaurante, e a mãe tinha visto, sentado com um grupo de pessoas bem em destaque numa das janelas, um político ou um assessor de imprensa e nessa altura a mãe estava emputecidíssima com certos políticos. George não conseguia lembrar quem era o político na janela, só que era um dos políticos ou assessores de imprensa que a mãe julgava responsáveis por alguma coisa. Enfim, a mãe tirou o protetor labial da bolsinha e aí começou a escrever no vidro da janela com o protetor por cima da cabeça do cara que nem uma auréola (foi assim que ela descreveu a coisa).

Ela estava escrevendo a palavra MENTIROSO. Mas no tempo que ela levou para escrever o M, o E e o N, George disse, já tinha seguranças chegando de tudo quanto era lado. Aí ela zarpou. (Palavras dela.)

A sra. Rock fazia umas anotações.

Depois disso, George disse, duas coisas aconteceram. Bom, três. A correspondência que chegava em casa, pros meus pais, e até pra mim e pro Henry, foi mais ou menos na época do aniversário de um de nós, começou a chegar com cara de que já tinha sido aberta. Ela chegava naqueles saquinhos transparentes Infelizmente Sua Correspondência Foi Danificada que o pessoal do correio usa quando alguma coisa rasga. E aí alguém revelou na imprensa que a minha mãe era uma das ativistas das Subversões.

65

Uma das o quê? a sra. Rock disse.

George explicou o movimento das Subversões e como, usando as primeiras tecnologias de pop-up bem antes de todo mundo começar a usar, eles tinham conseguido fazer aparecer coisas nas páginas que você acessava como agora os anúncios fazem o tempo todo. Só que uma Subversão tinha a forma de uma imagem ou informação aleatória.

A minha mãe era uma das quatro pessoas anônimas que originalmente faziam as coisas que seriam usadas, George disse. No fim eles já eram centenas. Ela era café com leite, e aí foi ficando mais café com leite ainda. Na verdade é bem hilário porque ela é completamente analfabeta em informática. Quer dizer, tipo, era.

A sra. Rock concordou com a cabeça.

Enfim, a tarefa dela era subverter coisas políticas com coisas artísticas, e subverter coisas artísticas com coisas políticas. Tipo, uma mensagem aparecia numa página sobre Picasso e ela dizia por acaso você sabia que treze milhões de pessoas no Reino Unido vivem abaixo da linha da pobreza. Ou uma imagem aparecia numa página de política e tinha uma pintura ou umas estrofes de um poema, alguma coisa assim. Aí revelaram nos jornais, George disse, que ela era parte do movimento das Subversões, e aí depois disso, toda vez que ela publicava alguma coisa nos jornais sobre dinheiro ou economia, as pessoas que discordavam dela diziam que ela era gauche e partidária.

Dentro da cabeça de George enquanto ela fala essas coisas a mãe está rindo alto por ser chamada de partidária. Não existe uma pessoinha neste mundo que não seja, ela diz. Ela diz exatamente como se estivesse cantando uma melodia bonita, trá lá lá lá. E gauche, ela diz, é uma das minhas palavras preferidas. Vai ser gauche na vida, George. Anda. Quero ver.

Sra. Rock : E qual foi a terceira coisa que fez você pensar que a sua mãe estava sendo espionada?

[Entra Lisa Goliard.]

George : Ah, não, nada. Eram só duas coisas.

Sra. Rock : Mas você não disse que eram duas, mas aí mudou pra três?

George : Eu pensei que eram três. Mas aí eu percebi que eu só estava pensando em duas coisas.

Sra. Rock : E essas são as duas coisas que significam que você acha que a sua mãe estava sendo espionada?

George : Isso.

Sra. Rock : E a sua mãe achava isso também?

George : Ela sabia que era verdade.

Sra. Rock : Você acha que ela sabia que era verdade?

George : A gente falava disso. O tempo todo. Era meio que uma piada nossa. Enfim, ela até curtia. Ela curtia ser espionada.

Sra. Rock : Você acha que a sua mãe gostava de ser espionada?

George : A senhora acha que eu pirei, né? A senhora acha que eu estou só inventando isso tudo.

Sra. Rock : Você receia que eu ache que você está inventando tudo?

George : Eu não estou inventando nada.

Sra. Rock : E o que eu acho, ou os outros acham, é muito importante pra você?

George : É, mas o que *é* que a senhora pensa, sra. Rock, será que a senhora está pensando neste exato momento, minha nossa, essa menina precisa de uma terapia bem mais pesada?

Sra. Rock : Você quer ser mandada pra "uma terapia bem mais pesada"?

George : Eu só estou pedindo pra senhora me dizer o que a senhora acha.

Aí a sra. Rock fez um negócio inesperado. Ela abandonou sua técnica e seu roteiro de sempre e começou a dizer a George o que ela talvez pensasse de fato.

Disse que em tempos antigos a palavra mistério significava algo com que a gente agora não está acostumado. A própria palavra

— e eu sei que isso vai te interessar, Georgia, porque eu vi nessas nossas conversas o quanto você se interessa por significados, ela disse —

— Bom, eu me interessava, antes, George disse.

— e vai se interessar de novo, acho que eu posso te dizer isso sem correr riscos, apesar de eu já estar me expondo um pouco aqui e me arriscando ao dizer, a sra. Rock disse. Enfim. A palavra mistério originalmente significava o fechamento, da boca ou dos olhos. Significava um acordo ou a compreensão de que não se revelaria um desfecho.

Um fechamento. Um desfecho.

George ficou interessada, apesar de tudo.

A natureza misteriosa de certas coisas era aceita nesse tempo, basicamente um dado adquirido, a sra. Rock disse. Mas agora nós vivemos num tempo e numa cultura em que o mistério tende a ser algo a que se pode responder, ele é um romance de detetive, um filme de suspense, um drama na televisão, normalmente uma situação em que a gente com toda probabilidade vai descobrir — e em que o próprio sentido de ler ou de assistir aquilo é que a gente *vai* descobrir — o que aconteceu. E se não descobre, você se sente traído.

Bem aí o sino tocou e a sra. Rock parou de falar. Ela tinha ficado muito vermelha embaixo do cabelo e em volta das orelhas. Parou de falar como se alguém a tivesse tirado da tomada. Fechou o caderno e foi como se tivesse fechado o rosto também.

Mesmo horário terça que vem, Georgia, ela disse. Quer
dizer, depois do Natal. Primeira terça depois das festas. Até lá.

George abriu os olhos. Está largada no chão, apoiada na
cama. Henry está na cama dela. Todas as luzes estão acesas. Ela
tinha adormecido e agora acordou.
A mãe dela está morta. É uma e meia da manhã. É o Ano-
-Novo.
Ela ouviu um barulho lá embaixo. Parece que tem alguém
na porta da frente. Foi por isso que ela acordou.
Deve ser o pai dela.
Henry acorda. A mãe dele também está morta. Ela vê a
certeza passar pelo rosto dele cerca de três segundos depois de
ele abrir os olhos.
Tudo bem, ela diz. É só o pai. Dorme de novo.
George desce o primeiro lance e depois o outro lance de
escadas. Ele deve ter perdido a chave ou a chave está num bolso
em que ele está bêbado demais pra meter a mão ou até pra
lembrar que tem.
Ela espia pelo olho mágico da porta mas não consegue ver
ninguém. Não tem ninguém ali.
Aí a pessoa lá fora volta para o campo de visão e bate de
novo. George fica espantada.
É uma menina da escola, Helena Fisker.
Helena Fisker com os ombros escurecidos pela chuva, o
cabelo com cara de que está bem molhado também, parada do
outro lado da porta de George.
Ela bate de novo e tudo em George, por ela estar parada
tão pertinho da porta, literalmente dá um salto. É como se
Helena Fisker estivesse batendo em George.
Helena Fisker estava lá no banheiro das meninas quando

George estava sendo incomodada pelas idiotinhas do nono ano com aquela mania de usar o telefone pra gravar o som das outras meninas urinando. O que acontecia era o seguinte: se você fosse menina você ia ao banheiro, aí na aula seguinte em que você estivesse todo mundo ia estar rindo da sua cara porque todo mundo recebeu o som de você urinando no telefone com um filminho da porta do banheiro e aí da porta abrindo e aí de você saindo. Aí Facebook. Alguns desses clipes até acabaram no YouTube e duraram vários dias.

Por um tempo, a única coisa de que todo mundo, inclusive os meninos, falou, quando acontecia de falarem de alguém (se esse alguém por acaso fosse menina), era como o xixi da pessoa era baixo ou barulhento. Isso deu início a uma outra mania entre as meninas, um pânico existencial quanto ao silêncio da urina. Agora elas iam ao banheiro aos pares pra alguém ficar ouvindo e garantindo que a urina não era audível demais.

Um dia George abriu a porta e do outro lado tinha um grupinho de meninas que ela vagamente reconhecia, mas não conhecia, todas elas amontoadas em volta de uma menina que tinha um smartphone na mão.

Em uníssono, como se tivessem ensaiado, como um coral, elas todas começaram a fazer barulhos de nojo pra ela.

Mas atrás delas, na porta principal, ela viu Helena Fisker entrar.

Quase todo mundo na escola respeitava bastante Helena Fisker.

Helena Fisker tinha recebido uma advertência, fazia pouco tempo, George sabia porque tinha ouvido o pessoal falar na aula de artes, por ter desenhado o cartão de Natal da escola. Todo mundo sabia que ela era superboa nas artes. A imagem do passarinho que ela apresentou à escola era aparentemente tão fofa que eles simplesmente permitiram que ela fizesse o pedido e carimbasse o formulário pra gráfica. O serviço foi pago e impresso com o nome da escola no verso. Quinhentos cartões chegaram da gráfica numa caixa imensa.

Quando abriram a caixa o que eles encontraram, em vez do passarinho, foi uma imagem de um muro de concreto imenso e nu, feio pacas, sob a luz do sol.

Helena Fisker, reza a lenda, sorriu para o diretor como se não pudesse entender tanta reclamação quando foi convocada ao escritório dele e deixada parada de pé no carpete diante da mesa.

Mas é Belém, ela disse.

Agora o grupinho de meninas estava parado diante de George e filmando e dando gritinhos pra ela sem ter ideia de que Helena Fisker estava parada atrás delas. Helena Fisker olhou para George por cima da cabeça delas. Aí Helena Fisker deu de ombros com as sobrancelhas.

Só ela ter feito isso já arremessou tudo o que aquelas meninas estavam fazendo e dizendo lá pra a terra-das-coisas-sem-muita-importância.

Helena Fisker esticou a mão por cima da cabeça daquelas menininhas e pegou o telefone da mão da líder.

Todas as meninas se viraram ao mesmo tempo.

Oi, Helena Fisker disse.

Aí ela falou para elas que elas eram umas putinhas imbecis. Aí perguntou por que elas tinham tanto interesse em urina e qual era o problema delas. Aí abriu caminho entre elas e segurou o smartphone em cima da privada onde George tinha acabado de dar a descarga.

Todas as meninas soltaram gritinhos, especialmente a dona do telefone.

Você pode escolher. Deletar ou pescar, Helena Fisker disse.

É à prova d'água, sua vaca mulata, uma das meninas disse.

Você me chamou de vaca mulata? Helena Fisker disse. Maravilha. Bônus.

Helena Fisker meteu a frente do smartphone contra a quina da porta. Pedacinhos de plástico voaram.

Agora a gente pode testar a impermeabilidade do seu telefone *e* ainda dá pra testar a visão da escola a respeito de racismo, ela estava dizendo quando George saiu.

Obrigada, George disse depois quando elas estavam em fila na frente da sala de história.

Ela nunca tinha conversado de verdade com Helena Fisker.

Eu gostei daquela coisa que você falou na aula de inglês aquele dia, Helena Fisker disse então. Aquela história que você contou, sobre a BT Tower.

(Tinha sido a vez de George, na ordem das carteiras da sala, de falar três minutos a respeito de empatia. Ela não tinha ideia do que dizer. Aí a srta. Maxwell disse na frente da turma toda, apesar de que de um jeito manso e simpático, tudo bem se você não quiser falar hoje, Georgia. Isso deixou George ainda mais determinada a falar. Mas quando ela levantou, teve um branco. Então disse umas coisas que a mãe vivia falando sobre como era quase impossível se pôr na pele dos outros, fosse dos que moravam no Paraguai ou dos que estavam logo ali na esquina ou até dos que estavam na sala ao lado ou no sofá junto com você, e acabou contando a história de uma cantora de música pop que estava almoçando no restaurante da BT Tower quando ela ainda era chamada de Post Office Tower nos anos 1960 e ficou tão enfurecida com o jeito do maître de tratar um dos auxiliares de garçom que pegou o pãozinho que tinha acabado de receber num pratinho e arremessou no maître e acertou o sujeito bem na nuca.)

Era tudo que ela e Helena Fisker tinham se dito.

Só que algumas vezes depois daquilo do banheiro, George

se viu pensando uma coisa inesperada. Ela se pegou pensando se aquelas meninas, se aquela menina com o telefone — se a memória do telefone sobreviveu — tinha deletado ou talvez guardado o filme.

Se aquele filme ainda existia isso queria dizer que havia uma gravação dela em algum lugar e nela ela estava olhando direto por cima da cabeça das meninas, nos olhos de Helena Fisker.

George abre a porta.

Achei que de repente você não estava, Helena Fisker diz.

Estou sim, George diz.

Que bom, Helena Fisker diz. Feliz Ano-Novo.

Henry senta na cama quando George e Helena Fisker entram no quarto de George.

E você é quem? Henry diz.

Eu sou H, Helena Fisker diz. E você?

Eu sou o Henry. Que tipo de nome é isso? Henry diz.

É a inicial do meu nome, Helena Fisker diz. Quem não me conhece direito normalmente me chama de Helena. Mas eu conheço a sua irmã. A gente é amiga na escola. Então você pode me chamar de H também.

É a mesma inicial do meu nome, Henry diz. Você trouxe presente?

Henry, George diz.

Ela pede desculpas. Ela explica a Helena Fisker que desde que a mãe deles morreu todo mundo que passa ali normalmente tende a trazer um presente para Henry, às vezes vários presentes.

Você não ganha também? Helena Fisker diz.

Não tanto quanto ele, George diz. Acho que eles pensam que eu estou velha demais pra presente. Ou ficam com mais medo de tentar me dar alguma coisa.

Ela trouxe ou não trouxe presente? Henry diz.

Trouxe, Helena Fisker diz. Eu te trouxe um repolho.

Repolho não é presente, Henry diz.

É sim, se você for coelho, Helena Fisker diz.

George ri alto.

Henry também nitidamente acha muito engraçado. Ele vira uma bola risonha na cama.

O seu cabelo está todo molhado, ele diz quando para de rir.

É o que acontece quando você anda na chuva sem chapéu nem capuz nem guarda-chuva, Helena Fisker diz.

George a leva até a estante de livros e mostra a goteira e a chuva que pinga de poucos em poucos minutos na capa do livro do alto da pilha.

Em algum momento, George diz, esse teto vai desmoronar.

Bacana, Helena Fisker diz. Você vai poder olhar direto pras constelações.

Não vai ter mais nada entre mim e elas, George diz.

Fora um ou outro helicóptero da polícia, Helena Fisker diz. O grande cortador de grama dos céus.

George ri.

Dois segundos depois ela percebe uma coisa e fica surpresa.

O que ela percebe é que riu.

Na verdade riu duas vezes, uma vez da piada do coelho e outra da do cortador de grama.

Essa ideia basicamente faz ela rir de novo, surpresa, dessa vez por dentro.

Com essa são três vezes desde setembro que George riu num inegável presente do indicativo.

Na primeira vez em que H passa de novo na casa deles depois do Ano-Novo ela entrega a George o envelope A4 que traz embaixo do braço. Tira a jaqueta e a pendura na entrada. George estende de novo o envelope pra ela pegar.

É pra você, H diz.

O que é? George diz.

Eu te trouxe umas estrelas, H diz. Eu imprimi da internet.

George abre. Lá dentro tem uma fotografia em papel grosso. É verão na foto. Duas mulheres (as duas jovens, as duas entre menina e mulher) estão caminhando juntas numa rua com umas lojas num lugar todo ensolarado. Isso é agora ou é no passado? Uma delas tem cabelo louro e a outra é mais morena. A loura, a menor das duas, está olhando alguma coisa fora do enquadramento, mais para a esquerda. Ela está usando uma blusa dourada e laranja. A menina mais alta, mais morena, está usando um vestidinho azul curto com uma listra na barra. Ela está no meio do gesto de se virar pra olhar pra outra. Tem uma brisa, então a mão dela subiu pra tirar o cabelo do rosto. A loura parece tensa, concentrada. A morena parece estar com a cara de alguém que ouviu algo impressionante e está prestes a dizer um sim.

Quem são essas duas? George diz.

Francesas, H diz. Dos anos 60. Eu estava falando pra minha mãe desse seu barato anos 60 e eu contei a sua história pra ela, aquela que você contou na aula da Maxwell sobre a BT Tower e ela queria saber qual cantora era e aí começou a procurar as cantoras que ela achava legais, especialmente as que a mãe *dela* achava legais, e ficou irritada porque eu não conhecia nenhuma e me fez ver tudo no YouTube. Aí, quando eu olhei, eu achei que esta aqui (ela aponta a loura) parecia um pouco com você.

Sério? George diz.

A minha mãe diz que as duas eram superestrelas, H diz. Não juntas, estrelas separadas. As duas tiveram carreiras bem longas e mudaram a indústria musical na França. A minha mãe não parava mais de falar delas. Na verdade ela acabou desviando do assunto, eu contei da sua mãe numa certa altura e ela ficou toda (H começa a fazer um sotaque levemente afrancesado) *não é justo com a sua amiga, ela não vai ter direito aos tédios e lutos e melancolias adequados e que a esperam só por ela ser da idade que é, porque agora isso vai ser interrompido por lutos e melancolias reais,* enfim aí eu pensei em te trazer a foto pra não ficar mais ouvindo ela solar, aí eu pensei que podia te perguntar se você quer ir até o estacionamento comigo.

Um estacionamento? George diz.

O prédio, H diz. Quer ir?

Agora? George diz.

Eu te garanto que vai ser um megatédio, H diz.

76

George olha pela janela. A bicicleta de H está apoiada contra a parede lá fora. A bicicleta dela, George, está na garagem com o pneu furado do meio do ano. Na sua cabeça ela já vê o pneu todo inútil no escuro, a bike toda torta apoiada nas coisas de jardinagem.

Beleza, ela diz.

Elas andam na direção da cidade com H empurrando a bicicleta entre elas. Quando tentam chegar ao edifício--estacionamento, George se dirige à porta do elevador mas H põe um dedo na boca e aí aponta para o cubículo de segurança com paredes de vidro. Tem um homem de uniforme lá dentro com o que parece ser um jornal no lugar da cabeça. Ele está dormindo ali debaixo. H aponta para as portas de incêndio que levam às escadas. Ela abre uma das portas com muito cuidado. É pesada. George a segura com o pé. Quando as duas se espremem por ali, H fecha a porta delicadamente.

É uma noite de segunda-feira em fevereiro, então não tem tantos carros. Tem só um solitário jipinho com tração nas quatro rodas estacionado no último andar, que é o teto do estacionamento e fica a céu aberto, aberto para o firmamento, com o piso de concreto molhado de chuva e brilhando sob as luzes do estacionamento.

George e H se inclinam o máximo que conseguem sobre a mureta do último andar (eles fazem essas muretas altas assim pra não ser uma tentação pros suicidas, H diz). Elas olham para os tetos da sua cidade lá embaixo, as ruas quase vazias, brilhando também depois da chuva. Um ou outro carro passa lá embaixo. Não tem muita gente na rua.

É assim que a cidade vai ficar quando eu estiver morta também, George pensa. E se eu pulasse, já, agora? Nada aqui ia mudar. Eles simplesmente iam limpar a sujeira que eu ia fazer e aí na noite seguinte ia chover ou não ia chover, a superfície da rua ia ficar brilhante ou fosca, um ou outro carro ia passar lá embaixo e nos dias de movimento ia ter uma fila de carros pra estacionar aqui pras pessoas poderem fazer compras, este andar aqui ia encher de carros depois ia esvaziar de carros, e os meses iam passar um depois do outro, fevereiro voltando, e voltando, e voltando, fevereiro depois de fevereiro depois de fevereiro, e esta cidade histórica aqui ia continuar sendo historicamente ela mesma, na mesma.

Ela para de pensar porque H trouxe, sozinha, arrastando pelos degraus da escada, o carrinho de compras que elas viram na subida que alguém tinha abandonado na frente da porta do elevador no andar de baixo.

É um carrinho bem novo. Ele atravessa o concreto sem muito barulho.

Aqui, H diz. Segura firme pra mim.

George segura firme o carrinho enquanto H entra nele, não, não é bem entra, ela mais pula pra dentro. Ela só precisa segurar a lateral, se lançar para cima e já está dentro. É bem impressionante.

Você é boa de conduzir carruagem? ela diz.

É que tem um detalhe, George diz. Só tem um carro aqui em cima e se eu te empurrar, por mais que eu queira te empurrar pra qualquer outro lado, você vai bater no carro. E se você for uma afortunada e não bater no *carro* —

Ela aponta para as rampas íngremes de entrada e de saída que mergulham super de repente para o piso inferior.

Salto ao céu, H diz. O desafio final.

Ela dá uma espiada para cima onde fica a câmera de segurança. E aí salta para fora do carrinho com a mesma facilidade com que pulou para dentro.

Certo, ela diz. Primeiro você.

78

Ela aponta com a cabeça para George e depois para o carrinho.

Nem a pau, George diz.

Anda, H diz. Confia em mim.

Não, George diz.

A gente não vai na rampa, H diz. Eu juro. Eu tomo cuidado. Acho que dá tempo de fazer uma vez. Se der tempo pra duas vezes e o cara continuar dormindo e ninguém subir, eu deixo você me levar também.

Ela segura firme o carrinho.

Está esperando.

Não tem onde apoiar o pé, então George tem que se equilibrar nas laterais e meio que entrar rolando e se colocar de novo na posição certa.

(ai).

Pronta? H diz.

George faz que sim. Ela se agarra nas laterais do carrinho e também ao fato de que não é o tipo de pessoa que normalmente faz uma coisa dessas.

Quer que eu fique segurando até o fim ou que eu só dê um empurrão bem forte e aí solte? H diz.

Este, não aquele, George se ouve dizer.

Está bastante surpresa.

Este e aquele. Afortunada. Você usa umas palavras, H diz, que eu nunca ouvi outra pessoa dizer. Você é bem louca.

Literalmente, George diz dentro da camisa de força do carrinho.

Afortunada. Literalmente. Este ou aquele. Então vai, H diz.

H gira o carrinho para George ficar de frente para toda a extensão do teto do estacionamento. Ela o aponta para longe das rampas. Quando George se dá conta, ela é jogada para trás por um empurrão tão forte que por um momento parece que ela vai em duas direções ao mesmo tempo.

Depois, em casa, George desce para fazer café e deixa Henry na sala conversando com H.

Isso, é ela, H está dizendo. A heroína dos *Jogos mordazes*.

É *Jogos vorazes*, Henry diz.

Kitkatniss, H diz.

O nome dela não é Kitkatniss, Henry diz.

Quando ela sobe de novo, Henry e H estão envolvidos numa espécie de pingue-pongue verbal.

Henry : Mais burro que?

H : Bunda de pinguim.

(Henry ri.)

Henry : Mais frio que?

H : Cego em tiroteio.

Henry : Mais perdido que?

H : Pepino.

(Henry rola no chão rindo da palavra pepino.)

H : Beleza. Sua vez!

Henry : Minha vez!

H : Mais folgado que?

Henry : Pepino.

H : Mais ansioso que?

Henry : Pepino.

H : Mais por fora que?

Henry : Pepino.

H : Não pode ficar só dizendo pepino.

Henry : Se eu quiser pode.

H : Então tá. Muito justo. Mas se você pode, eu também posso.

Henry : Beleza.

H : Pepino.

Henry : Pepino o quê?

H : Eu só estou brincando do seu jeito. Pepino.

Henry : Não, brinca direito. Mais o quê que o quê?
H : Mais pepino que... um... pepino —
Henry : Brinca direito!
H : Igualzinho você, Henry. Igual você e zinho você.

Quando H vai embora às onze, George literalmente sente que a casa ficou mais fosca, como se toda a luz ali dentro tivesse travado naquela parte fraquinha que acontece antes de uma lâmpada aquecer direito. A casa fica mais cega que uma casa, mais surda que uma casa, mais seca que uma casa, mais dura que uma casa. George faz tudo que é pra fazer antes de ir para a cama. Ela se lava, escova os dentes, tira a roupa que usou durante o dia e veste a roupa que é pra usar de noite.

Mas na cama, em vez do nada tilintante de sempre na cabeça, ela pensa no fato de H ter uma mãe que é francesa.

Pensa no fato de o pai de H ser de Carachi e Copenhague e de que, H diz, segundo o pai dela é perfeitamente possível na verdade você ser do Norte e do Sul e do Oriente e do Ocidente, tudo ao mesmo tempo.

Pensa que de repente é daí que vêm os olhos de H.

Pensa na foto das duas cantoras francesas em cima da escrivaninha. Pensa no fato de ser possível dizer que ela lembra uma cantora francesa dos anos 1960.

Ela vai colocar aquela foto sozinha na parede, numa parede só dela como fez com o pôster que a mãe lhe deu da atriz quando eles foram àquele museu em Ferrara e viram a exposição sobre o diretor de que a mãe gostava que sempre usava aquela atriz nos filmes dele.

Pensa no fato de nunca ter andado em duas numa bicicleta antes, com uma pessoa pedalando de pé nos pedais e a outra sentada no banco e segurando a cintura da primeira mas

81

frouxinho pra ela poder continuar subindo e descendo com liberdade.

Pensa em como H foi gentil quando pediu desculpas para o segurança do estacionamento. No fim ele estava parecendo bem encantado, mesmo tendo ameaçado chamar a polícia.

Por fim ela se deixa pensar no que sente quando:

fica com tanto medo que não consegue respirar

corre tão rápido que perde totalmente o controle

entende o sentido de desamparada

roda por um espaço brilhante sabendo que a qualquer momento pode acabar machucada, mas que ao mesmo tempo, idem ibidem, idem com ibidem pode ser que não.

Aí ela acorda e pela primeira vez é de manhã e ela dormiu a noite toda sem ficar acordando como sempre.

Na próxima vez em que H passa na casa deles George não estava esperando e está no escritório da mãe. Entrou escondida ali onde não devia estar e está sentada diante da escrivaninha com o dicionário grandão aberto para ver se MEN, sem TIROSO, por acaso é uma palavra.

(Não é.)

Ela olha uma lista das palavras que começam com MEN. Imagina a mãe em julgamento num tribunal. Sim, Meritíssimo, eu escrevi mesmo a palavra em cima da cabeça dele, mas eu não estava escrevendo a palavra que Vossa Excelência imagina. Eu estava escrevendo a palavra MENARCA e a menarca, como eu tenho certeza que Vossa Excelência sabe, é o primeiro fluxo menstrual da vida de uma mulher, ou seja, uma marca de maturidade e desenvolvimento. Donde seria fácil deduzir que a palavra que eu estava escrevendo no fim era um elogio.

Ou

Sim, Meritíssimo, mas seria a palavra MENECMA, que como

Vossa Excelência pode ou não saber é um sinônimo de sósia, donde seria fácil deduzir etc.

Não. Porque a mãe jamais teria mentido sobre o que estava escrevendo. Mentir e enrolar são as coisas que George, e não a mãe, faria se fosse pega escrevendo alguma palavra num vidro por cima da cabeça de alguém importante.

Não que a mãe tenha sido pega.

Se bem que George provavelmente seria.

A mãe, por outro lado, teria dito alguma coisa simples e verdadeira como, sim, Meritíssimo, eu não sei mentir, eu acredito que o cavalheiro é um mentiroso e é precisamente por isso que eu estava escrevendo aquela palavra.

Eu não sei mentir. Fui eu que cortei a cerejeira daquela música. Mas agora que eu fui tão honesta, deixa eu criar um precedente. Não, não presidente. Eu disse precedente.

Essa podia valer os cincão de uma Subversão, se a mãe dela estivesse aqui.

(Mas agora que não está, será que isso quer dizer que a ideia não vale mais nada?)

Também existem as palavras possíveis MENÊNIO, MENDRACA, MENAGEM. Um gentílico, um elixir, uma homenagem *e* certo tipo de regime penal (George acha interessante que a palavra menagem possa significar tanto um tributo quanto um tipo de prisão).

Existe a palavra MENTECAPTO.

Existe a palavra MENTÁRIO.

(Aposto que está numa cidade catedral lá em algum teto bonito da gente ver, pendurada junto com os anjinhos entalhados.

da gente ver

ver)

Que está errado.

A erradice daquilo é da gente ficar com raiva.

A George de depois ainda consegue sentir a fúria causada pela erradice das coisas que cavaram uns buracos tão grandes no peito da George de antes.

Ela se vira na poltrona. H está na porta.

O seu pai me deixou entrar, ela diz. Eu subi até o seu quarto mas você não estava.

H tinha decidido de manhã na escola que um bom jeito de revisar para as provas ia ser elas transferirem o que precisavam lembrar pra letras de músicas e aprender a cantar aquilo com a melodia de alguma que as duas conhecessem. Isso, diz H, vai deixar a informação inesquecível. As duas têm prova semana que vem de biologia e George também tem prova de latim.

Então o que a gente pode fazer, H disse, é o seguinte : eu invento a versão de biologia e a gente pode aprender de cor e aí você traduz pro latim e a gente ganha em dobro.

Elas estavam paradas no corredor na frente da sala de história.

O que você acha? H disse.

O que eu estou pensando é o seguinte, George disse. Quando a gente morrer.

Aham? H disse.

Você acha que a gente ainda vai ter lembranças? George disse.

Era sua pergunta de teste.

H nem se abalou. Ela nunca se abalava com nada. Fez uma cara, mas era uma cara de pensar.

Hmm, ela disse.

Aí deu de ombros e disse,

Vai saber?

George concordou com a cabeça. Boa resposta.

Agora H está aqui, rodopiando num pé só e olhando todas as pilhas de livros e papéis e pinturas.

Nossa. Que lugar legal, ela diz. O que é isto aqui?

O que é isto aqui? George roda na poltrona giratória que a mãe comprou especialmente para este escritório e vê, com o canto do olho, a primeiríssima Subversão, emoldurada e impressa. É uma lista dos nomes de todas as alunas que cursaram uma faculdade de arte em Londres durante três anos no finzinho do século XIX e começo do XX. Essa lista sem outras explicações ficou um mês pipocando nas páginas on-line de qualquer pessoa que desse uma busca pela palavra Slade (inclusive as pessoas que por acaso estivessem procurando a banda daqueles velhinhos que escreveram aquela música de Natal). Isso surgiu do fato de que a mãe de George estava lendo uma biografia de um artista bem famosinho da virada daquele século e foi ficando cada vez mais interessada com o que aconteceu com a esposa dele, que ele conheceu na mesma escola de arte. Ela também foi aluna mas morreu bem jovem depois de ter mais filhos do que o seu corpo aguentava ter (a mãe de George é feminista). (Era.) Antes de essa mulher morrer (bom, claro) ela teve uma amiga chamada Edna que também era aluna da escola. Na verdade Edna era uma das artistas mais talentosas dali. Edna acabou casando com um camarada bem de vida. Um dia esse camarada bem de vida chegou em casa e viu as tintas e os pincéis de Edna espalhados em cima da mesa da sala de jantar e disse para Edna jogar fora aquela bobajada. Isso foi antes de Henry nascer. George e a mãe e o pai dela estavam de férias em Suffolk, hospedados num chalé. A mãe estava lendo o tal do livro. Ela chegou à página em que isso acontecia com a Edna e começou a chorar no jardim. É essa a história. George não lembra nada mas reza a lenda que a mãe saiu esbravejando pelo jardim do chalé que nem uma doida e que a imobiliária mandou uma conta depois por causa de umas plantas que ela destruiu. A sua mãe é uma pessoa muito passional, o pai dela dizia toda vez que alguém contava a história. Afinal, a vida de Edna acabou não sendo tão ruim porque o marido morreu bem cedo e ela viveu até os cem anos de idade e conseguiu expor vários quadros em galerias e até ser chamada, por um jornal de respeito, de a artista mais imaginativa da Inglaterra (se bem que ela acabou tendo um colapso nervoso a certa altura, e num outro momento da história o estúdio dela foi atingido por uma bomba e totalmente destruído, junto com várias obras dela).

Toda essa informação lampeja na cabeça de George na fração de segundo que leva para girar na direção de H na poltrona da mãe e dizer as palavras:

É o escritório da minha mãe.

Legal, H diz.

Ela coloca um papelzinho todo coberto pela letra dela perto de George, em cima da mesa. Pega uma imagem de cima da pilha de cartas. George olha para ver o que ela pegou.

Ela gostava tanto dessa pintura, George diz, que a gente foi, todo mundo, até a Itália só pra ver.

Quem é? H diz.

Não sei, George diz. Só um carinha. Numa parede. Meio que num espaço azul.

Quem pintou? H diz.

Também não sei, George diz.

Ela dá uma olhada na música que precisa traduzir pro latim. Não tem ideia do termo latino para DNA.

Com a melodia de "Wrecking Ball"

(Primeira Estrofe)

Herr Friedrich Miescher foi quem viu/ o pus em 1869/ Crick, Watson, Franklin viram/ as duas fitas no maior love./ Hélice dupla em 53/ E o raio X em 52./ Franklin vai pro céu sem ganhar Nobel/ e quem vai fazer a fita dela depois?

(Refrão)

G-A-T-C e D-N-A/ *Desoxirribonu-cleAR/ Guanina-adenina-*
-timina-citosina/ Superenrolado pode ser as duas coisas:/
Po-o-sitivo/ Yeah e/ Ne-e-gativo.

(Segunda Estrofe)

Plantas fungos animais/ Nesses os eucariontes são os tais/
Ba-QUI-térias e arqueias/ Só dos procariontes têm ideia/ É A &
T ou C & G de outro jeito/ não tem como ser/ Cromossomos aos
pares, cada códon um trio/ Meu bem querer, que arrepio!

H ainda está parada olhando para a pintura do cara com os
trapos.

Aquele último verso está ali só pra fechar a escansão, ela
diz. Enquanto eu decido o que usar.

Ela mostra a pintura do homem.

De que momento histórico é isto aqui? ela diz.

É de um palácio, George diz. Se você der uma busca por
Palazzo Ferrara nas imagens, foi em Ferrara que a gente viu,
você provavelmente vai achar.

Ela olha de novo a música.

Acho que eu só consigo traduzir uns três ou quatro versos
disto aqui pro latim, ela diz. Uma boa parte já parece bem
grega mesmo.

Faz o último verso antes, H diz.

Ela está meio que sorrindo. Está olhando pro outro lado,
ainda olhando pra imagem do sujeito dos trapos.

O único verso que a gente não vai ter que usar e é esse que
você quer ver primeiro em latim? George diz.

É só que eu ia gostar de ouvir em latim, H diz.

Ela está sorrindo largo agora e ainda olhando para o outro
lado. Ela senta no chão.

Está esperando.

Beleza, George diz. Mas posso te perguntar um negócio antes?

Manda, H diz.

É só hipotético, George diz.

Eu não sou muito boa com cavalos, H diz. Nunca nem fui no hipódromo.

George sai da poltrona da mãe e vai sentar de pernas cruzadas no chão também, na frente de H.

Se eu te dissesse que enquanto a minha mãe estava viva ela estava sendo monitorada, ela diz.

Por causa da saúde, ou? H diz. Por uma dieta, ou o quê?

George fala um pouco mais baixo porque o pai dela não gosta que ela diga essas coisas, *ela inventou isso tudo pra se distrair da vida dela de verdade e como é que você acha que isso me deixa, George? E você está inventando agora pra se distrair da morte dela. Ela estava sendo adolescente. E você também. Se liga. A Interpol e o MI5 e o MI6 e o MI7 não estavam interessados na sua mãe.* Ele lhe deu instruções específicas para parar com isso, e já perdeu a cabeça outras vezes quando George mencionou essa história, isso apesar de em geral ele estar sendo deliberadamente delicado quase o tempo todo, já que agora tudo é tão pós-morte.

Por pessoas, sabe. Tipo na TV, George diz. Só que não que nem na TV, não tinha bomba nem armas nem tortura nem nada, era só uma pessoa. Meio assim de olho nela.

Ah, H diz. Esse tipo de monitoramento.

Se eu te dissesse isso, George diz. Você ia pensar umas palavras tipo alucinada e paranoica e precisa tomar alguma coisa tarja preta?

H pensa a respeito. Aí faz que sim com a cabeça.

Ia? George diz.

Não está no mundo real, H diz.

Algo dentro do peito de George desmonta. É um alívio, afinal, o tipo de alívio em que tudo parece ao mesmo tempo machucado e libertado.

H ainda está falando.

É mais provável que a sua mãe estivesse sendo minotaurada, ela está dizendo.

Isso não é piada, George diz.

Eu não estou brincando, H diz. Quer dizer, a gente não está vivendo exatamente em tempos míticos, né? A gente não está vivendo exatamente em um mundo em que a polícia, digamos, fosse minotaurar os pais de um menino cujo assassinato eles supostamente deviam estar investigando, ou que a imprensa fosse minotaurar até gente morta pra ganhar uma grana em cima.

Ha, George diz.

Não é que o governo fosse minotaurar *a gente*, H diz. Quer dizer, não o *nosso* governo. Obviamente todos os governos não democráticos e menos bacanas e menos civilizados podiam fazer uma coisa dessas com os cidadãos *deles*. Mas o nosso. Quer dizer, eles podem até minotaurar as pessoas que eles precisam conferir. Mas eles nunca iam fazer uma coisa dessas com gente comum, digamos, por e-mail ou celular, ou por aqueles joguinhos que eles jogam no telefone. E não é que as lojas onde a gente compra coisas fossem fazer isso com a gente também, né? toda vez que a gente compra alguma coisa. Você é alucinada e doida. Não existe minotauro. É um mito. E a sua mãe era o quê? Uma pessoa bem ligada à política? Alguém que publicava coisas sobre economia nos jornais? E fazia umas coisas de protesto na internet? Por que é que alguém ia querer monitorar a sua mãe? Acho que essa sua imaginação é um perigo. Alguém devia minotaurar *você*.

Ela ergue os olhos.

Eu ia, ela diz. Eu teria feito, se era com você.

Se tivesse sido com você, George diz mentalmente.

Eu ia ter minotaurado você de graça, H diz.

Ela olha para George risonha e séria, olho no olho.

Ou talvez, se fosse com você, George pensa.

Ela se estende de costas no tapete da mãe. A mãe comprou esse tapete num antiquário perto da Mill Road. Tá, antiquário. Um loja de quinquilharias, na verdade.

H deita ao lado dela alinhando as duas cabeças.

As duas meninas encaram o teto.

O negócio é o seguinte, doutora, H diz.

George a ouve de quilômetros de distância, onde está pensando quais seriam as diferenças, e quais sua mãe teria dito que eram, entre antiguidades e quinquilharias.

Eu tenho uma necessidade, H está dizendo.

Que necessidade? George diz.

De ser mais, H diz.

Mais o quê? George diz.

Bom, H diz, e a voz dela soa estranhamente alterada. Mais.

Ah, George diz.

Acho que de repente eu sou, por natureza, H diz, mais mão na massa que hipotética.

Aí uma das mãos dela se estende e segura na mão de George.

A mão não só pega a mão de George, ela entrelaça os dedos na sua.

É nesse momento que todas as palavras escorrem da parte do cérebro de George onde as palavras ficam.

A mão de H segura a mão dela um momento, aí a mão de H solta a mão dela.

Sim? ela diz. Não?

George não abre a boca.

Eu posso ir mais devagar, H diz. Eu posso esperar. Eu posso esperar até a hora certa. Eu consigo.

Aí ela diz,

Ou de repente você não —.

George não abre a boca.

De repente eu não estou —, H diz.

Aí o pai de George está na porta do escritório, ele está ali sabe Deus há quanto tempo. George senta.

Meninas, ele diz. George. Você sabe que eu não quero você aqui. A gente ainda não separou nada aqui. Tem muita coisa importante, eu não quero nada bagunçado aqui. E eu achei que você fosse cuidar do jantar hoje, George.

E eu vou, George diz. Eu vou. Eu estava indo agora mesmo.

A sua amiga fica pra jantar? o pai dela diz.

Não, sr. Cook, eu tenho que voltar pra casa, H diz.

Ela ainda está deitada de costas no chão.

Você está mais do que convidada, Helena, o pai dela diz. Vai ter comida pra todo mundo.

Obrigada, sr. Cook, H diz. É muita gentileza. Mas estão me esperando em casa.

Você pode ficar pra jantar, George diz.

Não posso não, H diz.

Ela levanta.

Até, ela diz.

Um minuto depois ela não está mais ali.

Um momentinho depois disso George ouve a porta da frente da casa fechar.

George deita de novo estendida no tapete.

Ela não é uma menina. É um bloco de pedra.

Ela é um pedaço da parede.

Ela é uma coisa contra a qual as outras coisas se chocam sem sua permissão ou compreensão.

É maio passado na Itália. George e a mãe e Henry estão sentados depois do jantar numa mesa na frente de um restaurante embaixo de umas arcadas perto do castelo. A mãe não para de falar com eles (bom, com George, porque Henry está num joguinho de computador) sobre a estrutura dos afrescos, sobre como quando uns afrescos numa outra cidade italiana foram danificados nos anos 1960 numa inundação pesada e as autoridades e os restauradores retiraram as pinturas para consertar do jeito que desse, eles encontraram, por baixo, os desenhos que os artistas tinham feito de esboço, e que às vezes eram significativamente diferentes dos que estavam na superfície, o que é uma coisa que eles nunca nem iam ter descoberto se não fosse a enchente pra começo de conversa.

George só ouve pela metade porque o jogo que Henry está vendo no iPad se chama Injustice e George acha que Henry é novo demais para aquilo.

Que jogo é esse? a mãe diz.

É aquele em que todos os super-heróis viraram do mal, George diz. É superviolento.

Henry, a mãe diz.

Ela tira um fone do ouvido do Henry.

O quê? Henry diz.

Ache alguma coisa menos violenta pra fazer aqui, a mãe dele diz.

Tudo bem, Henry diz. Se você está mandando.

Estou, a mãe dele diz.

Henry põe de novo o fone e desclica o jogo. Ele clica então num download de *Deu a louca na história*. Logo já está rindo sozinho. Não muito depois ele cai no sono em cima da mesa com a cabeça no iPad.

Mas quem veio primeiro? a mãe diz. O ovo ou a galinha? A imagem por baixo ou a imagem da superfície?

A imagem por baixo veio antes, George diz. Porque foi feita antes.

Mas a primeira coisa que a gente vê, a mãe disse, e quase sempre a única coisa que a gente vê, é a da superfície. Então será que isso quer dizer que no fundo ela é a primeira? E será que isso quer dizer que a outra imagem, se a gente nem sabe dela, podia até não existir?

George solta um suspiro pesado. A mãe aponta para o outro lado da rua, para o muro do castelo. Um ônibus passa. Toda a parte de trás da carroceria é um anúncio de alguma coisa em que tem uma imagem da Madonna com o Menino parecendo bem antiga, só que a mãe está ensinando o menino Jesus a procurar alguma coisa num iPad.

A gente está aqui sentada jantando, a mãe está dizendo, e olhando tudo o que está em volta. E ali. Bem ali na nossa frente. Se fosse uma noite há setenta anos —

— tudo bem, só que *não*, George diz. É *agora*.

— a gente ia estar sentada vendo as pessoas serem colocadas na frente daquele muro e fuziladas. Lá onde estão os banquinhos daquele café.

Urgh. Jesus, George diz. *Mãe*. Como é que você *sabe* essas coisas?

Ia ser melhor, ou pior, ou mais verdadeiro, ou mais falso, se eu não soubesse? a mãe diz.

George faz uma careta. A história é uma coisa horrorosa. É uma pilha de cadáveres compactada no chão sob vilas e cidades em guerras sem fim e com fomes e doenças, e todas as pessoas que morreram de fome ou foram eliminadas ou reunidas e chacinadas ou torturadas e deixadas à beira da morte ou colocadas contra o muro dos castelos ou deixadas de pé na frente de valas e jogadas ali depois de baleadas. George fica aterrada com a história, que tem como única característica redentora o fato de estar basicamente encerrada.

E o que vem antes? a insuportável mãe está dizendo. O que a gente vê ou como a gente vê?

Tudo bem, mas isso aí que aconteceu. Dos tiros. Isso foi milênios atrás, George diz.

Só vinte anos antes de mim, e olha eu aqui sentadinha bem agora, a mãe diz.

História antiga, George diz.

Sou eu, a mãe diz. E mesmo assim eu estou aqui. Ainda acontecendo.

Mas *ela* não, George diz. Porque isso foi antes. E agora é agora. O tempo é bem *isso*.

Será que as coisas simplesmente vão embora? a mãe diz. Será que o que aconteceu não existe, ou deixou de existir, só porque a gente não pode ver acontecendo na nossa frente?

Deixa de existir quando acaba, George diz.

E as coisas que a gente vê acontecerem bem na nossa cara e mesmo assim não enxerga direito? a mãe diz.

George revira os olhos.

Discussãozinha totalmente nada a ver, ela diz.

Por quê? a mãe diz.

Beleza. Aquele castelo, George diz. Está bem na nossa cara, né?

É o que eu estou vendo, a mãe diz.

Quer dizer, não tem como *não* ver, George diz. A não ser que os seus olhos não funcionem. E mesmo que os seus olhos não funcionassem, você ainda ia conseguir ir até ali e encostar nele, ia conseguir registrar o fato de o castelo estar ali de um jeito ou de outro.

Certeza, a mãe diz.

Mas apesar de ser o mesmo castelo que era quando construíram lá nas antigas, e apesar de ele ter a sua história, George diz, e de tudo o que aconteceu com ele e nele e em volta dele e coisa e tal ad infinitum, isso não tem nada a ver com a gente aqui sentada olhando pra ele. Fora o fato de ser o cenário, porque a gente é turista.

Será que os turistas veem diferente dos outros? a mãe diz.

E como é que você consegue ter crescido na cidade em que cresceu e não considerar o que pode significar a presença do passado?

George boceja ostensivamente.

Melhor lugar do mundo pra aprender a ignorar isso aí, ela diz. Aprendi tudinho lá. Especialmente turismo. E isso de crescer cercada de prédios históricos. Quer dizer. É só um prédio. Você sempre fica falando um monte de bobagem sobre as coisas significarem mais do que elas significam de verdade. Parece uma ressaca brega e riponga, parece que você tomou uma injeção de hippice quando era pequena e agora não consegue deixar de ver símbolo em tudo.

O castelo, a mãe diz, foi construído por ordem da corte estense, sendo os D'Este a família que governou esta província aqui por centenas de anos e as pessoas responsáveis por uma parcela enorme da arte e da poesia e da música. E portanto pela arte, literatura e música que se seguiu, que eu e você adquirimos. Se não fosse Ariosto, que floresceu por causa dessa corte, ia existir um Shakespeare bem diferente. Isso se fosse existir um Shakespeare.

Tudo bem, pode ser, mas isso mal faz diferença *agora*, George diz.

Sabe, Georgie, nada não está interligado, a mãe diz.

Você sempre me chama de Georgie quando quer me tratar que nem criança, George diz.

95

E a gente não vive numa superfície plana, a mãe diz.
Aquele castelo, esta cidade, tudo foi construído todos esses séculos irrelevantes lá atrás por uma família cujos títulos e hereditariedades chegam numa linha mais ou menos direta a Franz Ferdinand.

A banda? George diz.

Isso, a mãe diz. A banda pop cujo assassinato em Sarajevo em 1914 provocou a Primeira Guerra Mundial.

A Primeira Guerra Mundial vai fazer tipo cem anos ano que vem, George diz. Mal dá pra dizer que ela ainda é relevante pra nós.

O quê, a Grande Guerra? Onde o seu bisavô, que por acaso era meu avô, sofreu bombardeio com gás nas trincheiras não uma, mas duas vezes? O que significou que ele e a sua bisavó eram muito pobres, porque ele era doente demais pra trabalhar e morreu jovem? E significou que eu herdei os pulmões fracos dele? Não é relevante pra nós? a mãe diz. E aí a partilha dos Bálcãs, e o começo dos problemas territoriais no Oriente Médio entre os israelenses e os palestinos, e os transtornos na Irlanda, e as mudanças de poder na Rússia, e as mudanças de poder no Império Otomano, e a bancarrota, a catástrofe e a agitação social na Alemanha, que tiveram um papel importantíssimo na ascensão do fascismo e no surgimento de outra guerra na qual, por acaso, os seus próprios avós — que calharam de ser os meus pais — lutaram os dois quando mal eram dois ou três anos mais velhos que você? Não é relevante? Pra nós?

A mãe sacode a cabeça.

O quê? George diz. *O quê?*

Uma infância afluente em Cambridge, a mãe diz.

Ela ri só para si. A risada enfurece George.

Por que é que você e o pai decidiram morar lá, então, se vocês não queriam que a gente crescesse lá? ela diz.

Ah, sabe como é, a mãe diz. Boas escolas. Perto de Londres. Um mercado imobiliário forte que sempre se garante mesmo em período de recessão. Tudo o que importa de verdade na vida.

Será que a mãe está sendo irônica? Difícil dizer.

Uma assistência social de primeira pra quando você terminar a escola e o seu pai e eu não conseguirmos pagar a universidade *e* a comida, e pra depois também quando você sair da universidade, a mãe diz.

Que coisa mais irresponsável de dizer, George diz.

Bom, mas pelo menos ela é nova e contemporânea, a minha irresponsabilidade, a mãe diz.

As mesas em volta delas estão esvaziando. Está tarde e mais fresco. Choveu para lá das arcadas enquanto elas ficaram aqui comendo e discutindo. A mãe põe uma mão na bolsa e pega um pulôver. Ela passa para George pôr por cima dos ombros de Henry. Aí tira o telefone da bolsa. Liga o telefone. *Culpa e fúria.* Depois de um momento, ela desliga. George está se sentindo tão culpada que quase sente náusea. Ela formula, rapidinho, o tipo de pergunta que sabe que a mãe gosta de responder.

Sabe aquele lugar que a gente foi ver hoje? George diz.

Ãh rãh, a mãe diz.

Você acha que teve alguma pintora envolvida? George diz.

A mãe esquece o telefone que tem na mão e imediatamente começa a solar (exatamente como George sabia que ela faria).

Ela conta a George que há alguns pintores do Renascimento que a gente conhece e que de fato eram mulheres, mas não muitos, uma porcentagem quase desconsiderável. Fala de uma chamada Catarina que foi criada aqui nesta corte, naquele castelo mesmo, porque era filha de um nobre e uma das mulheres da corte estense a colocou sob sua proteção e garantiu que ela tivesse uma educação excelente. Aí Catarina foi para um convento, que era um bom lugar para ir se você fosse mulher e quisesse pintar, e enquanto estava lá ela virou uma freira famosa e escreveu livros e pintou umas coisas, mas ninguém ficou sabendo disso antes de ela morrer.

As pinturas dela são bem lindas, a mãe diz. E na verdade ainda dá pra ver a Catarina hoje.

Você quer dizer perceber a personalidade dela olhando pras pinturas etc., George diz.

Não, literalmente mesmo, a mãe diz. Em carne e osso.

Como? George diz.

Numa igreja em Bolonha, a mãe diz. Quando ela foi canonizada eles exumaram o corpo — tem um monte de depoimentos de como era doce o cheiro quando eles exumaram o corpo —

Mãe, George diz.

— e eles colocaram ela numa caixa numa igreja dedicada a ela, e se você for lá ainda pode ver, ela ficou preta com o tempo e está sentada numa caixa e segurando um livro e algum ostensório sagrado.

Troço mais louco, George diz.

Mas fora uma coisa desse tipo? a mãe diz. Não. É bem pouco provável que alguma mulher tenha trabalhado nas coisas que sobreviveram, certamente não no que a gente viu hoje. Mas se me obrigassem, sei lá, a escrever um artigo ou a tentar esboçar uma tese a respeito, eu podia escrever bastantinho sobre aquela forma vaginal aqui —

Mãe, George diz.

— a gente está na Itália, George, não tem problema,

ninguém sabe o que eu estou dizendo, a mãe diz desenhando uma forma de diamante no esterno, a forma vaginal aqui naquele trabalhador lindo com os trapos na parte azul, a figura mais viril e poderosa da sala toda, bem mais que o duque, que devia ser o tema e o herói daquela sala, e que certamente deve ter dado problema pro artista, especialmente porque a figura é um trabalhador ou um escravo e também nitidamente negra ou semítica. E como aquela forma aberta no peito complementa o jeito como o pintor faz a corda que circunda a cintura dele ser um exemplo simultaneamente flácido e ereto de simbolismo fálico —

(a mãe dela fez um curso de história da arte uma vez)

— e no que se refere às constantes ambiguidades sexuais e de gênero que percorrem a obra toda

(e um curso de estudos do feminismo)

— pelo menos da parte da obra que esse artista em particular parece ter produzido, enfim. Ou se a gente quiser ir em mais detalhes. O jeito com que ele usou aquela figura do menino efeminado, da menina masculinizada, para equilibrar o forte efeito masculino do trabalhador, e como essa figura tem numa mão uma seta e na outra um aro, símbolos masculino e feminino. Só com base nisso já daria pra criar um argumento bem espertinho pra defender que quem criou aquilo foi uma mulher, se eu tivesse que argumentar. Mas no mundo das probabilidades?

Como é que ela lembra até de ter *visto* essas coisas, George pensa. Eu vi a mesma sala, a mesmíssima sala que ela viu, nós duas estávamos no mesmíssimo lugar, e eu não vi *nada* disso.

A mãe sacode a cabeça.

Pouca chance, George, lamento informar.

Naquela noite no quarto de hotel antes de irem para a cama a mãe está escovando os dentes no banheiro. Esse hotel era a casa de alguém nos anos em que as pessoas faziam afrescos. Chama-se Prisciani Suite e foi a casa de alguém que teve até alguma coisa a ver com a pintura dos afrescos no palácio aonde eles foram ver as pinturas hoje (diz isso na porta num longo painel informativo que George, que não fala italiano, tentou decifrar). Ainda há restos dos afrescos originais com que o homem daquele tempo teria convivido nas paredes deste quarto — George até encostou neles. Eles sobem a parede inteira, passando até pelo mezanino onde Henry está dormindo acima delas numa caminha pequena de solteiro. Você pode encostar se quiser. Nada diz que não. Pellegrino Prisciani. Pellegrino, que nem a água mineral, ela disse. E a ave, a mãe disse. Que ave? George disse. O falcão-peregrino, a mãe disse, pellegrino quer dizer romeiro, e em algum momento a palavra também virou o nome da ave.

Será que tem alguma coisa que a mãe dela não saiba?

O hotel é cheio de obras de arte. Em cima da cama em que ela e a mãe vão dormir fica uma peça moderna de um artista italiano de hoje em dia. Ela tem a forma de um olho gigante mas com uma hélice numa ponta como um avião, só que a hélice parece feita de sementes gigantes de sicômoro. A faixa de metal ou seja lá o que é aquilo que devia ser a pupila tem uma concha de caracol grudada na sua curva de cima e a coisa toda balança suavemente no ar acima da cama de um jeito que quase parece possível que o caracol esteja se mexendo também, isso apesar de ser óbvio que não. Na parede tem um painel a respeito da obra de arte. Leon Battista Alberti regalo a Leonello d'Este un manoscritto in cui compariva il disegno dell'occhio alato. Questa raffigurazione allegorica rappresenta l'elevazione l'intellettuale : l'occhio simbolo della divinita, le ali simbolo della velocita, o meglio della conoscenza intuitiva, la sola che permette di accedere alla contemplazione e alla vera conoscenza. Leon Battista Alberti, seja lá quem for, deu de regalo a Leonello d'Este (importante se era dos Este já que eles eram, George deduziu, tipo a família real de Ferrara) um manuscrito em que, alguma coisa de comparação, e design, e umas palavras que George não conhece. Mas aquela ali, occhio, deve ser olho ou olhos, não só porque a obra de arte é obviamente um olho, mas por causa da palavra oculista. Uma refigurante alegoria e representa e intelectual elevação, o olho simboliza a divindade, alguma coisa simboliza a velocidade, blá, intuição, permite, contemplação —

George desiste.

O telefone da mãe, na sua capinha, está na mesa de cabeceira.

Culpa e fúria. Culpa e fúria.

Tem uma coisa que a mãe dela não sabe, George pensa olhando para aquele olho no alto.

O olho gigante gira sozinho no ar acima da cama e George brilha e se apaga abaixo dele como se todo o seu corpo fosse um luminoso com defeito.

George está cansada de arte. Está de saco cheio disso, da arte sempre estar por dentro de tudo.

Eu queria ser sincera sobre uma coisa, ela diz quando a mãe sai do banheiro.

Ãh rãh? a mãe diz. E seria o quê?

Seria uma coisa que eu fiz e não devia ter feito, George diz.

O quê? a mãe diz parando no meio do quarto, com o pote de hidratante numa mão e a tampa na outra.

Eu estou me sentindo mal tem meses já, George diz.

A mãe larga as coisas que tem nas mãos e vem até ali e senta na cama ao lado dela.

Querida, ela diz. Pare já de se preocupar. Seja o que for. Tudo é perdoável.

Eu não sei se *isso* é perdoável, George diz.

O rosto da mãe é só preocupação.

Tudo bem então, ela diz. Me conte.

George não conta para a mãe da vez em que olhou no telefone e viu a troca de mensagens sobre perder a voz e os anjinhos entalhados. Mas fala sim do dia em que o telefone da mãe acendeu, no balcão da cozinha, e George viu o nome Lisa Goliard piscando.

Ãh rãh? a mãe diz.

George decide deixar de lado o que estava escrito sobre os olhos da mãe.

Dizia Como é que vc tá cadê vc e qdo a gente se vê, George diz.

A mãe concorda com a cabeça.

E o negócio, George diz. É que eu mandei uma resposta.

Mandou? a mãe diz. Uma mensagem sua?

Uma mensagem sua, George diz.

Minha? a mãe diz.

Eu escrevi fingindo que era você, George diz. Eu ando me sentindo bem mal por causa disso. Eu sei que eu não devia ter olhado. Eu nunca devia ter invadido a sua privacidade. E eu sei que não devia ter fingido que era você em nenhuma circunstância.

O que foi que eu disse? Você consegue lembrar? a mãe diz.

De cor, George diz.

E? a mãe diz.

Sinto muito Lisa mas estou ocupadíssima passando tempo com a minha família e concentrada demais nas coisas amorosas que ocorrem com meu marido e meus dois filhos que receio não poder encontrar você por um tempo considerável, George diz.

A mãe explode numa gargalhada. George está atordoada.

A mãe está rindo como se aquilo fosse a coisa mais engraçada que já ouviu em muito tempo.

Ah, você é o máximo, George, o máximo mesmo, você é simplesmente perfeita, ela diz. E ela respondeu?

Respondeu, George diz. Ela escreveu e disse, tipo, tá tudo bem com você você está parecendo diferente.

A mãe bate empolgada na cama.

E eu respondi de novo, George diz, e disse estou ótima obrigada só ocupada demais com questões privadas familiares importantes e que me tomam muito tempo mas tão ocupada que eu nem tenho mais muito tempo nem pra olhar o telefone. Eu entro em contato com você então por favor não entre em contato comigo. Até mais. E aí eu deletei as minhas mensagens. E aí deletei as dela.

A mãe ri tão alto e tão empolgada que Henry, adormecido acima delas, acorda e desce as escadas para ver o que está acontecendo.

Quando conseguem colocar Henry de volta na cama direitinho elas também vão para a cama. A mãe apaga a luz. Elas ficam ouvindo a respiração de Henry se regularizar. Ela se regulariza logo.

Aí esta é a história que a mãe lhe conta baixinho no escuro:

Um dia eu estava esperando num caixa eletrônico em King's Cross e tinha uma mulher na minha frente, que a idade dela era mais ou menos a minha.

Cuja idade, George diz.

George, a mãe diz. A história é de quem?

Desculpa, George diz.

Ela sorriu pra mim porque nós duas estávamos esperando a nossa vez. A bolsa dela no chão estava aberta, cheia de coisas que me interessavam, rolos de papel de qualidade e uma bolona enorme de fio verde ou lã ou barbante de jardinagem, e um monte de canetas e lápis e umas ferramentas e réguas de metal. Enfim, a vez dela chegou e ela estava digitando os números ali e aí começou a tatear nos bolsos e remexer naquela bolsa aberta e procurar no chão em volta dela e eu disse, está procurando alguma coisa? posso ajudar? E ela deu um tapa na testa e disse *quando foi que eu virei o tipo de pessoa que entra em pânico porque não sabe onde meteu o cartão do banco quando está no caixa tirando dinheiro se o cartão está bem ali na frente dela, só que ela esqueceu que já inseriu na máquina?* O que me fez rir porque eu me reconheci nessa situação. E a gente conversou um pouco e eu perguntei dos rolos de papel na bolsa dela e ela me disse que fazia livros, únicos, como obras de arte, livros que eram eles mesmos uma obra de arte. Você me conhece. Eu fiquei interessada. A gente trocou e-mails.

Uns quinze dias depois chegou uma mensagem dessa mulher na minha caixa de entrada, e dizia só: *o que você acha?* e quando eu abri o anexo eram umas fotos de um livrinho lindo, cheio de cores e linhas escritas onduladas e figuras, meio como se Matisse tivesse escrito aquilo, e eu respondi e disse que tinha gostado bastante, e ela me respondeu dizendo *mas será que eu devia estar fazendo outra coisa da vida?* e eu fiquei abalada pela intimidade daquela pergunta, de uma desconhecida pra uma virtual desconhecida. Eu respondi e disse, *e você quer fazer outra coisa da vida?* Aí eu não soube mais nada e esqueci dela de novo. Até que um dia ela me deixou uma mensagem de voz me convidando pra almoçar, o que foi esquisito porque eu não lembrava de ter dado o meu telefone pra ela, você me conhece, eu nunca entrego o número. A mensagem de voz dizia que ela tinha uma coisa pra me mostrar e me convidava a passar antes na oficina dela.

Foi bem empolgante ir até lá. Tinha um monte de tipos móveis, gavetas cheias, abertas e fechadas, e tintas e pigmentos por tudo, e máquinas de cortar, e uma prensa antiga, e garrafas cheias de sabe lá o quê, fixadores, cores, sei lá. Eu adorei.

O que ela queria me mostrar era uma caixa de vidro. Ela estava fazendo um conjunto de livros de encomenda pra alguém que queria que ela fizesse três desses livros e aí entregasse pra ele numa caixa de vidro lacrada. Então esses livros iam ser cheios de páginas com umas decorações lindas que ninguém poderia ver, pelo menos sem quebrar.

E ela ficou ali sentada e disse, então, o meu beco sem saída é, Carol, será que eu chego a me dar ao trabalho de encher esses livros de texto e de imagens lindas ou será que eu só dou uma mexida nas bordas pra ficar com cara de que tem alguma coisa ali, sabe como, desgastar um pouco e borrar aqui e ali pra parecer que eles foram bem manuseados, e entregar o livro pra ele e ser paga e nem precisar trabalhar tanto? Será que eu decido ser uma charlatã ou faço um monte de coisas que correm o risco de nunca serem vistas?

Nós fomos almoçar e ficamos bem altinhas. Ela disse, *isso é empolgante pra mim porque eu posso ficar te vendo comer*, e eu disse, como é que é? sério? você se empolga com uma coisa dessas?

Mas enfim. Lisonjeiro. Alguém queria ficar me vendo comer.

Estranho, George diz.

A mãe abafa uma risada interna.

Eu ia gostando cada vez mais dela, ela diz. Ela era reprimida e respeitável e anárquica e mal-educada e inesperada, era trivial e louca, as duas coisas ao mesmo tempo, como uma das más companhias da escola. E era um amor. Era atenciosa, delicada comigo. E tinha alguma coisa, algum relance de alguma coisa. Ela me olhava e eu sabia que tinha alguma coisa de verdade ali, e eu gostava, gostava desse jeito de ela prestar atenção em mim, na minha vida. Como se ela se importasse pessoalmente com o meu estado de espírito de cada dia ou como eu estava a cada hora. E ela me beijou uma vez. Pra valer, quer dizer contra um muro, um beijo de verdade —

Ai, Jesus, George diz.

Foi exatamente o que o seu pai falou, a mãe diz.

Você contou pro pai? George diz.

Claro que contei, a mãe diz. Eu conto tudo pro seu pai. Enfim, querida, depois disso eu soube que era um jogo. Você sempre sabe em que pé está depois de um beijo. Foi um beijo bem bacana, George, eu gostei bastante. Mas mesmo assim —

(*Eu nunca vou perdoar isso*, George está pensando)

— eu soube depois daquilo que alguma coisa não estava muito certa, a mãe diz. Ela era sempre tão curiosa, sobre onde eu estava, o que eu estava fazendo, com quem estava fazendo, com quem mais eu estava me encontrando ou trabalhando, especialmente isso e no que eu estava trabalhando, sobre o que eu estava escrevendo, o que eu achava disso e daquilo, era constante, e eu pensei, bom, *isso* aí até parece amor, essa obsessividade, quando as pessoas estão apaixonadas elas precisam saber as coisas mais estranhas, então talvez *seja* amor mesmo, talvez só me pareça tão estranho porque é o tipo de amor que não pode se manifestar a não ser se nós duas decidirmos ferrar com a nossa vida. O que eu não tinha intenção de fazer, George. Eu sei o quanto a minha vida é boa. E, eu supus, ela também não tinha nenhuma intenção desse tipo, ela também tem uma vida, marido, filhos. Pelo menos eu acho que tem. Pelo menos eu vi umas fotos uma vez.

Mas aí teve o dia em que eu passei na oficina dela sem avisar que estava indo e bati na porta e uma mulher atendeu, ela estava de macacão, e eu perguntei pela Lisa e ela disse quem? E eu disse Lisa Goliard, a dona deste ateliê de encadernação, e a mulher disse, não, não é o meu nome, eu sou fulana de tal, e aqui é o *meu* ateliê de encadernação, posso ajudar em alguma coisa? E eu disse, mas você às vezes aluga a oficina pra outros impressores ou encadernadores, né? e ela ficou me olhando como se eu fosse doida e disse que estava superocupada e se tinha alguma coisa que ela pudesse me ajudar, e foi quando eu estava indo embora que eu me dei conta de que nesse tempo todo em que eu conhecia a Lisa, o que a essa altura já dava uns dois anos, eu nunca tinha visto ela fazer nada naquele ateliê. A gente só ficava ali sentada, conversando. Eu nunca vi ela escrever alguma coisa, ou encadernar, ou imprimir, ou cortar.

E aí quando cheguei em casa eu procurei o nome dela on-line e lá estavam as mesmas poucas páginas que eu tinha visto antes, uma página que ainda dizia Site em Construção e um link de uma livraria na Cumbria, mas não muito mais. Pra falar a verdade nada mais. Nem vestígio.

Ela quase não existia, George diz. Ela existia por um fio.

Não que a ausência de alguém do mundo virtual signifique alguma coisa, a mãe diz. Ela definitivamente existia. Definitivamente existe.

Se isso fosse um filme ou um romance, você ia descobrir que ela era espiã, George diz.

Pois é, a mãe diz.

Ela fala isso bem feliz no escuro ao lado de George.

É possível, ela diz. Não é de todo impossível. Se bem que parece improvável. Não ia ser uma surpresa pra mim. Afinal a gente se conheceu de um jeito bem esquisito, tudo aquilo aconteceu de um jeito bem esquisito. É como se alguém tivesse dado uma olhada na minha vida e calculado o jeito exato de me atrair, e aí de me enrolar quando conseguisse chamar a minha atenção. Uma coisa de artista mesmo. E ela é uma espiã simpática. Se é que é espiã.

E existe espião simpático? George diz.

Antes eu achava que não, a mãe diz. A gente até conversou sobre isso, virou uma piada nossa. Eu dizia, você é da inteligência militar, não é, e ela dizia infelizmente eu não posso responder essa pergunta.

E você falou pra ela que tinha estourado a oficina dela? George diz.

Falei, a mãe diz. Eu disse que tinha ido e que não era a oficina dela no dia que eu fui. Ela riu e disse que eu tinha encontrado a outra pessoa que trabalha ali de vez em quando, e que essa pessoa era a dona do prédio e vive com medo que as autoridades, a prefeitura, soubessem que ela estava alugando espaço pra outras pessoas, então ela sempre jurava que só ela usava aquilo ali quando alguém perguntava. E quando ela me disse isso, eu pensei, bom, isso é perfeitamente racional, isso explica *aquilo*, e exatamente ao mesmo tempo eu pude sentir que estava pensando, bom, isso *desculpa* aquilo. Acho que esse pensar-melhor foi o motivo de eu ter começado a me encontrar muito menos com ela.

Mas, George, o que eu vou te dizer, eu não espero que você entenda antes de ficar mais velha —

Valeu, George diz.

Não, a mãe diz. Eu não estou mesmo te tratando igual a uma criança. Mas pra entender uma coisa como isto que eu vou te dizer precisa ter uma certa idade. Tem coisas que realmente levam tempo. Porque mesmo que eu estivesse suspeitando que tinham me passado a perna, tinha alguma coisa. Era de verdade, e era passional. Era tácito. Ficava nas entrelinhas. Ficava para a imaginação. Isso por si só já era bem empolgante. O que eu estou dizendo é que eu estava gostando daquilo. Mesmo que tivessem me passando a perna. E acima de tudo, meu amor. O fato de ser vista. De ser enxergada. Isso deixa a vida bem, olha, não sei. Faceira.

Faceira? George diz. Que tipo de palavra é faceira?

Isso de ser vigiada, a mãe diz. Era bem interessante.

Mas por uma espiã mentirosa? George diz.

Ver e ser vista, Georgie, é muito raramente uma coisa simples, a mãe diz.

São coisas, George diz.

O quê? a mãe diz.

São muito raramente coisas simples, George diz. Você contou pro pai que ela era espiã? O que ele disse?

Ele disse (e aqui a mãe imita uma voz que deveria ser a do pai), Carol, ninguém está te monitorando. Isso é expressão de uma coisa sub-reprimida. Você está se sentindo atraída pelo lado classe média dela. Ela se sente atraída pela sua origem classe baixa. É uma paranoia clássica de encanto interclasses e vocês duas estão inventando um drama adolescente pra deixar a vida de vocês mais interessante.

Será que o pai não sabe que agora não tem só três classes, mas cento e cinquenta classes diferentes pra gente decidir de qual é? George diz.

A mãe ri no escuro perto de George.

Enfim, querida. As coisas chegam ao seu fim natural. Eu acabei ficando meio cansada. Eu deixei de manter contato com ela já no inverno.

É. Eu sei, George diz.

Eu fiquei meio triste, a mãe diz. Sabe?

Todo mundo sabe, George diz. Você ficou insuportável.

Verdade? a mãe diz e ri delicadamente. Bom, eu fiquei com saudade dela. Ainda fico. Parecia que eu tinha uma amiga.

Ela *era* minha amiga. E, Jesus amado, George, tinha alguma coisa ali que fazia eu me sentir autorizada.

Autorizada? George diz. Isso é doideira.

Pois é. Tendo o direito, a mãe diz. Como se alguém estivesse me *dando o direito.* Eu fiquei com vontade de rir, quando percebi. Aí eu fiquei me sentindo meio, olha, especial. Como um personagem de um filme que de repente desenvolve uma aura de luz em volta do corpo. Você consegue imaginar?

Sinceramente? Não, George diz.

Será que a gente nunca consegue ir além do "eu"? a mãe diz. A gente nunca consegue ser mais do que é? Será que um dia, no que se refere a você, eu vou ter o direito de ser uma coisa que não seja a sua mãe?

Não, George diz.

E por que será? a mãe diz.

Porque você é minha mãe, George diz.

Ah, a mãe diz. Sei. Enfim. Mas eu gostei, enquanto durou. Será que eu estou louca, George?

Sinceramente? Está, George diz.

E pelo menos agora eu sei por que as mensagens perguntando por que eu não estava mais falando com ela pararam de chegar. Haha! a mãe diz.

Que bom, George diz.

Engraçado, a mãe diz.

Essa Lisa Goliard, ou seja lá quem ela for no mundo de verdade quando não está fingindo ser outra pessoa, pode ir lá pra porra da espiolândia dela, George diz.

Há um curto silêncio de desaprovação em que George sente que foi longe demais. Aí a mãe diz

Por favor não fale assim, George.

Tá tudo bem. Ele está dormindo, George diz.

Pode estar. Mas eu não estou, a mãe diz.

Disse.

Isso foi antes.

Agora é agora.

É fevereiro agora.

Mas eu não estou.

A mãe agora não está nada.

George fica deitada na cama com as mãos atrás da cabeça e lembra a única vez na vida em que viu Lisa Goliard em carne e osso.

Eles estavam todos a caminho das férias na Grécia, chegaram bem cedo ao aeroporto, seis e meia da manhã, estavam tomando café num Pret e ela se virou para pedir para a mãe pegar um treco quente de tomate e muçarela pra ela. Mas a mãe não estava ali. A mãe tinha ficado pra trás, estava atrás deles conversando com uma mulher de cabelo comprido que parecia grisalho apesar de a mulher ser jovem, e linda, o que George podia adivinhar só de olhar pra ela assim de costas; e alguma coisa na mãe era o mais estranho de tudo ali, ela estava meio que na pontinha nos pés, será? como quem se espicha, como quem tenta alcançar alguma coisa quase inalcançável na última prateleira, uma maçã bem alta numa árvore. A pessoa se inclinou pra frente e colocou a mão no ombro da mãe de George e lhe deu um beijo no rosto e quando se virou para dar um último tchau George pegou o momento do rosto dela.

Quem era essa aí? George perguntou para a mãe.

A mãe falou um monte. Coincidência, a amiga que faz livros, imagina só, puxa, que surpresa.

George viu a cor da mãe esquentar e mudar.

Levou um tempão para a cor da mãe voltar ao normal. Levou metade do voo — quase toda a parte norte da Europa — antes de a cor da mãe se acalmar.

O minotauro é um meio-homem com cabeça de touro que foi colocado no centro de um labirinto safado. De vez em quando o rei, cuja esposa deu à luz o monstro, tem que dar rapazes e donzelas como sacrifício, para alimentar o minotauro. O monstro é derrotado por um herói com uma espada e o labirinto é derrotado por uma simples bola de barbante. Não é assim a história?

George levanta e vai até a porta e pega o telefone no bolso da calça pendurada ali atrás. É 1h23 da manhã. Está meio tarde pra mandar mensagem.

Ela manda uma mensagem para H.

— *Tem um negócio que eu preciso saber.*

Nada de resposta. George manda outra mensagem.

— *Você fez aquela piada do minotauro porque você acha que eu achar que ela estava sendo monitorada é conversa pra boi dormir?*

Escuro.

Nada.

George se encolhe na cama. Tenta não pensar em coisa alguma.

Só que no dia seguinte, na escola, H não quer conversar de verdade com George. Não de um jeito desagradável, mas de um jeito jeitoso de cumprimentar com a cabeça e se afastar. Pode ser porque ela acha mesmo que George está paranoica e louca. George fala e não é que H não responda, mas não retruca de verdade e tende a terminar suas frases olhando para o outro lado, o que não gera grandes conversas contínuas.

Isso vai ficando particularmente complicado porque elas ficaram juntas no trabalho de empatia/ compaixão na aula de inglês e deviam estar discutindo ideias, e a coisa tem que ficar pronta e elas têm que fazer a apresentação para o resto da turma na sexta. Mas H fica levantando e indo para a outra mesa onde fica a impressora e imprimindo coisas, e fica no lado da sala onde tem três meninas que são meio amigas de H mas menos amigas de George. Aí quando volta, ela se põe de lado e toma notas e só responde se George faz uma pergunta direta. Ela faz isso educadamente, mas de um jeito definitivamente desinteressado.

É terça, então é dia da sra. Rock.

Acho que de repente eu não sou uma pessoa muito passional, George diz.

A sra. Rock, desde o Natal, parou de repetir o que George acabou de dizer. A nova tática é ficar sentada e ouvir sem abrir a boca, aí bem no finzinho da consulta contar alguma história ou improvisar em cima de uma palavra que George usou ou de alguma coisa que lhe ocorreu por causa de alguma coisa que George disse. Isso significa que agora as consultas são basicamente George num monólogo, mais um epílogo da sra. Rock.

Eu perguntei hoje de manhã pro meu pai, George diz, se ele achava que eu era uma pessoa passional e ele disse eu acho que você definitivamente é uma pessoa de muita raça, George, e tem definitivamente muita paixão nessa sua raça, mas eu sei que ele estava meio que me passando a perna. Não que o meu pai fosse saber se eu sou ou não sou passional mesmo. Enfim, aí o meu irmão mais novo começou a fazer barulhinhos de beijo nas costas da mão e o meu pai ficou envergonhado e mudou de assunto e aí quando a gente saiu pela porta da frente pra ir pra escola, o meu irmão estava apontando para o cachorro do vizinho e dizendo que tinha muita paixão naquela raça, que aquela raça era cheia de paixão, e eu me senti uma besta, uma idiota mesmo, por ter dito qualquer coisa em voz alta pra qualquer um.

A sra. Rock fica ali sentada calada como uma estátua.

Com isso já são duas pessoas que não querem falar de verdade com George hoje.

Três, se for pra contar o pai.

George sente uma teimosia tomar conta dela ali sentada na poltrona dos alunos da sra. Rock. Ela lacra a boca. Cruza os braços. Espia o relógio. Foram só dez minutos. Ainda faltam sessenta minutos dessa consulta (é uma aula geminada). Ela não vai mais abrir a boca.

Tique tique tique.

Cinquenta e nove.

A sra. Rock fica sentada ao lado da mesa diante de George como o continente na frente de uma ilha, quando a última balsa do dia já partiu faz tempo.

Silêncio.

Cinco minutos se passam nesse silêncio.

Só esses cinco minutos já passam como se fossem uma hora.

George considera correr o risco de parecer insolente e tirar os fones de ouvido da bolsa e ouvir música no telefone. Mas não dá, né? Porque é o telefone novo e ela ainda não baixou música para o telefone, apesar de estar com ele há dois meses, e não tem nada nele a não ser aquela música que H baixou pra ela depois que ela escreveu a letra pra prova sobre o DNA.

Eu sempre vou te querer.

Querer é uma palavra complicadinha aqui, porque tem volo, que significa quero, mas normalmente não se usa com gente. Desidero? Sinto vontade de, desejo. Amabo? Vou amar.

Mas e se eu nunca for amar? E se eu nunca chegar a desejar? E se eu nunca quiser?

Nunquam amabo?

Sra. Rock, tudo bem se eu mandar uma mensagem? George diz.

Você quer mandar uma mensagem pra mim? a sra. Rock diz.

Não, George diz. Não é pra senhora.

Então não, George, porque isto aqui é uma consulta que a gente decidiu passar inteira conversando, a sra. Rock diz.

Bom, George diz. A gente não está exatamente conversando aqui, a gente está só sentada sem abrir a boca.

Isso é escolha sua, George, a sra. Rock diz. Você é que escolhe como usar este tempo aqui comigo.

A senhora quer dizer esse tempo que sei lá quem decidiu em alguma reunião da escola, George diz, que era pra eu passar aqui sentada na sua sala pra senhora poder me minotaurar pra ver como é que eu estou depois que a minha mãe morreu.

Minotaurar você? a sra. Rock diz.

Como? George diz.

Você disse minotaurar você, a sra. Rock diz.

Não disse não, George diz. Eu disse monitorar. A senhora está me monitorando. A senhora deve ter ouvido essa outra palavra aí dentro da sua própria cabeça e decidiu por algum motivo que fui eu que disse.

A sra. Rock parece devidamente desorientada. Ela escreve alguma coisa. Aí ergue de novo os olhos para George com exatamente a mesma candura vazia de antes da conversa.

E enfim, literalmente, se sou eu que decido como usar este tempo aqui, então eu posso decidir mandar uma mensagem, George diz.

Não a não ser que seja pra mim, a sra. Rock diz. E se você fizer isso, você vai se encrencar. Porque, como você sabe, se você tirar o telefone da bolsa e eu te vir usando nas dependências da escola num momento que não seja a hora do almoço, eu vou ter que confiscar o telefone e você só vai receber de volta no fim da semana.

Mas e essa regra vale até aqui? George diz.

A sra. Rock levanta. É bem chocante ela levantar. Ela tira o casaco que está pendurado atrás da porta e abre a porta.

Vem comigo, ela diz.

Aonde? George diz.

Anda, ela diz.

Eu vou precisar da jaqueta? George diz.

Elas descem o corredor e passam por salas cheias de gente fazendo lição, saem pela porta principal da escola e aí seguem até o portão da frente que a sra. Rock atravessa. George vai atrás.

Assim que elas estão do outro lado do portão a sra. Rock para.

Agora você pode pegar o telefone, Georgia, sem quebrar regra nenhuma, ela diz.

George pega o telefone.

A sra. Rock vira de costas.

Pode mandar aquela mensagem agora, a sra. Rock diz.

— *Semper é sempre*, George escreve. *Ou tem uma palavra legal usquequaque. Quer dizer em toda a parte, em qualquer ocasião. Perpetuus quer dizer contínuo e continenter quer dizer continuamente. Mas eu não consigo dizer nenhuma delas porque neste exato momento pra mim são só palavras.* Aí ela clica enviar.

Quando elas chegam de volta à sala da sra. Rock, sobram dez minutos da sessão.

É nesse momento que a senhora se inclina pra frente e me conta a história ou sei lá o que a senhora decidiu me contar e que a senhora quer usar pra fechar a sessão, George diz.

É, mas hoje, Georgia, acho que você devia fechar a sessão, a sra. Rock diz. Acho que o tema que apareceu hoje aqui foi falar e não falar, e os quandos e os ondes e os comos das duas coisas. E foi por isso que eu achei que era importante a gente fazer aquele pequeno desvio da estrutura escolar, pra você poder fazer a conexão pessoal que tão nitidamente você achava que era urgente fazer.

Aí a sra. Rock fala um tempo sobre o que significa dizer coisas em voz alta.

Significa uma decisão de tentar articular as coisas. Ao mesmo tempo significa todas as coisas que não podem ser ditas, ainda que você tente colocar algumas delas em palavras. A intenção da sra. Rock é boa. Ela no fundo é bem legal. George explica que quando sair daqui e for olhar o telefone vai ver que a mensagem que a sra. Rock fez tanta força agora há pouco pra deixar ela enviar vai estar com aquele pontinho vermelho de exclamação e a marca do lado dizendo não entregue, porque nem a pau que tem como mandar uma mensagem pra um número de telefone que não existe mais.

Então você mandou uma mensagem sabendo que a sua mensagem nunca ia chegar à pessoa pra quem você mandou? a sra. Rock diz.

George concorda com a cabeça.

A sra. Rock pisca. Ela espia o relógio.

A gente tem mais dois minutos, Georgia, ela diz. Tem mais alguma coisa que você quer trazer pra sessão de hoje, ou mais alguma coisa que você queira dizer?

Nem, George diz.

Elas ficam sentadas caladas por um minuto e trinta segundos. Aí o sino toca.

Mesmo horário semana que vem, Georgia, a sra. Rock diz. Até lá.

Quando George chega em casa, H está esperando na porta.

É a terceira visita de H.

*Achei que você não queria falar comigo/ E se eu nunca for
amar/ nunca quiser/ nunca desejar/ acho que eu não sou muito/*
Oi, George diz.
Oi, H diz. Eu estou super. Eu estou.
Tudo bem, George diz.
Eu estava um trapo hoje, H diz. Eu não estava muito a fim
de nada.
Aí H lhe diz que descobriu ontem à noite quando
voltou para casa que a família dela está de mudança para a
Dinamarca.
De mudança? George diz. Você?
H faz que sim.
Ir embora? George diz.
H faz que sim.
Pra sempre? George diz.
H desvia os olhos, depois olha de novo para George.
E dá pra simplesmente tirar uma aluna da escola no meio
do ano letivo assim desse jeito? George diz.
H dá de ombros.
Quando? George diz.
Começo de março, H diz. O trabalho do meu pai. Ele está
em Copenhague agora. Achou um apartamento genial pra gente.
Ela está com uma cara horrível.
George dá de ombros.
Empatia compaixão? ela diz.
H faz que sim.
Eu trouxe as minhas ideias, ela diz.
Elas sentam à mesa do térreo. H liga seu iPad.
Ela teve uma ideia de que elas deviam fazer a apresentação
sobre o pintor que fez aquela pintura que a mãe de George
achou tão bonita que foi até a Itália só pra ver. Ela achou mais
umas pinturas dele e um biografiazinha.

Não que seja muita coisa, ela diz. O que sempre falam dele, no pouco-quase-nada que dá pra achar, é que existe pouca informação sobre ele. Eles não sabem direito quando ele nasceu e só sabem que ele morreu porque tem uma carta que diz isso, talvez na peste, e ele estava com quarenta e dois, diz a carta, o que significa que eles conseguem meio que calcular a data do nascimento, mas ninguém sabe exatamente que anos, pode ser uma coisa ou outra. E aí tem a carta que ele mesmo escreveu, que a sua mãe mencionou pra você, que ele escreveu pro duque com aquilo de querer receber mais. Tem uma pintura dele em Londres na National Gallery e tem um desenho no British Museum. Só existem umas quinze ou dezesseis peças dele no mundo inteiro. Pelo menos é o que eu acho. Um monte de coisa que eu procurei apareceu em italiano. Eu coloquei no Google Tradutor.

H lê alguma coisa.

Cossa foi a vítima da peste que infierti em Bologna entre 1477 e 1478... o 78 seria a data mais provável, jaquetas na doença desse ano vieram de crueza.

Jaquetas o quê? George diz.

Jaquetas na doença desse ano vieram de crueza, H diz de novo. Eu copiei direitinho. Era isso que dizia.

Ela lê mais um pedaço.

As poucas obras de juventude não deixam quase prever fazer composições tão inovador imaginativas —

aí ela diz uma palavra que soa como noia ou paranoia.

Ela mostra para George no papel.

— *tão inovador imaginativas Schifanoia.*

É isso. É o palácio que a gente foi ver, George diz quando vê a palavra.

(A mãe está dizendo a palavra ao lado dela no carro na

Itália nesse exato momento, meses antes. É o lugar a que eles estão se dirigindo.

Esqui. Fá. Nó. Ia., ela está dizendo. Traduzido, quer dizer o lugar onde se escapa do tédio.

Vamos ver então, George está dizendo lá atrás.

Eles passam por uma placa que faz George rir porque o nome da cidade parece o verbo ferrar.

Passam por outra. Diz

Scagli di vivere
non berti la
vita

Era isso que dizia? Alguma coisa de viver, não alguma coisa a vida? Passou tão rápido.)

H decidiu que elas podiam fazer o exercício de empatia/compaixão sobre aquele pintor exatamente porque se sabe tão pouco a respeito dele. Isso significa que elas podem inventar um monte de coisa e não vão poder perder nota porque ninguém vai saber mesmo.

É, mas será que a Maxwell vai querer que a gente faça aquela coisa histórica mala tipo imagine que você é uma pessoa de outro período e tal? George diz. *Imagine que você é uma lavadeira medieval ou um feiticeiro que caiu de paraquedas no século XXI.*

Ele ia falar tipo antigo, H diz. Ele ia dizer umas coisas tipo ho, ou eramá, ou estormento.

Acho que eles não se ligavam desse uso de ho, assim tipo "mina", que nem no rap americano, lá na Itália e tal, George diz.

Espero que eles tenham uma palavra lá deles para isso, H diz.

George sobe. Entra no escritório da mãe e tira o dicionário

da prateleira. Ali, está escrito que *ho* já era uma palavra em inglês em 1300 quando significava uma exclamação de surpresa e também o grito de um barqueiro. Agora, além de prostituta e de um som de risada, pode querer dizer um criminoso frequente ou pode ser a sigla de Home Office no governo. Ho ho ho, H diz. Montes de *hos* em Shakespeare. E Hey-ho, que grande dano, há amigos só fingidos, há amor que é mero engano.

(H trabalhou ano passado no Shakespeare Festival no verão vendendo ingressos e faxinando por dez libras por noite.)

Não ia ser melhor se a gente simplesmente imaginasse o cara falando que nem *a gente* fala? George diz. Não ia rolar mais empatia?

É, mas a língua com certeza ia ser diferente, H diz.

É, ia ser italiano, George diz.

Mas italiano *daquela* época, H diz. Como eles falavam naquela época. O que deve ser diferente de agora. Imagine. Ele zanzando com sei lá que roupa que eles usavam pra cima e pra baixo na escada lá do, sei lá. Do estacionamento. O que é que ele ia achar dos carros?

Pequenas prisões sobre rodas, George diz.

Pequenos confessionários sobre rodas. Tudo pra ele ia ter a ver com Deus, H diz.

Essa é boa, George diz. Anota aí.

Ele ia ser que nem um intercambista, não só de outro país mas de outro tempo, H diz.

Ele ia ficar todo *ai de mim que me representa mui mal uma menina de dezasseis anos que não sabe porra nenhuma de arte e nadíssima de mim a não ser que pintara certas cousas e aparentemente morri na peste,* George diz.

H ri.

Você não pode simplesmente sair inventando coisas sobre gente de verdade, George diz.

A gente inventa coisas sobre gente de verdade o tempo todo, H diz. Neste exato momento você está inventando coisas sobre mim. E eu definitivamente estou inventando coisas sobre você. Eu sei que estou.

George ruboriza, aí se surpreende ao ver que ruborizou. Ela olha para o outro lado. Pensa rápido em outra coisa; pensa como ia ser a cara dela. Você ali precisando que a sua pessoa morta voltasse do reino dos mortos. Você ia ficar esperando ali direto essa pessoa voltar. Mas em vez da pessoa que você queria, você ia acabar ganhando algum pintor renascentista morto que ia ficar falando só dele e do trabalho dele e ia ser alguém de quem você nem sabia nada e isso supostamente ia te ensinar a ter empatia, será?

É exatamente o tipo de manobra da mãe dela.

Tem um anúncio na televisão agora mesmo, de seguro de vida com alguém vestido de vítima da peste, porque o anúncio quer sugerir que aquela seguradora existe há séculos e que nada não é segurável.

Mas como é que deve ter sido, ela imagina, morrer na peste? Ser enterrado numa vala cheia dos ossos dos outros, alguém com medo de pegar a doença te colocando lá dentro com uma pá antes de você esfriar direito, e aí jogando mais gente morta em cima de você? Por um momento ela pensa em ossos sob um piso frio, sob as pedras de uma igreja talvez, ou sob edifícios quaisquer numa cidade, onde tem gente trabalhando e morando agora mesmo sem ter ideia de que os ossos estão ali embaixo deles. Os ossos se agitam. Trocam de lugar uns com os outros na imaginação dela. São os ossos do cara que pintou aquele pato superespantado com a mão do caçador em volta do pescoço, pintou o olho delicado do cavalo, a mulher que conseguia flutuar no ar em cima da ovelha ou do bode negro com aquela cara safada, aquele negro forte com a roupa em farrapos que a mãe dela achou tão impressionante e que H fez reaparecer na tela agora mesmo.

É melhorzinho na vida real, George diz.

Diz aqui on-line que é uma alegoria da preguiça, H diz. Deve ser porque ele está com as roupas esfrangalhadas e tem essa cara de pobre.

Se a minha mãe estivesse viva ela ia fazer uma Subversão com essas pessoas dizendo isso aí, George diz. Ela ia ter um ataque cardíaco se ouvisse alguém chamar essa pintura de preguiçosa.

No mesmo lugar que fala que é uma alegoria da preguiça, diz também que essa aqui é a alegoria da atividade, H diz.

Ela faz aparecer a pintura do rapaz rico com a flecha numa mão e o aro na outra.

Quer dizer, se ela já não estivesse, tipo, morta, George diz. Eu vi esse aí também. Junto com o cara dos trapos. Em carne e osso.

H já encontrou mais três imagens desse pintor que não estão no palácio de Ferrara. Tem uma em que um anjo está ajoelhado para dizer à Virgem Maria que ela vai dar à luz. Sobre os dois, lá longe no céu, tem uma forma flutuante. É Deus. Ele tem um formato estranho, como um sapato, ou um — o quê?

Aí George percebe um caracol pintado no pé da pintura, atravessando o quadro como se fosse um caracol de verdade atravessando uma pintura. A forma do caracol é quase a mesma forma de Deus.

Será que isso significa que Deus é como um caracol? Ou que um caracol atravessando um quadro é como Deus?

Ele tem uma espiral perfeita na concha.

Outra é uma pintura bem dourada. É de uma mulher que

segura uma flor com uma haste bem fininha. A flor tem olhos em vez de botões.

Doido, H diz.

A mulher que segura os olhos-flores está com um sorriso bem leve, como um mágico tímido.

A última pintura que H encontrou é de um sujeito bonito de olhos castanhos. Ele está segurando um anel de ouro. Segura o anel como se a mão dele estivesse saindo direto do quadro por cima da borda da moldura para entrar no mundo real como se ele estivesse literalmente dizendo, toma, é pra você, você quer?

Ele está com um chapéu preto. Talvez também esteja de luto.

Olha isto aqui, H diz.

Ela aponta para as formações rochosas no fundo, por trás da cabeça do homem, onde um rochedo que tem um pouco a forma de um pênis está apontando direto para a margem rochosa oposta — do outro lado de uma baía pequena e do outro lado da cabeça do cara bonito — que tem uma caverna aberta encaixada.

As duas meninas caem na risada.

É gritante e invisível. As duas coisas. É sutil e ao mesmo tempo é o negócio menos sutil do mundo, é tão pouco sutil que fica sutil. Depois que você viu, não tem como não ver. A intenção do cara bonito fica completamente clara. Mas só se você percebe. Se você percebe, muda tudo na pintura, como um comentário espirituoso que alguém teve a coragem de fazer em voz alta mas que você só escuta se as suas orelhas estiverem ligadas em mais de uma coisa acontecendo ao mesmo tempo. Não é mentir sobre alguma coisa, nem fingir alguma coisa, e mesmo se você não perceber, está lá, claríssimo. Podem ser só pedras e paisagem se você quiser que seja — mas tem sempre mais pra ver, se você olhar.

Elas param de rir. É nesse ponto que H se inclina para George como se fosse dar um beijo na boca dela, é, tão perto assim, tão perto que George por um segundo ou dois está respirando o ar que sai de H.

Mas ela não beija George.

Eu volto, ela diz.

George não abre a boca.

H afasta de novo a cabeça.

Acena para George.

George dá de ombros.

Passou meia hora. George e H estão no quarto de George. Elas decidiram que falar de um pintor de que não sabem nada vai precisar de explicações demais e dar trabalho demais, que elas corriam muito risco de se enrolar por não saber coisas que as pessoas sabiam naquela época, tipo como moer besourinhos pra fazer os pigmentos das tintas etc., ou tipo papas e santos e deuses e deusas e sei-lá-mais-o-quê míticos e délficos (délfico o quê? George diz; sei lá, tripés délficos, H diz; o que é um tripé délfico? George diz; está vendo? não tenho ideia, H diz).

Elas vão acabar demonstrando a diferença entre empatia e compaixão com uma mímica simples.

Para a empatia, H vai fingir que tropeça e cai na rua e George, fazendo o papel de um passante que vê por acaso isso tudo, vai tropeçar sozinha tão simplesmente porque viu outra pessoa fazer isso. Para a compaixão, H vai fingir tropeçar de novo, mas dessa vez George vai até ela e pergunta se ela está legal e diz umas coisas tipo coitadinha e tal. Aí H vai fingir que está totalmente doidona de drogas e George, vendo isso, vai fazer que está começando a se sentir tonta e desorientada e doida também. Aí elas vão fazer uma enquete na turma pra saber se essa última parte, a parte das drogas, é uma demonstração de empatia ou de compaixão.

Elas vão intitular a apresentação de Empatia e Compaixão Trançando as Pernas.

H está admirando a umidade que se alastra. George agora a esconde com imagens dos tipos de coisas que o pai dela nunca ia imaginar que estão na frente da umidade. Tem umas imagens de gatinhos e de umas bandas que o pessoal da escola anda ouvindo agora, que George nem curte nem descurte e que ela não se incomoda se ficarem estragadas pelo que está ali embaixo.

Quem é essa aqui? H diz olhando lá do outro lado do quarto para uma imagem na parede de cá.

Uma atriz italiana, George diz. A minha mãe comprou pra mim.

E ela é boa? H diz.

Sei lá, George diz. Nunca vi nada com ela.

H olha para a imagem das cantorinhas francesas e para a disposição das fotografias em cima dos travesseiros que ficam na cama, da mãe de George mulher, moça e menina e até um bebezinho preto e branco bem pequeno. Ela senta na cama de George para olhar para elas.

Me fala dela, ela diz.

Primeiro me diz alguma coisa você, George diz. Aí eu falo.

O quê? H diz. Que tipo de coisa?

Qualquer coisa, George diz. Só alguma coisa que você lembre. Alguma coisa que apareceu na sua cabeça hoje de noite em algum momento.

Quando? H diz.

Qualquer hora, George diz. Quando a gente ficou olhando as pinturas. Sei lá.

Ah, tá, H diz. Bom. Aquela coisa de jaquetas e crueza.

Ela conta a George do festival em que trabalhou no verão passado, ela estava vendendo e rasgando os ingressos de *As You Like It* no teatro St. John. Estava emendando turnos e para a encenação noturna o público foi inesperadamente enorme, eram mais de trezentas pessoas — coisa de setenta normalmente era o que tinha.

Então eu estava lá rasgando os ingressos que nem doida, ela diz, e me virando com a tabuada do onze e do quinze, quinze era o ingresso normal e onze era com desconto, e a gente começou quase sem troco no caixa, duas notas de cinco libras, uma moedinha de uma libra e um punhado de pennies, o que significava que por um tempo eu só consegui vender ingresso pra quem tinha o dinheiro trocadinho. E estava uma noite fria pacas, então o pessoal todo ali na fila estava com frio além de puto, eu sei exatamente o frio que estava fazendo porque eu estava sem jaqueta.

Crueza, George diz.

É, mas espera, H diz. Depois dos ingressos eu tive que servir copinhos de isopor com quentão pra duzentas e setenta e cinco pessoas e todo mundo queria porque estava frio daquele jeito, e era só eu, e a urna só funcionava se você desse uma inclinadinha, o que era bem complicado porque aquilo era pesado e era bem foda segurar um copinho ali sem virar tudo no copo e na mão. E eu já tinha visto *As You Like It* uma vez e meia naquele dia, tinha visto a última metade de manhã e o ensaio corrido inteirinho de tarde e queria ir pra casa mas não podia porque a minha próxima tarefa era segurar a tocha depois da segunda metade pra mostrar onde que as pessoas tinham que andar no escuro e como chegar até a saída. Aí eu passei boa parte da segunda metade tentando me esquentar do lado da urna, até abraçada com a urna um tempo, tentando ler apesar de estar quase preto de escuro e de eu não poder usar a tocha porque ia atrapalhar a concentração do público nos atores. A menina que fazia o papel de Rosalinda tinha uma mania de entrar no papel de Ganimedes andando por trás da plateia fingindo que era menina e aí fingindo que era menino pra acertar a postura, e ela estava bem mal-humorada aquele dia não só porque também estava tendo que escapar nos intervalos e tapar a falta de alguém que estava doente pra fazer o papel de Ofélia no Trinity, mas porque na atuação dela no *Hamlet*, de tarde, alguém explodiu uma garrafa de refri bem quando ela tinha começado a fazer aquele monólogo do alecrim e ela esqueceu as falas. Enfim, ela estava andando de um lado pro outro e do outro pro um no escuro fingindo ser uma coisa e depois a outra e de onde eu estava sentada dava meio que pra ver ela, e eu estava meio olhando a menina e meio tentando ler, e aí outra coisa chamou a minha atenção, era uma coisa pequena e rápida, primeiro eu pensei que de repente ela tinha esquecido em que peça estava, tinha escorregado e virado Ofélia e caído de quatro, o que eu sabia que ela normalmente fazia na cena da loucura, mas a coisa que se mexia era rápida e pequena demais pra isso e de um jeito ou de outro dava pra ouvir a menina, ela estava ali na frente, e estava já havia algum tempo, estava recitando a fala que eu curto um monte que diz que não dá pra fechar a porta pra se defender da inteligência, e a tal da coisa de quatro pernas estava correndo por trás da plateia e aí voltando e eu vi que era uma raposa, que estava com alguma coisa na boca, tinha afanado um casaco ou uma jaqueta da parte de trás da plateia e saído correndo com aquilo. E cinco minutos depois ela veio de novo, entrou num zás e dessa vez se mandou com o que parecia uma bolsa. E aí quando a peça acabou eu fiquei parada na rua e segurei a minha tocha pra mostrar aonde que eles tinham que ir, e as três ou quatro pessoas que tinham perdido as coisas ficaram andando pelos jardins procurando e aí saíram dos jardins sem saber. Eu sabia. Elas não. Mas eu não queria contar. Ia ser tipo trair a raposa. E aí na volta pra casa eu percebi que tinha parado de pensar no frio e que isso tinha acontecido quando eu vi aquilo da raposa.

As jaquetas na doença desse ano vieram de crueza, George diz. Acho que quer dizer pele.

Como? H diz.

Onde diz jaquetas, George diz. Podia ser alguma coisa sobre como a doença deixava a pele das pessoas em carne viva, crua. E por falar em feridas. E crueza.

Ela pergunta a H quando a família dela está pensando em ir.

Primeira semana de março, H diz.

Escola nova, George diz.

A quinta em cinco anos, H diz. Dá pra dizer que eu estou acostumada. É por isso que eu sou tão bem adaptada e socialmente competente. Sua vez.

O quê? De ser socialmente competente? George diz.

De me dizer alguma coisa que você lembrou, H diz. Quando a gente estava olhando as pinturas.

Foi em maio. A gente está na Itália. Eles estão no carro da locadora a caminho do aeroporto.

Esquifa o quê, que era o nome? George diz.

Noia, a mãe diz.

Henry começa a cantar no banco de trás. Esquipanói, Esquipanói, Esqui pra nós. Esqui pra nós.

Ai, que tédio, Henry, George diz.

A mãe começa a cantar a letra de uma música dos Pet Shop Boys.

They were never being boring, ela canta. *They dressed up in thoughts, and thoughts make amends.*

Não é isso, George diz. *Eles nunca eram um tédio, eles se vestiam com pensamentos e pensamentos fazem as pazes.* Onde já se viu alguém se vestir com pensamento.

É assim, sim, a mãe de George diz.

Não, George diz. A letra é: *we dressed up and fought, then thought, make amends.* Primeiros eles brigam, depois pensam e fazem as pazes.

Não, a mãe diz. Porque eles sempre escrevem umas letras tão inteligentes. *Pensamentos fazem as pazes.* Devia ser uma figura de linguagem. Se eu tivesse um brasão, era isso que eu ia querer que dissesse ali em latim, ia ser o meu lema. E eu sempre achei que era uma explicação filosófica tão linda e uma compreensão tão bonita de precisamente *por que* eles nunca eram um tédio.

A sua versão não faz sentido, George diz. Não dá pra pessoa se vestir com pensamento. É *fought*. Brigar. É óbvio. Você ouviu errado.

Eu vou provar pra você, a mãe diz. Assim que a gente puder, a gente põe a música e ouve.

A gente podia procurar a letra on-line agora mesmo, George diz.

Esses sites são cheios de erros, a mãe diz. A gente vai usar os nossos ouvidinhos humanos e ouvir o original juntas quando a gente chegar em casa.

Aposto cinquentão que eu estou certa, George diz.

Beleza, a mãe diz. Prepare-se pra uma perda substancial.

Francesco de quê? a mulher do balcão de informações
disse.

Cossa, George disse.

Cotta? a mulher disse.

Cossa, e é del, George disse. Com um l.

Della Francesca, a outra mulher apareceu e disse.

Não, George disse. Francesco. Aí Del. Aí Cossa. Francesco
del Cossa.

A segunda mulher sacudiu a cabeça. A primeira sacudiu a
cabeça.

É um quadro de são Vicente. São Vicente de Ferrara,
George disse.

Na verdade George estava errada quanto a isso. Não é
Ferrara. É uma pintura de um santo chamado Vicente Ferrer e
nada a ver com o lugar que George visitou na Itália.

Mas mesmo assim, nenhuma das mulheres do balcão de
informações na galeria lá naquele primeiro dia em que George

foi ver o são Vicente Ferrer reconheceu o nome do pintor. Provavelmente aqui os visitantes só perguntam dos quadros bem famosões, o que libera a pessoa pra nem saber, porque não dá pra esperar que alguém saiba tudo de toda e qualquer pintura numa galeria de centenas, não, milhares, mesmo se ele ou ela trabalhar no balcão de informação do que é só uma ala da galeria.

E quando George olhou a pintura pela primeira vez ela pensou que nem era grandes coisas. Dava facinho pra você passar por ela e espiar e pensar que já tinha visto tudo que precisava. Quase todo mundo, quase todo dia, como George viu dia após dia, faz isso. Não é o que você poderia chamar de uma pintura imediatamente impressionante. Ela precisou olhar um tempo pra ultrapassar sua própria reação reflexa. Não é que nem aquelas do palácio na Itália, ou não parece que é, assim de cara.

Se você puder soletrar, obrigada, uma das mulheres disse.

Ela digitou o que George disse num computador. Esperou um resultado. Quando veio, as duas mulheres ficaram com cara de espantadas, como se tivessem feito alguma coisa superdifícil, depois de encantadas, como se o fato de George ter perguntado e de elas terem conseguido responder tivesse melhorado o dia das duas.

Está na sala cinquenta e cinco! a primeira mulher disse.

Ela estava com cara de quem era bem capaz de apertar a mão de George.

Isso foi três semanas atrás, no comecinho de março. Depois desse dia, duas vezes por semana, George levanta, veste a roupa, toma café, ajeita direitinho o Henry pra escola, espera a condução dele chegar, vai até a sala e faz a dancinha em honra da mãe ao som de qualquer música francesa que apareça na playlist, veste a jaqueta, vai até a escrivaninha velha e surrupia o cartão da conta das Subversões (o pai esqueceu essa conta) e aí sai de casa como se fosse para a escola, mas dá a volta pelo outro lado da casa onde o pai não pode ver pra que lado ela vai e vai de bike até a estação, onde fica matando tempo no lugar que vende as passagens ou na sala de espera durante a horinha que falta pra começarem a vender as passagens mais em conta. Aí George, viajando sob câmeras de vigilância como as pessoas dos romances antigos passavam sob as folhas ou os galhos nus das árvores e os olhos e asas das aves, acena com a cabeça para a torre lá no horizonte da cidade como uma mega-antena de inseto, onde cinquenta anos atrás a cantora jogou o pão no maître, desce para o metrô e sobe de novo num outro lugar não distante da ala da galeria onde mora a única pintura neste país que foi feita pelo pintor de que sua mãe gostava.

> Francesco del Cossa
> (cerca de 1435/ 6 — cerca de 1477/ 8)
> São Vicente Ferrer   cerca de 1473-5
> São Vicente Ferrer foi um pregador dominicano espanhol que trabalhou em toda a Europa e se empenhou ardentemente na conversão dos hereges. Aqui ele segura os Evangelhos e aponta uma visão de Cristo exibindo suas chagas no alto. Cristo é acompanhado por anjos que seguram os instrumentos de sua Paixão. Esta é a parte central de um tríptico de uma capela dedicada a são Vicente em San Petronio, Bolonha.
> Têmpera de ovo sobre tábua de choupo   NG 597 Aquisição 1858.

A galeria sabe mais sobre o sujeito que está no quadro que sobre o pintor que pintou a imagem. *Sobre*. Não tem nada aqui sobre o pintor a não ser o fato de que eles não sabem direito o ano em que ele pintou esse quadro nem os anos em que ele nasceu e morreu.

A pintura está numa sala cheia de outras pinturas de artistas mais ou menos do mesmo período. De início todas essas pinturas de outras pessoas parecem mais interessantes que essa aqui, que só parece mais uma pintura religiosa (primeiro motivo pra não olhar) de um monge com uma cara superséria (segundo motivo pra não olhar) que está preparadinho e de dedo em riste, segurando com a outra mão um livro erguido e aberto, e o dedo e o livro fazem parecer que ele provavelmente vai passar uma descompostura em qualquer um a quem aconteça de parar pra olhar pra ele (terceiro motivo pra não olhar).

Mas aí você se dá conta de que ele não está olhando *pra* você. Ele está olhando através ou acima de você, ou para bem longe, como se tivesse alguma coisa acontecendo para além de você e ele pudesse ver o que é.

Aí tem a estrada de pedra mais pro lado que parece passar de estrada a cachoeira enquanto você olha, com as pedras literalmente se metamorfoseando de pedra em água.

Isso te faz começar a ver que o quadro está cheio de coisas que você não espera. Tem um Jesus no alto numa coisa tipo um arco dourado, com uma cara estranhamente velha, meio detonado pra um Jesus, meio boa-praça, como um ser humano bem cansado ou um vagabundo que alguém vestiu de Jesus. Ele está de cor-de-rosa salmão, que de algum jeito faz ele (Ele?) parecer diferente de tudo que está no quadro, e está cercado de anjos flutuando, mas bem discretissimamente, nas nuvens. As asas deles são vermelhas ou roxas ou prata, bem vivas. Todos eles podiam ser homem ou mulher. Eles estão segurando uns aparelhos de tortura como o pessoal de um grupo sadomasô on-line, mas não tem nada a ver com sadomasoquismo por causa daquela calma, ou será que é doçura? A plaquinha de informação diz que eles estão segurando "instrumentos", o que vem a calhar porque parece que eles vão começar a tocar música com eles, como uma orquestrinha esperando pra afinar. Aí você percebe que o santo está em cima de uma mesinha. A mesa é como um palco minúsculo de teatro. Isso faz o treco parecido com uma capa preta que ele está usando começar a parecer uma cortina de teatro também. Dá pra ver pelo meio das pernas da mesa até a base da coluna atrás dele e parece uma revelação tipo de bastidores, como se fosse tudo teatro, mas ao mesmo tempo as rugas na pele do punho que ergue o livro são bem reais. Elas fazem direitinho que nem a pele de uma mão que está erguendo alguma coisa pesada.

Mas o melhor de tudo é que, no nível da cabeça dele, quebraram o topo da coluna e tem o que parece ser uma floresta em miniatura crescendo ali.

Tem umas pessoinhas bem pequenas no fundo atrás das pernas do santo. Elas são pequenas por causa da perspectiva, mas ao mesmo tempo fica parecendo que esse cara é um gigante e pode apostar que quando você tira os olhos dessa pintura e vê as outras ali na sala parece que elas ficaram pequenininhas. Depois dessa pintura elas ficam parecendo monótonas e antiquadas, como se fossem dramas requentados querendo parecer reais. Aquela ali pelo menos admite que a coisa toda é jogo de cena.

Ou talvez seja só que George ficou um tempo olhando de verdade essa pintura e que cada experiência de olhar pra alguma coisa seria boa desse jeito se ela devotasse tempo a tudo que vê.

George agora já esteve ali sete vezes. A cada vez, o monge pareceu menos severo. Ele começou a parecer inabalado, como se nada o atingisse — as outras pinturas da sala, as coisas que aconteciam nelas, as pessoas que passavam pra frente e pra trás na cara dele todo dia com aquele monte de vidas diferentes, todo o resto da galeria, a praça, as ruas, o trânsito, a cidade, o país, o mar, os países que se espraiavam para além da galeria. Olhe os braços abertos de Deus ali meio como um bebê no útero numa antiga seção transversal do corpo de uma grávida, um bebê sábio e bem velho. Olhe o tecido da capa do santo que também se abre bem e muda de negro para prata bem no meio do corpo do santo. O dedo em riste parou de significar uma bronca e começou a significar olhe para o alto, e não necessariamente para o Deus, que é o que a plaquinha da galeria diz que ele está apontando, mas mais pra como o azul do céu vai ficando mais escuro à medida que sobe, ou como uma floresta vai nascer da pedra, ou como o que devia ser um instrumento de tortura na verdade é incapaz de dano, apenas peça de museu, um artefato cênico pra algum drama antigo cujo horror há muito deixou de existir.

George foi ficando cada vez mais interessada sem nem se dar conta e sem nem pesar o fato de que essa pintura — ou qualquer uma das pinturas aqui nesta sala, todas feitas há mais de quinhentos anos — parece assim de primeira ter muito a ver com o mundo real. Agora quando ela entra na sala 55, é estranho, mas é como se estivesse revendo um velho amigo, apesar de ser um amigo que não olha nos olhos dela porque o santo está sempre olhando meio de lado. Mas isso também é bom. É bom, ser atravessada pelo olhar, como se você não fosse a única, como se tudo não estivesse acontecendo só com você. Porque não é. E não está.

Uma obra de arte amistosa. Isso foi quando a mãe disse aquilo de a arte que elas estavam vendo ser *um pouco que nem você.* Generosa mas também, como é que era? Outra coisa.

Sarcástica?

George não consegue lembrar.

De início, quando começou a vir, ela sabia

conscientemente o tempo todo que estava vendo um quadro que a sua mãe nem sabia que existia ou podia ter passado até sem ver, como as pessoas fazem, a caminho de ir ver os quadros mais famosos.

Hoje o que ela vê é como a paisagem rochosa de um lado do santo é fraturada, estilhaçada, como que indefinida, e do outro lado se transformou em prédios que são bem grandiosos e elegantes.

É como se apenas ir de um lado para o outro do santo resultasse em você ir para a integridade se fosse numa direção, e para o estilhaçamento, na outra.

Os dois estados são lindos.

Ela olha para o quadro à esquerda do santo, depois da porta aberta. É uma mulher sentada num trono elegante segurando um ramo de cerejas, é de um pintor chamado Cosme Tura, e tem aquelas bolinhas de vidro ou de coral também, num cordão por cima da cabeça dela. E a mesma coisa no que está à esquerda de George, que é uma Virgem Maria com o Menino e também é de Cosme Tura.

As bolas de coral e de vidro no quadro do são Vicente são de longe as mais brilhantes e as mais convincentes.

Talvez tivesse uma escola de bolas de vidro e coral onde os pintores fossem aprender a fazer essas coisas.

Hoje é quarta. Ela está perdendo aula dupla de matemática, inglês, latim, dupla de biologia, história, dupla de francês. Hoje ela vai é contar a quantidade de pessoas que passam pela sala 55 em determinada meia hora (vai começar ao meio-dia) e quantas dessas pessoas param pra olhar o quadro de Francesco del Cossa e por quanto tempo.

A partir daí ela vai conseguir montar um estudo estatístico de intervalos de atenção e arte.

Depois ela vai comer alguma coisa no almoço, voltar pra

King's Cross e pra casa a tempo de estar lá antes de Henry sair da escola.

Aí ela vai colocar o cartão bancário no lugar como sempre e sair pro jardim, se não estiver chovendo, e dizer o oizinho e o como vai de todo dia que jurou dar à menina da tenda. Vai entrar e fazer o jantar e torcer para que seu pai não chegue em casa muito mal.

É uma maravilha, ficar inebriado, o pai dela disse uma noite dessas. É como usar uma ovelha lanuda e gorda inteirinha entre mim e o mundo.

O cheiro de uma ovelha velha na casa, George pensou quando ele disse isso, aquela lã toda gordurenta, incrustada de excremento, ia ser imensamente melhor que o cheiro do pai dela depois de beber.

Era fim de semana. Ela estava vendo um filme na televisão. Era sobre quatro amigas adolescentes que ficaram tristíssimas ao descobrir que iam ter que passar as férias de verão em partes diferentes do mundo. Então elas fizeram um pacto de que iam dividir uma calça jeans, ou seja, que iam mandar a calça pelo correio de um lugar pro outro e pro outro, e assim por diante, como sinal da sua amizade imortal. O que aconteceu em seguida foi que a calça jeans agiu como um catalisador mágico pra vida delas e fez elas passarem por várias curvas de aprendizado e aumento-de-autoestima e paixões, divórcios dos pais, alguém morrendo etc.

Quando chegou na parte em que uma criança estava morrendo de câncer e a calça ajudou uma das meninas a encarar tudo isso, George, sentada no chão na sala de casa, uivou bem alto que nem um lobo por causa do besteirol daquilo ali.

Ela decidiu que ia era ver um dos DVDs que H trouxe antes de ir embora.

A liga das mães vai cuidar de você, H disse, entregando uma pilhazinha de filmes todos em línguas diferentes que a mãe tinha separado, na mudança, *para a coitada da sua amiga que gosta dos anos sessenta e está sofrendo de verdade.*

Sofrendo de verdade. George gostou da expressão. O primeiro da pilha ao lado do aparelho de DVD tinha a atriz cuja foto está na parede do quarto de George. Era sobre umas pessoas que vão pra uma ilha quase deserta, de barco. Aí uma delas some. Literalmente desaparece. As pessoas passam o resto do filme procurando por ela e se apaixonando e se desapaixonando umas pelas outras, mas nunca descobrem onde ela foi parar ou o que aconteceu com ela. George assistiu o filme do começo ao fim sem sair de onde estava ali sentada no chão. Aí ejetou o filme e pegou o próximo do topo da pilha.

Ele se chamava, em francês, *Um filme como os outros.* Não tinha legenda e quando começou parecia uma cópia pirata, borrada, como se tivesse sido copiada de um vídeo podre.

O pai dela entrou na sala e sentou na cadeira atrás dela.

Ela podia sentir o cheiro dele.

Que filme que é, Georgie? ele disse.

George estava prestes a lhe dizer o título, mas aí percebeu que se dissesse como o filme se chamava ele ia pensar que ela estava sendo cínica. Isso a fez rir.

É francês, ela disse.

Bom te ouvir rindo, ele disse atrás dela.

O filme começava com imagens de dois rapazes fazendo umas paredes de tijolos bem pequenas. Parece que eles estão aprendendo a colocar tijolos, será que é isso? Por cima um monte de gente estava falando num francês que George não conseguia acompanhar de verdade. Parecia que era sobre política. Aí cortava pra uns jovens sentados conversando numa grama alta. Tinha umas imagens do que pareciam greves e protestos, o que fez George pensar nos estudantes daqui, em quanto tempo eles resistiram no prédio da universidade e nas histórias que correram pela escola sobre como a polícia e os caras da segurança privada agiram com eles, que a mãe a fez contar e que acabou soltando em frases e parágrafos recortados nas Subversões.

O pai dela estava divagando agora sobre o filme e a música que tinham feito a mãe se decidir por dar a George esse nome. Eu disse mas e se você acabasse com a cara da menina do filme. Ela é meio feiosa, meio lerda. Mas a sua mãe tinha razão. Ela gostava da noção do anti-herói. Anti-heroína. Ela acreditava mesmo que as pessoas podem ser quem elas são de verdade e ainda assim surpreender quem não dava nada por elas. Até eu. Espero. Hein? Hein, Georgie?

Pois é, George disse.

Ela suspirou. Odiava a música da qual tinham supostamente tirado seu nome.

O pai dela começou a assoviar e aí a cantar o pedacinho que fala que o mundo agora veria uma nova Georgie girl. As pessoas do filme, cujos rostos você nunca chegava a ver, só braços e pernas e troncos, estavam sentadas e conversavam sobre sabe Deus o quê. O filme mostrava aquele pessoal conversando como se a única coisa importante fosse o fato de eles *estarem* conversando. Enquanto conversavam, brincavam com folhinhas da grama em que estavam sentados. Rasgavam pedacinhos. Faziam nós. Cortavam as folhas ao meio como se fossem usar para assoviar. Seguravam uma folha e queimavam com a ponta do cigarro enquanto falavam, segurando a ponta acesa contra a folhinha até o pedaço de grama queimar inteiro e cair, e aí começavam de novo com um outro pedaço de grama. Aí o filme cortava pra um muro com palavras pichadas. PLUTÔT LA VIE.

140

Sabe, o pai dela disse atrás dela, você logo vai me abandonar, né?

George não se virou.

Já me comprou aquela passagenzinha pra Lua então? ela disse.

Silêncio, fora os franceses conversando anos e anos atrás. Ela se virou. O pai dela estava com uma cara séria. Ele não parecia comovido ou sentimental. Não parecia nem bêbado, apesar de a sala em torno dele cheirar como se não pudesse não ser o caso.

É a natureza das coisas, o pai dela disse. A sua mãe, em certos sentidos, deu sorte. Ela nunca vai precisar te perder. Nem perder o Henry.

Pai, George disse. Eu não vou sair daqui. Eu tenho dezesseis anos.

O pai dela baixou os olhos. Parecia que ele podia começar a chorar.

Talvez chegue o dia, George pensou, em que eu venha a prestar atenção no que o meu pai diz. Mas por enquanto, de que jeito? Ele é meu pai.

Foi pensar isso, e ela se sentiu má. Então cedeu, milimetricamente.

Ah, é, e, pai, ela disse. Tem um vazamento no meu quarto.

Você o quê? o pai dela disse.

Ele endireitou o corpo.

Tem um vazamento no teto, ela disse. Pode ser que tenha tempo já. Estava atrás de uns pôsteres e tal aí eu não percebi. Só hoje.

O pai dela saltou da cadeira.

Ela ouviu ele subir a escada de dois em dois degraus.

George deixou o filme francês interessante/ chato passando e abriu o laptop. Digitou Diretores Italianos. Clicou em Imagens.

Apareceu uma fotografia de um homem no escuro cujo rosto ela não conseguia ver, usando uma imagem acesa no peito. Não, não uma imagem. Alguém estava literalmente projetando um filme no homem, com ele sendo a tela.

George clicou no link. Era sobre um diretor que ficou sentado numa galeria de arte na Itália enquanto um artista projetava um dos filmes do próprio diretor do começo ao fim no peito dele.

Dizia que não muito depois desse ato artístico aquele homem foi encontrado morto numa praia.

Dizia garoto de programa, encontro, assassinato, teoria da conspiração, Máfia, Vaticano.

Tinha uma fotografia das pessoas soltando fogos onde o corpo dele foi encontrado.

Ela ouviu o pai descendo pesadamente a escada. Imagine se alguém projetasse filmes na lateral da sua casa. Será que o tema desses filmes ia afetar o espaço em que você vive, ela ficou pensando, ou a sua respiração, digamos, se projetassem no seu peito?

Não, claro que não.

Mas imagine se você fizesse alguma coisa e aí sempre tivesse que ser visto através do que fez, como se a coisa que fez tivesse virado você.

George fica sentada entre os quadros de tantos séculos atrás e olha bem uma pintura do pintor que desapareceu e aí reapareceu séculos depois por um triz. Pintriz. O pintor que queria mais dinheiro porque era mesquinho. Ou o pintor que queria mais dinheiro porque sabia o quanto valia. O pintor que se achava melhor que todo mundo. Ou o pintor que sabia que merecia coisa melhor.

Valor é a mesma coisa que dinheiro? Eles são a mesma coisa? O dinheiro é o que nós somos? Quanto a gente ganha define quem somos nós? O que significa a palavra definir? Nós somos o que nos define? *É bom pacas eu me deixar levar um pouquinho assim. A gente viu as pinturas? O que mais a gente precisa saber?* A crise bancária. A crise do vale-alimentação. A menina na tenda. (*Ela provavelmente foi muito bem paga por isso.*)

Considere, um minutinho, o dilema moral.

Ela sacode a cabeça, que parece que está cheia de coisinhas duras, chacoalhantes e sujas como quando o quarto dela, numa tarde de novembro quando o vento levantou a claraboia e ela abriu sozinha, se encheu de sementes sujas de sicômoro e fiapos de asas e velhas folhas das árvores dos fundos das casas, por cima da mesa dela, da cama, dos livros, do chão, pedacinhos da imundície da cidade espalhados sobre as roupas limpas que restavam.

Uma galeria não parece muito a vida. Normalmente é tão limpo. Uma coisa a respeito desta aqui que eles não pensaram em mencionar em nenhum dos folhetos nem na informação on-line, mas que no fundo é um argumento bem forte para George, é que ela tem um cheirinho gostoso, pelo menos aqui nesta ala nova, George não sabe da ala mais antiga. Aqui tem cheiro de madeira. Pode passar de tranquilo a lotado bem de repente. Você pode estar aqui sentada num banco e pode não ter mais ninguém na sala (só você e a funcionária) apesar de sempre dar pra ouvir os passos nas outras salas porque o piso em todas elas range. Aí do nada um grupo enorme de turistas japoneses ou alemães, sei lá, entope o lugar, às vezes crianças, às vezes adultos, normalmente matando tempo até ser a vez de eles irem ver os cartoons de Da Vinci lá no salão que normalmente tem mais fila.

Ela pega o telefone e escreve uma mensagem para H.

— *Você sabia que Leonardo da Vinci era cartunista?*

Aí ela prepara o caderno e a caneta para o experimento estatístico.

H respondeu direto.

— *Isso mesmo e ele estava tão à frente do seu tempo que inventou o Gato Hélix.*

H se mudou para uma cidade na Dinamarca que parece um escocês dizendo a palavra puteiro. No dia em que ela foi embora já começou a mandar mensagens. As mensagens eram bem aleatórias. Não falavam de onde H estava, nem de como era lá, nem do que H estava sentindo ou fazendo; H nem sequer mencionou as coisas que normalmente as pessoas querem contar. Mas elas vinham, sem maiores explicações, como setas de informação miradas lá de longe para seu alvo, que era George.

A primeira dizia,

— *O nome da mãe dele era Fiordelisia Mastria*

Aí, bem depois,

— *O pai dele construiu a torre do sino da catedral*

No dia seguinte,

— *Ele mandou uma carta no dia 25 de março de 1470 para um duque chamado Borso d'Este pedindo mais dinheiro por aquelas pinturas que você foi ver*

Depois dessa, George (que não estava respondendo nenhuma delas porque toda vez que pegava o telefone na mão para tentar ela digitava meia palavra ou umas duas palavras e aí parava e deletava tudo e no fim não mandava nada) soube que elas diziam respeito a algo real que havia entre elas.

Duas horas depois, outra mensagem,

— *O duque escreveu no pé da carta a lápis em latim, Ele que se contente com o que já foi combinado*

Tarde, na mesma noite,

— *Ele saiu decepcionado e foi trabalhar em outro lugar*

Aí, no dia seguinte, durante o dia todo,

— *O dia 25 de março de 1479 foi uma sexta-feira*

e

— *Eles pensaram durante anos que todas as pinturas dele eram de outra pessoa*

Aí H nitidamente ficou sem mais informações sobre o pintor.

Em vez disso, nos dias que se seguiram, ela disparou misteriosas setinhas contra George, em latim:

— *Res vesana parvaque amor nomine*

— *Adiuvete!*

— *Puella fulvis oculis*

— *Quem volo es*

— *Quingenta milia passuum ambulem*

No segundo dia das mensagens em latim, George sacou que eu caminharia quinhentas milhas também era o nome da música daqueles nerds escoceses de óculos dos anos 1980.

Ela baixou a música e ouviu.

Aí baixou as músicas chamadas "Help!", "Crazy Little Thing Called Love" e "Brown-Eyed Girl". Ouviu todas. Fez uma playlist — a primeira que fazia no telefone novo — e listou todas pelos seus nomes latinos. Quando sacou que "Quem volo es" talvez fosse para ser a música chamada "You're the One That I Want", ela riu alto.

Elas eram bem legais. E H não fazia aula de latim, então o fato de elas estarem num latim bem decente significava ainda mais.

E também significa que quando ouve músicas, só de passagem, por exemplo quando está no mercado e elas tocam como sempre no sistema de som do Asda, ela não dá mais bola. Isso é útil. Quase em qualquer lugar aonde você vai tem invariavelmente uma música tocando e simplesmente ouvir

145

músicas no ar, em lojas ou cafés ou em anúncios na TV, tem sido uma das coisas mais duras de encarar.

Tem também o bônus de que essas músicas que H fez ela escutar são do tipo que toca em toda parte. Mas não só isso. Quando você escuta direito elas são bem legaizinhas. Ainda mais estranho e bacana é o fato de que alguém quis que ela ouvisse essas músicas, e não simplesmente alguém, mas Helena Fisker. É como conversar sem ter que dizer nada. Também é como se H estivesse tentando encontrar uma língua que faça um sentido pessoal aos ouvidos de George. Ninguém fez isso antes por George. Ela passou a vida toda falando a língua dos outros. É novidade pra ela. Essa novidade tem uma espécie de força que pode deixar as coisas antigas — antigas como aquelas músicas antigas, até tão antigas quanto o próprio latim — meio novas, mas de um tipo de novo que não nega o que elas tinham de, como é que daria pra dizer?

George está sentada na ala nova da National Gallery diante de uma pintura antiga e tenta pensar nas palavras certas.

O status de clássico daquelas músicas?

Ela concorda com a cabeça. É isso. O negócio qualquer que está acontecendo deixa as músicas novas e permite que elas continuem antigas, as duas coisas ao mesmo tempo.

Depois de baixar as músicas, ela mandou sua primeira resposta para H.

Let's helix again, like we did last summer.

Ela emendou direto uma mensagem que dizia

(Helix é twist em grego)

O que ela recebeu então foi uma mensagem que atravessou o negócio qualquer que havia entre o mundo exterior e o peito de George. Em outras palavras, George literalmente sentiu alguma coisa.

Bom ouvir a sua voz

O que é genial na voz daquela cantora chamada Sylvie Vartan (com quem George, aparentemente, pode até ser um pouquinho parecida) é que não há como ela soar delicada, ou ser forçada a mentir. Também, embora aquilo tenha sido lançado décadas atrás, a voz dela está sempre, no momento em que você ouve, dura, áspera de tão viva. É como ser deliciosamente lixada. Você lembra que está viva. Quando George quer alguma coisa furiosa e triste nos ouvidos ela escuta a música em que Sylvie Vartan uiva que nem lobo nas palavras *sonhei* e *lia* em francês. Um dia na semana passada com essa música repetindo sem parar na cabeça ela foi de bicicleta na direção de Addenbrookes, que é o lugar onde a mãe dela morreu, e aí passou pelo hospital e foi para o campo porque a caminho de Londres, na manhã do dia anterior, ela tinha visto do trem uma estrutura de metal, uma coisa tipo uma escultura bem parecida com uma hélice dupla.

E afinal o negócio *era* uma estrutura de DNA, uma escultura da estrutura, e marcava o começo de uma trilha de ciclismo que você podia seguir por três quilômetros passando por retângulos de cores diferentes pintados no asfalto, cada um representando um dos 10 257 componentes que existem num único gene humano.

Ela ficou sentada num pedacinho de grama do lado da trilha sob o sol de princípios da primavera. A grama estava úmida. Ela nem deu bola. Tinha abelhas e moscas por ali. Uma criatura abelhoide pousou no punho da jaqueta dela e ela espantou o bicho com um piparote preciso de polegar e indicador.

Mas uma fração de segundo depois disso ela percebeu o impacto que o dedo dela deve ter tido numa coisinha tão pequena.

Deve ter sido a sensação de ser atingido pela superfície redonda de um tronco de árvore gigante que veio pelo ar na sua direção sem você saber que ele estava chegando.

Deve ter sido a sensação de levar um soco de um deus.

Foi quando ela sentiu, como algo borrado e entrevisto do outro lado de uma divisória cujo vidro está embaçado, tanto que o amor estava chegando até ela quanto o nada que ela podia fazer a respeito.

A nuvem do não saber, a mãe disse em seu ouvido.

Encontra a nuvem do saber, George pensou em resposta.

Então ela percorreu de bicicleta todo o gene com a câmera do telefone apontada para o chão. Tirou uma foto da outra escultura de hélice dupla que marcava o fim.

Ela olhou para a imagem no telefone e aí para a própria obra de arte.

Parecia um estrado colorido ou uma escadinha customizada. Era como uma espécie de grito, se é que dava pra dizer que um grito para o céu parecia alguma coisa. Parecia o contrário da história, apesar de eles não pararem de falar na escola que a história do DNA foi feita aqui nesta cidade.

Mas e se a história no fundo *fosse* aquele grito, aquele salto para o alto, aquela coisa tipo uma escadinha, e todo mundo estivesse simplesmente acostumado a chamar de história uma coisa bem diferente? E se as noções tradicionais de história fossem traiçoeiras?

Noções tradiçoeiras. Ha.

Talvez qualquer coisa que forçasse ou pressionasse no sentido inverso esse salto ou bloqueasse seu grito para o céu fosse o contrário do que é fazer a história de verdade.

Quando voltou para casa ela baixou o filme e as fotos e enviou.

Quando você voltar a gente vai andar de bicicleta por um trigésimo milésimo do genoma humano, ela escreveu. Se um dia a gente decidir andar pela coisa toda vai levar quatro anos, isso se a gente fizer sem parar a não ser que a gente rache a tarefa

e faça metade cada uma, o que vai significar que vai levar dois
anos cada mas vai ser bem menos interessante. Vai ser igual a dar
quinze voltas na Terra, ou sete e meia se cada uma fizer metade.
No meio do processo de escrever o e-mail George
percebeu que tinha usado, já na primera frase, o futuro verbal,
como se pudesse existir um futuro.

!

E você sabia (provavelmente sabia) que Rosalind Franklin
quase não levou crédito pela descoberta da hélice dupla? Apesar
de ter sido ela quem fez o raio X original que significou que Crick
e Watson puderam fazer a descoberta deles, e de estar nitidamente
ela mesma a caminho da descoberta. E que quando Watson viu
ela dando uma palestra sobre a pesquisa que estava conduzindo
ele achou que ela devia ter sido mais calorosa e mais frívola
na palestra sobre difração (!) e que ele podia ter ficado mais
interessado no que ela estava dizendo se ela tivesse tirado os óculos
e mexido um pouco no cabelo. Então a gente precisa acrescentar
uma estrofe inteirinha naquela música da Miley Cyrus. Faz só
sessenta e três anos que isso aconteceu, e isso é menos que a idade
da sua avó e só dez anos antes de a minha mãe aparecer. É o
tipo de fato histórico que se opõe à história de verdade que vai se
fazendo. Enfim, no filme aqui as barras verdes são a adenina; as
azuis, a citosina; as verdes, a guanina, e as vermelhas, a timina.

Ah, é, e também, se você não esqueceu. Você perguntou, e te
semper volam.

Por favor não esqueça, ela pensou enquanto enviava.

Sardônica! Era essa a outra palavra, além de generosa, que
a mãe disse que ela era. Não sarcástica.

Quando eu lembro, é que nem um terremoto, Henry
disse ontem. Às vezes eu não lembro, quase um dia inteiro.
E aí lembro. Ou lembro de repente uma coisa diferente
que aconteceu. Que nem quando a gente foi naquela loja e

149

comprou o caninho que quando você soprava saía umas bolhas bem compridas.

Henry está fazendo um trabalho sobre terremotos e tsunamis na escola. O manual do qual ele está copiando os desenhos e pegando as informações tem uma imagem na capa, de uma estrada que parece ter sido levantada por uma mão gigante e colocada no chão de novo, só que de lado, e todos os caminhões e carros escorregaram dela e estão de capota para baixo, rodas para o alto, no pé da estrada.

Estranho, mas a foto é linda. As fotos nesse livro inteiro são lindas, de estradas fendidas ao meio, de um mostrador de relógio no alto de uma torre rachado na metade de um jeito que só deixou os algarismos romanos de sete a onze e encheu de céu o resto do relógio. Tem uma foto de uma menininha segurando uma chaleira que parece quase um cenário fashion. Bom, quase todas as fotos de lugares meio detonados, desde que não tenha gente morta de verdade ali, parecem um cenário fashion.

Mais cedo ou mais tarde, a mãe de George disse na cabeça dela, *as que têm gente morta também vão parecer editoriais de moda.*

Carnificenário fashion. Haha.

Isso daria uma boa Subversão.

George viu que seu irmão mais novo, sentado ao balcão onde eles tomavam café e às voltas com seu livro de terremotos e tsunamis, estava de cabeça caída como uma flor fenecida.

Ela puxou uma cadeira para perto dele.

Você é uma fissura, ela disse.

Sou o quê? ele disse com uma voz baixinha.

Você é uma falha, ela disse.

Não sou não, ele disse.

É sim, você é a falha de San Andreas. Você é uma placa tectônica, ela disse.

Você que é placa tectônica, ele disse.

O que vem de baixo não me atinge. Você é um continente à deriva.

Você que é continente à deriva, ele disse.

Você é um incontinente à deriva, ela disse (apesar de essa sutileza passar batido por Henry). Você é uma Escala Richter. Um Mala Richter. Um sem loção.

O que vem de baixo, Henry disse.

Ele agora estava cantando baixinho com uma cara triste. Não me atinge. O que vem de baixo.

George foi até o jardim. Pegou umas pedrinhas e uns pedaços da sebe, uns galhinhos. Voltou para a cozinha e jogou tudo em Henry, de baixo para cima. Galhinhos e folhas grudaram no cabelo dele. Pedras por tudo, no açúcar, na manteiga, na gaveta de talheres.

Henry olhou para os detritos em volta dele e em cima dele e aí ergueu os olhos, espantado, para ela.

Te atingiu? ela disse. E aí?

Ela fez um pouco de cócegas nele.

Atingiu aqui? ela disse. E aqui? Aqui?

Deu certo. Ele ficou mais animado, cedeu, riu e se contorceu nos braços dela.

Bom.

Ela tirou as pedrinhas da manteiga e do açúcar com uma colher. Limpou os galhinhos e as folhas e a terra com um Perfex e deu um jeito na mesa. Preparou ovos para o jantar deles. (Têmpera de ovo sobre painel de choupo. Parece coisa de restaurante chique. Que gosto será que ia ter? Pense naquele monte de pinturas feitas com um monte de ovos postos centenas de anos atrás e nos pontinhos de vida que foram as vidas das galinhas homeotermas que os puseram.)

Henry ainda estava achando graça na piada do que vem de

baixo, e ela ainda estava achando terra no cabelo dele, quando deu banho nele e o pôs para dormir.

A terra é feita de pedra. Ela tem mais de quatro bilhões e meio de anos de idade. Quinhentos anos não são nada. É mais ou menos o comprimento de um cílio. Menos.

Nos níveis quatro e cinco, coisas caem de paredes e estantes. No nível seis, as próprias paredes caem.

Há milhares de terremotos no mundo todo, todo ano, na maioria tão pequenos que ninguém percebe.

Mas esses são os sinais a que as pessoas aprenderam a ficar atentas. Cães ladram. Sapos somem. O céu fica cheio de luzes estranhas.

Sra. Rock, George tinha dito na última vez em que tinha visto a sra. Rock, eu achava que não curtia a senhora 'n' roll.

A sra. Rock quase sorriu.

Mas decidi dar uma tentadinha, George disse.

A sra. Rock parecia levemente em pânico.

Aí George disse para a sra. Rock que lamentava muito ter mentido.

Naquele dia em que eu disse a palavra minotaurar e aí fingi que a senhora tinha ouvido errado, George disse. A senhora não ouviu errado. Eu disse mesmo. E aí fingi que não. E eu só queria dizer isso e pedir desculpas. Eu estava sendo chata. E também, eu sei que eu andei parecendo bem paranoica por algumas coisas que eu falei pra senhora nessas semanas, especialmente sobre a minha mãe e tal. Eu ando inventando narrativas. Agora eu sei.

A sra. Rock concordou com a cabeça.

Aí ela disse a George que o sentido da história do minotauro de Creta era você encarar o que decreta os seus limites. Ela deixou bem claro que estava usando a palavra DEcreta, e não de Creta. Aí, depois que você encara essa parte

SEcreta, ela disse, o que você tem que fazer pra escapar é voltar por onde veio, seguir a sua própria linha, a linha que você foi deixando pra trás, e isso tinha muito a ver com saber de onde se vem e quais são as nossas raízes —

Eu discordo da sua interpretação, George disse.

A sra. Rock parou. Fez uma discreta (diz Creta?) cara de espanto por ter sido interrompida.

George sacudiu a cabeça.

Só está faltando a reviravolta da trama, o twist. Está faltando a ajuda externa, George disse. Se uma menina não tivesse dado aquela bola de barbante pro Teseu, pode muito bem ser que ele nunca tivesse saído dali. Ele provavelmente estaria lá até hoje e o minotauro ainda estaria exigindo e devorando aquele número fixo de virgens atenienses.

Sim, claro, a sra. Rock disse. Mas também é possível, Georgia, que isso signifique, em termos metafóricos —

Afe, sra. Rock, na real, eu estou hipercansada dos tais sentidos das histórias, George diz. A minha mãe, na manhã do dia em que morreu, me encheu o saco. Ela ficava me chamando de principezinho, por causa daquele novo bebê da família real e eu por acaso termos o mesmo nome, tanto ela quanto o meu pai começaram a fazer isso no verão passado. Só serviu para eu me afastar dela quando ela tentou me dar um beijo quando eu estava saindo pra ir pra escola. Aí ela só voltou pra casa duas semanas depois e na forma de pedacinhos de cascalho numa caixa de papelão, que o meu pai pôs no banco do passageiro da van do trabalho e aí saiu pela cidade parando pra deixar punhadinhos dela nos lugares que ela adorava. Mas só lugares a céu aberto, pra não ficar nem muito chocante nem muito ilegal. Só que ele pôs um pouquinho dela no bolso e levou pra Londres, onde ele saiu procurando especificamente frestas e fendas nas partes externas *e* internas dos prédios das galerias e museus e teatros e lugares de trabalho preferidos dela. E aí ele enfiou, com o polegar, um pouquinho da minha mãe nesses lugares. E ainda tem um monte dela que sobrou na caixa, então nas férias deste ano a gente pode levar ela pra Escócia e pro exterior, pra alguns lugares que ela curtia. O negócio é o seguinte. O que eu quero dizer é. Não é lá muito metafórico, com o perdão da palavra, sra. Rock.

Silêncio.

(O que se podia até chamar de um silêncio nada rock 'n' roll.)

E George disse mesmo aquilo tudo em voz alta?

Não.

Uff.

George disse só a primeira frase em voz alta. Ela não disse nada depois do *sentido das histórias*.

Mas pense na mãe dela. Pense nela sorrindo, olhando nos olhos do minotauro e — piscando.

Pense no pai dela levando o que restou da forma que a mãe tinha quando estava viva e saindo de carro na chuva para encontrar os lugares onde ela gostaria de estar.

Pensar assim no pai libertou para George um momento de visão no futuro do indicativo, por acaso uma visão de verão, em que ela vai voltar pra casa depois da aula ou de Londres um dia daqui a uns meses e encontrar o pai parado no jardim da frente com a mangueira na mão e o que no fim é uma sinfonia de Beethoven tocando no ouvido dele via preciosos fones Bose em que ninguém mais pode pôr a mão, enquanto ele rege um jato d'água *con brio* e depois *andante* sobre o verde da grama nova que mandou colocar.

Mas voltando ao agora, ou àquele então, a sra. Rock ainda está um pouco chocada por ter sido interrompida.

A sra. Rock forçou as sobrancelhas a descerem do alto da testa, onde tinham ido parar. Ela dispôs no rosto uma cara que mostrava que estava esperando um momento para ver se George ainda ia dizer mais alguma coisa.

Do mesmo jeito George dispôs uma cara no rosto para mostrar à sra. Rock que não ia dizer mais nada. A sra. Rock soltou lentamente o ar. Ela se inclinou para a frente. Disse a George que estava feliz por George ter lhe dito a verdade quanto a dizer aquela palavra e fingir que não tinha dito. Aí ela se reacomodou na poltrona, porque George tinha ficado calada até ali pelo menos, e começou a falar da noção grega do homem que diz a verdade.

Ele, a sra. Rock disse, era uma figura muito importante na vida e na filosofia gregas, normalmente alguém sem poder nenhum, sem uma posição social de destaque, que tinha assumido a responsabilidade de encarar as mais altas autoridades quando estas estivessem erradas ou agindo de maneira injusta, e que expressava em voz alta as verdades mais incômodas, mesmo que ao fazer isso estivesse provavelmente pondo em risco a própria vida.

Homem ou mulher, George disse. Ele ou ela. Dele ou dela. E, só pra constar, eu achei essa segunda alusão, ou exemplo ou ilustração, muito mais pertinente que a do minotauro.

A sra. Rock largou o lápis na mesa com um estalo. Sacudiu a cabeça. Sorriu.

Georgia, ela disse. Como eu tenho certeza que você já sabe. Você às vezes é meio draconiana.

Vou considerar isso um elogio, sra. Rock, George disse.

Isso, Georgia, você está certa. Mesmo horário terça que vem, a sra. Rock disse. Até lá.

George abre seu caderno. É quase meio-dia.

É neste momento desta história que, segundo sua estrutura até aqui, entra alguém que ela conhece ou uma porta se abre ou algum tipo de trama vem à tona (mas que tipo de trama? o tipo que significa um monte de fios enredados? o que significa uma história? o que significa um estratagema secreto?); é neste ponto deste livro que um espírito de twist tendeu, no passado, a dar um empurrãozinho de leve no negócio qualquer que vem em seguida.

George está pronta e esperando.

Ela planeja contar as pessoas e quanto ou quão pouco tempo elas passam olhando ou não olhando para uma dada pintura da galeria.

O que ela ainda não sabe é que em mais ou menos meia horinha, enquanto ela está tabulando os dados finais (cento e cinquenta e sete pessoas terão passado ao todo pela sala e desse número vinte e cinco terão olhado ou espiado por não mais que um segundo; uma mulher terá parado para olhar os entalhes da moldura mas não terá contemplado a pintura por mais de três segundos; duas meninas e um menino no fim da adolescência terão parado e feito comentários engraçados a respeito da cabeleira de monge de são Vicente, a coisa que parece um terceiro olho na testa dele, e terão ficado ali olhando para ele por treze segundos ao todo), isto vai acontecer:

[Entra Lisa Goliard]

George vai reconhecê-la imediatamente mesmo depois de só tê-la visto uma vez num aeroporto.

Ela vai entrar nesta sala desta galeria, dar uma olhadinha em volta, ver George, não fazer ideia de quem é George, aí chegar e ficar na frente de George entre ela e a pintura de são Vicente Ferrer.

Ela vai ficar diante dela vários minutos, bem mais do que qualquer outra pessoa, fora a própria George.

Aí vai pôr a bolsa de grife no ombro e vai sair da sala.

George vai atrás dela.

156

Parada perto das costas da mulher, enquanto houver gente suficiente para lhe propiciar uma camuflagem (e vai haver), ela vai dizer o nome como uma pergunta (Lisa?) na escada, só pra garantir que é ela. Vai ver se a mulher se vira quando ouve o nome (ela se vira), e vai fingir quando ela se virar, olhando para o outro lado e se fazendo passar por uma adolescente comum e desinteressada, que não foi ela quem chamou.

George vai se surpreender por ter talento para ser sub--reptícia.

Vai seguir a mulher, ficando atrás dela e incorporando a adolescente comum e desinteressada por toda a cidade de Londres inclusive lá no metrô e de novo a céu aberto, até aquela mulher chegar numa casa e entrar e fechar a porta.

Aí George vai ficar um tempo parada do outro lado da rua, na frente da casa.

Ela não vai ter ideia do que fazer então e nem mesmo de onde exatamente em Londres ela está.

Vai ver um muro baixo na frente da casa, do outro lado da rua. Vai até ali sentar.

Beleza.

1. A não ser que a mulher seja alguma espécie de especialista nos primórdios do Renascimento ou uma expert em são Vicente Ferrer (improvável, mas possível) nem a pau que ela ia estar por dentro ou pensar em fazer essa viagem toda especialmente pra ver aquela pintura entre todas as pinturas na cidade de Londres inteirinha. Isso vai sugerir que pra ela ter ficado sabendo alguma coisa daquilo, inclusive o mero fato da sua existência, ela devia estar seguindo, de um jeito ou de outro, a mãe de George — a não ser que esteja seguindo George neste momento — quando eles foram para Ferrara.

2. A mãe de George morreu. Houve um enterro. A mãe dela é cascalho. Então por que essa mulher ainda não desistiu?

Ela está seguindo George? (improvável. Enfim, agora é George quem a segue.)

3. (e George vai sentir seus olhos se abrirem mais com essa ideia.) Talvez em algum lugar dessa história toda se você procurar haja uma prova de amor.

Essa ideia vai deixar George enfurecida.

Ao mesmo tempo ela vai ficar cheia de orgulho da mãe, que teve razão o tempo todo. Acima de tudo vai ficar espantada com o talento da mãe.

O labirinto concreto do minotauro é uma coisa. A capacidade de quem CONcreta o próprio minotauro é bem outra.

Touché.

Toca aqui.

As duas coisas.

Considere um minuto esse dilema moral. Imagine. Você é artista.

Sentada no muro do outro lado, George vai pegar o telefone. Vai tirar uma foto.

Aí vai tirar outra foto.

Depois disso vai ficar ali sentada e de olho um tempo naquela casa.

Na próxima vez que vier aqui ela vai fazer a mesma coisa. Em honra dos olhos da mãe ela vai usar os seus próprios. Vai deixar quem quer que esteja vendo saber que ela está vendo.

Mas nada disso aconteceu.

Não ainda, enfim.

Por enquanto, no presente do indicativo, George está sentada na galeria e olha para uma das pinturas antigas na parede.

É definitivamente alguma coisa para fazer. Até onde ela consiga ver.

UM

Ho isso aqui se contorce à maravilha é veloz como um
peixe puxado pela boca no anzol
se um peixe pudesse ser pescado através de uma
parede de dois metros de espessura ou uma
flecha se uma flecha pudesse voar numa mansa
espiral como a mola de um caracol ou uma
estrela com cauda se a estrela fosse arremessada
ao alto além de larvas e vermes e
dos ossos e das pedras veloz
ao subir como o veloz da descida
dos cavalos no conto da
carruagem do sol quando o
menino atrevido tocou os cavalos embora
o pai que disse que não e
ele fez mesmo assim e não conseguiu conter
ele era pequeno e fraco demais eles mergulharam
caíram ao chão mataram multidões

de pessoas e todo um campo de ovelhas
e agora eu caindo pra cima na
velocidade de quarenta cavalos santo Deus velho
Paimãe por favor estenda ex tempore
onde quer que eu vá cair
qualquer que seja o alvo (desculpa
aqui) (urgente) um rebanho de belas
lanosas macias só pra amortecer (ui) mas que
acabou de bater na minha (o quê)
numa (ai)
desviei uma (uff) (pum)
(poff) (ui)
(ave maria)
mas espera
olha será que
sol
céu azul a alva deriva
o azul pelo meio
subindo a um azul mais denso
comece com uma camada azul-esverdeada
acrescente índigo sobre lazurrite misture
alvaiade ou cinzas com lazúli
o mesmo céu de sempre? terra? de novo?
em casa de novo de novo em casa
sacudindo na descida pela subida
como semente de árvore com asa
que quando as
raízes no caminho até a superfície
rompem a superfície viram talos
e os talos abrem caminho pra se tornarem caules
e na ponta dos caules
há flores que se abrem pra

o mundo todo como
olhos :
oi :
o que é isso?
Um menino diante de uma pintura.
Bom : eu gosto de ver costas : a melhor coisa de alguém de
costas é que o rosto que você não consegue ver permanece um
segredo. Ei. Você. Aí. Não está me ouvindo? Não está ouvindo?
Não? Eu com o queixo no seu ombro bem junto do ouvido e
você ainda não escuta, ah, tudo bem, a velha discussão se o
olho ou o ouvido são mais poderosos no fundo acaba sendo
nada a ver com nada quando você não tem mais nada a ver
com nada então pode me chamar de Cosimo de Lorenzo de
Ercole pode me chamar de artista sem nome da escola de sei lá
o quê *Eu te perdoo* nem ligo — eu não tenho que ligar — bom
— outra pessoa que ligue, porque, escuta, uma vez um velho
dormiu vários invernos abraçado na cama com o meu Marsias
(período tardio, perdido pra sempre, tecido, tela, podridão)
rígido por causa das tintas, ali por cima das cobertas, ele não
tinha muita coberta só o meu Marsias pra se esquentar, uma
bela duma pele pesada a mais fez ele ficar vivo acho : quer
dizer, morreu, tudo bem, mas só depois e não de frio, está
vendo?
Ninguém lembrando aquele velho.
Só que, eu acabei de lembrar, está aí
se bem que desbotaram, as cores agora
mal consigo lembrar o meu próprio nome, mal consigo
lemb qualq cois se bem que eu gosto, gostava
belo panejamento
e o jeito de cair de um pedacinho de laço de uma camisa
ou manga vai se enrolar quando cai

e como a mais fina mais leve quase não presente linha de
carvão pode evocar um ramo que racha uma rocha
e eu gosto de uma bela de uma curva atrevida numa linha,
as costas dele têm uma curva no ombro : tristeza?
Ou só a eterna dor de todos os iniciados
(bela frase se é que eu mesmo posso dizer)
mas ah Deus meu Jesus e todos os santos — aquela pintura
que ele está — ela — é minha, fui eu que fiz,
quem que era mesmo?
não são Paolo se bem que são Paolo é sempre careca
porque você tem que fazer são Paolo careca —
espera, eu — isso eu, acho que eu — o rosto, o —
porque cadê os outros? Porque não era só essa, era uma
parte de um todo : alguém emoldurou
belíssima moldura
e as pedras ali, ãh rãh, a capa está boa, não, *muito* boa
aquele preto pra mostrar o poder, olha como a capa abre e
mostra mais tecido onde era de se esperar carne, inteligente
isso, não revela nada e ah, a florestinha de coníferas bebês
enfiada no alto da coluna partida atrás da cabeça dele —
mas e aquele Cristo velho em cima de tudo?
Velho?
Cristo?
como se Ele tivesse chegado até a ser velhinho quando
todo mundo sabe que Cristo nunca vai ser outra coisa senão
olhos sem rugas cabelo brilhante da cor das nozes maduras da
aveleira e dividido com perfeição no meio como os nazarenos
liso em cima caindo ondulado das orelhas para baixo rosto mais
pronto ao choro que ao riso testa ampla lisa e serena nunca
mais velho que trinta e três e ainda um lindíssimo filho do
homem Cristo velhinho, por que é que eu ia pintar um velho
(blasfêmia)?

Espera — que — acho que lembrei : alguma coisa : é,
eu pus umas mãos, duas mãos embaixo dos pés dele (quer
dizer dEle) : alguma coisa que você só ia conseguir ver se
olhasse bem direitinho, mãos que são de anjos mas ao mesmo
tempo parece que não são de ninguém : como se tivessem sido
corroídas por ouro, ouro por tudo como chagas que virassem
ouro, uma sopa aveludada de lentilhas douradas, bolor de ouro
como se bolhas do corpo pudessem virar metal precioso
mas por que será que eu?

(Não consigo lem)

Olha aqueles anjos em volta dEle bonitos com os açoites e
os flagelos, eu era competente

não, não, dê um passo atrás e uma olhada da distância
certa na coisa toda

e outras pinturas nesta sala aqui : pare de ficar olhando pra
sua : olhe as outras pra se edificar.

Acho que dá pra reconh

ai Jesus — mas aquilo é —

o Cosimo, não é?

Um Cosimo.

S. Gerolamo — ?

mas haha santo Deus olha aquilo coisa mais ho ho uma
bobagem ridícula

(e o meu santo desvia os olhos daquilo com a contenção e
a dignidade devidas)

o santo exibido do exibido do Cosimo, louco, ridículo,
com a mão no ar segurando a pedra bem alto pra se lapidar
sozinho pros patronos receberem pelo que pagaram : olha
aqueles três todos contorcidos numas figuras estilizadas atrás
dele e o sangue todo gotejante no peito dele : santo Deus santa
Mãepai será que eu voltei assim do jeito mais duro pela parede
da terra pelas estratificações de rochas e o solo os vermes e as

165

crostas os astros e deuses vicissitudes e histórias as lascas de esquecimentos e memórias toda a longa via de além pra cá — pro *Cosimo* ser quase a primeira coisa assim que eu abro os

Cosimo o merdinha do Cosimo filho do sapateiro, nada menos humilde que eu, até mais : o Cosimo que só era elevado em arrebiques da corte, mais vaidoso que sei lá o quê : sempre inclinado apesar de todo o fru-fru pras coisas toscas e não belas : a trupe de assistentes bajuladores olhando cada risquinho que ele fazia como se cada gesto dele fosse uma procissão ducal.

Se bem que aquela pintura lá, também do Cosimo, no fundo é, verdade, tenho que admitir, bem boa

(mas aí aquelas contas penduradas em cima da cabeça dela fui *eu* que ensinei ele a fazer melhor quando a gente trabalhou no, como que era, palácio das lindas flores? aquela vez que o Cosimo fingiu que não me conhecia apesar de saber perfeitamente quem eu)

e aquela lá, é ele, não é não? Nunca vi mas é ele : é : ah : que coisa mais linda : e aquele ali é ele também, não é?

Com essa são quatro. Nessa uma sala.

Quatro Cosimos contra um santo meu.

Por favor meu Deus santo Deus me mande de novo pro olvido : Jesus e a Virgem e os santos e anjos e arcanjos me obscurejem o mais rápido possível que eu não valho a pena etc. e se o Cosimo está aqui, se o mundo é só Cosimo como sempre foi —

mas ao mesmo tempo

com o Cosimo eu aprendi a usar o alvaiade pra marcar detalhes nas camadas mais finas de tinta

(*Eu perdoo*)

e com o Cosimo eu aprendi a fazer aquelas incisões na tinta pra dar mais perspectiva

(*Eu perdoo*)

E enfim, olha.

Ali do ladinho do Gerolamo do Cosimo de quem que é o santo de verdade aqui?

Só comentando.

E, só comentando, mas de que lugar que é mesmo aquele santo que aquele menino de costas pra mim está há tanto tempo vendo

carregando a tocha, Ferara, visto de trás, era um menino que passou correndo por mim na rua : foi quando eles estavam procurando artistas pra pintar o palácio de não se entediar e eu me ofereci pro trabalho, eu tinha trabalhado nos painéis das musas no palácio das lindas flores com o Cosimo e o resto e já tinha um certo renome em Ferara e ainda mais em Bolonha, eu não precisava da corte, ninguém em Bolonha dava a menor bola pra corte (enfim, a corte também não precisava de mim, a corte tinha o *Cosimo*) não, espera, começa o

que no fundo começou com o sujeito que eles chamavam de Falcão que o primeiro nome dele era Pellegrin : ele aconselhava o Borso, professor e erudito, sabia grego e latim desde que era menino e tinha encontrado uns livros mágicos em línguas do Oriente que ninguém mais conhecia : ele conhecia as estrelas e os deuses e poemas : conhecia as lendas e histórias que os Est todos adoravam sobre os reis montados e os filhos e meios-filhos deles e os primos e seus mágicos em cavernas e as liças e donzelas e rivais e quem estava apaixonado por mais quem e qual cavalo era o melhor e mais esperto e mais veloz e acima de tudo as vezes sem fim em que eles passaram a perna nos infiéis e esmagaram os reis mouriscos : o Falcão tinha ficado encarregado do novo projeto das paredes da grande sala do palácio de não se entediar e estava procurando pintores além do Cosimo (*requisitadíssimo*, andando pela cidade cheio de joias que nem um marquês e apesar de estarem

167

dizendo que o Cosimo teria *um papel de destaque* no projeto da parede do palácio de não se entediar no fundo, o Cosimo ia ficar só passando ali que nem passarinho, eu mesmo vi o sujeito no máximo duas vezes fazendo o frade mínimo de Sinop, pelo qual como ele era tão *requisitado* foi lautamente bem pago, pelo que me disseram) enfim ele (não o Cosimo, o Falcão) me convocou pra ir à casa dele.

O Falcão morava atrás da obra do castelo : ele foi até a porta quando a menina chamou e primeiro deu uma olhada no meu cavalo atrás de mim de cima a baixo que ele era um sujeito bem esperto e sabia que dá pra dizer muita coisa de uma pessoa pelo cavalo, e o pelo do meu estava brilhante mesmo depois da estrada de Bolonha, ele ali me esperando de cabeça baixa, nariz dois centímetros acima do chão e narinas degustando o destino da viagem, sem nunca precisar ser atado ou vigiado, que era só alguém que não fosse eu tentar montar o Mattone e ia acabar voando sem asas pelo ar e dando nos tijolos.

Então quando eu vi ele olhar o meu cavalo eu gostei mais dele por causa disso : aí ele virou pra mim, deu uma olhada em mim, e eu dei uma olhada nele também : ele não era sábio e velho, tinha mais ou menos a minha idade, magro pra um erudito, que eles normalmente são pesados e inadequados por causa daquele monte de só livros : o nariz dele era romano imperial (o marquês ia gostar, eles eram loucos pelos antigos romanos, os Est, quase tão loucos quanto eram por histórias de gente massacrando os infiéis e conquistando Afric) e o olho dele era veloz : ele me olhou de cima a baixo : o olho dele se deteve na parte da frente da minha calça : ele falou encarando aquele lugar : tinha ouvido dizer que eu era competente, ele disse.

Aí olhou de novo nos meus olhos e ficou esperando pra ver o que eu ia dizer e bem nesse momento — sorte minha — o menino passou pela gente na rua, um menino lindo indo tão rápido que eu senti a onda do ar (ainda sinto agora quando lembro) que o menino era todo ele ar e fogo, uma tocha acesa na mão, e na outra um estandarte, será que era? um pedaço comprido de uma túnica? ele subiu correndo as escadas segurando aquilo no alto pra pegar bem o vento nas dobras, estava indo até a corte : era onde tinha emprego, na corte, e o boato era que as pinturas que eles queriam no palácio dessa vez eram pinturas de corte, pinturas agradáveis, não coisas sagradas mas pinturas do próprio marquês, de um ano na vida dele na cidade e dele fazendo as coisas diferentes que fazia num ano com coisas reais de todo dia passando pelas pinturas exatamente como aquele menino passava correndo : eu pensei cá comigo *se eu conseguir pegar aquele menino eu vou mostrar pra esse Falcão* cujo olhar (o meu tinha visto) estava encantado pelas costas do menino *com que qualidade e com que velocidade e com que perfeição eu*

aí eles iam saber como era exemplar

e me recompensar adequadamente

então eu disse quando o menino desapareceu Sr. *De Prisciano, uma pena e um pedaço de papel e um lugar pra eu me apoiar e eu pego pro senhor aquele coelhinho, mais rápido que qualquer falcão* ele ergueu uma sobrancelha com essa minha audácia mas eu estava brincando, ele viu (ainda não meu desafeto naquela época) e chamou a menina da porta pra ela me pegar o que eu queria enquanto eu mantinha na cabeça a velocidade e a forma do menino, o jeito de ele segurar o pedaço de seda e oscilar ao vento enquanto passava, uma coisa respirante por si própria, era isso que eu queria, porque eu sou competente no que é real e verdadeiro e belo e posso fazer com um pouquinho de habilidade e com ou sem adulação o ponto em que as três coisas se encontram : a criada trouxe as coisas e uma tábua de pão (uma piscadela pra ela sem que ele visse, ela corou um pouco debaixo da touca, eu corei também, bianco sangiovanni, cinabrese, verde-terra, rossetta, e também a touca, coisa mais linda, borda toda seda rota, eu ia usar essa touca depois na cabeça da cortadora de linho das trabalhadoras em volta do tear no cantinho do mês de março, que apesar de o Falcão especificar que queria as Parcas pintadas em março — como queria as Graças em abril — eu queria que elas fossem mulheres de verdade e trabalhando de verdade também).

Despejei as migalhas da tábua ali na porta (o Falcão viu elas caírem no seu umbral, estreitou os olhos) e no papel apesar de o menino ter desaparecido eu mapeei sua constelação ali, ali, ali a nuca, base da espinha, lugar desse pé aqui, do outro, um braço, o outro, e esbocei uma cabeça (bom, a cabeça mal tinha importância, não era isso que importava) mas eu gastei mais tempo foi no pé que estava para trás, o lugar com a curva da sola subindo : pegar aquela parte direitinho, como ela lançava o corpo todo, só aquele detalhe vai erguer o desenho todo como o pé ergueu o menino : era pegar aquilo direitinho e o próprio desenho ia se erguer (que o jeito de ele subir os degraus de pedra tinha deixado até a pedra neles sem peso) : talvez estivesse indo pra uma cerimônia, aquele menino? Ele estava com a tocha acesa apesar de ser dia, acrescentei enim a sugestão de uma porta pra ele precisar de uma tocha acesa, dobrei uma linha para fazer um lintel em cima da cabeça dele pra um lugar aonde ele estivesse indo e sombreei na frente e em volta dele pra aquela tocha na mão dele ter mais sentido (fiz a chama ali como uma cabeleira esvoaçante, mas pra cima em vez de pra baixo, a beleza da impossibilidade) aí em volta dele no chão um punhadinho de pedras, um galho aqui, quatro ou cinco perto do muro, aí bem na frente três pedras e uma fatia de tijolo igualzinho a uma fatia de queijo, tudo disposto em

volta de folhas de grama que faziam uma reverência ao Falcão
já que até a grama presta reverência respeitosa a um homem
como aquele.

(Depois disso, um toque final, ali na ponta de uma
graminha, dois ou três pontos, um escorregão da pena?
borboleta? só pro meu prazer, que ninguém mais ia notar.)
Acabou-se há tempos, o desenho, imagino.

Acabou-se a vida que eu, o eu menino e homem, o eu
forte e bom cavalo Mattone de olhos delicados, o eu menina
ruborizada.

Acabou-se, tocheiro Ferara visto pelas costas, tinta sobre
papel dobrado rasgado comido, ninho de vespa esfarrapado no
ar queimado até virar cinza virar ar virar nada.

Ui.

Estou sentindo a perda, abafar essa dor
que eu *peguei*, o lugar onde as pernas dele encontravam o
corpo, as trevas musculosas onde a túnica dele se inflamava na
brisa quando ele passou, peguei como quem conta a história
mais antiga do mundo, que existe um prazer muito puro numa
curva como a curva de uma bunda : a única coisa que é tão
boa de desenhar é a curva de um cavalo e como um cavalo
uma linha curva é uma coisa quente, amigável, que vai te
servir direitinho se você não maltratar, e as curvas das mangas
dele sanfonando pra cima e pra baixo desde o ombro, ponto de
cobertor aí a borda da concha, em volta da cintura um barbante
duplo pra segurar bem o menino.

Eu gosto de barbante retorcido, dois feixes retorcidos
juntos pra ficar mais forte : eu gosto de corda : a corda de
um enforcamento que eles vendiam, eu lembro, no mercado,
cortadinha em pedaços que você podia comprar como amuleto
pra você mesmo nunca ir parar.

Na forca, quer dizer.

O quê, — — será, será que eu fui? —
não mesmo — nunca, será, na forca? — Ah.
Ah.
Será?
Não.
Quase certeza : não fui.
Mas como foi que eu, então? Acabei?
Eu não consigo lembrar de fim nenhum, um fim qualquer
que eu, não consigo, nenhum, falecimento, não —
que talvez —
talvez eu... nunca tenha acabado?
Opa!
Fui *eu* que fiz aquela pintura. Opa!
Não consegue me ouvir.
Sol batendo nas folhas amareladas, eu era criança,
pequena, em cima de uma pedra aquecida pelo sol, quase
criança pequena demais pra andar acho e alguma coisa estava
se contorcendo pelo ar e aterrissou na poça de mijo de cavalo,
a espuma e as bolhas quase tudo ali mas o cheiro ainda estava
bom no oco da pedra entre a trilha velha e a nova que ele tinha
feito no pátio pras carroças das pedras, meu pai.
A coisa que caiu causou ondulações, um anel que
apareceu no mijo : o anel cresceu cada vez mais até chegar às
bordas e sumiu.
Era uma bolinha negra como a cabeça de um infiel : tinha
uma asa só, uma coisa dura com cara de seca que saía espetada.
O anel que aquilo fez na poça quando caiu, no entanto,
sumiu.
Onde foi parar?
Eu gritei isso, mas ela estava pisando roupa no barrilzão
pela metade : estava deixando a roupa branca de sabão, estava
cantando, não me ouviu, minha mãe.

Chamei de novo.

Onde foi parar?

Ela não me ouvia ainda : peguei uma pedra. Mirei na lateral do barril, errei, acertei uma galinha nas penas laterais : a galinha fez um barulho galinhal, pulou e quase voou : saiu correndo numa dança que me fez rir, deixou em pânico os gansos todos e os patos e as outras galinhas : mas minha mãe tinha visto a pedra acertar a galinha e pulou pra fora do barril e saiu correndo na minha direção com a mão no ar porque desprezava tudo que fosse cruel.

mas eu não fui, eu disse. Eu não. Eu estava chamando a senhora. Mas a senhora estava tão absorta que eu joguei pra chamar a sua atenção. Eu não quis acertar a galinha. A galinha se meteu no meio.

Ela deixou a mão cair ao lado do corpo.

Onde foi que você aprendeu essa palavra? ela disse.

Que palavra? eu disse.

Absorta, ela disse. Concentração.

Com a senhora, eu disse.

Ah, ela disse.

Ela ficou parada na terra com os pés molhados : tinha as canelas pontilhadas de luz.

Onde é que foi parar? eu disse.

Onde é que o que foi parar? ela disse.

O anel, eu disse.

Que anel? ela disse.

Ela veio até onde eu estava e olhou a poça : viu a coisinha alada.

Isso aí não é um anel, ela disse. É uma semente.

Eu disse pra ela o que aconteceu : ela riu.

Ah, ela disse. *Esse* tipo de anel. Achei que você estava

falando de um anel de dedo, que nem uma aliança ou um anel de pedras.

Os meus olhos se encheram de água e ela viu.

Por que é que você está chorando? ela disse. Não chore. O seu tipo de anel é bem melhor que os outros.

Mas sumiu, eu disse. Acabou.

Ah, ela disse. É por isso que você está chorando? Mas não sumiu mesmo. E é por isso que ele é melhor que ouro. Não sumiu, é só que a gente não está mais enxergando. Na verdade ele ainda está se movendo, ainda está crescendo. Nunca vai parar de se mover, nem de crescer cada vez mais mais, esse anel que você viu. Você teve foi sorte de conseguir ver. Que quando ele chegou na borda da poça, ele saiu da poça e entrou no ar, ficou invisível. Um espanto. Você não sentiu quando ele te atravessou? Não? Mas atravessou, agora você está dentro dele. E eu também. As duas. E o pátio. E as pilhas de tijolos. E as pilhas de areia. E o galpão da queima. E as casas. E os cavalos, e o seu pai, o seu tio, e os seus irmãos, e os trabalhadores, e a rua. E as outras casas. E os muros, e os jardins e as casas, as igrejas, a torre do palácio, o topo da catedral, o rio, os campos atrás de nós, aqueles campos bem lá longe, está vendo? Veja até onde a vista alcançar. Está vendo a torre e as casas lá longe? O anel está atravessando tudo aqui e nada nem ninguém vai sentir mas ele passa mesmo assim. E imagine que ele está circulando os campos e as fazendas que a gente nem consegue ver daqui. E as cidades depois desses campos e as fazendas até chegar no mar. E o outro lado do mar. O anel que você viu na água nunca vai parar de viajar até a borda do mundo e aí quando chegar na borda ele também vai passar. Nada consegue parar o anel.

Ela olhou para o mijo de cavalo.

E tudo por causa da queda de uma semente, ela disse. Está vendo aquela sementinha ali? Sabe de onde que ela veio?

Ela apontou por cima de nós para as árvores atrás da casa.
Se a gente colocar essa sementinha no chão, ela disse,
e cobrir de terra e tudo der certo, se tiver sol, água, com um
tantinho de sorte e de justiça vai dar outra árvore.
As árvores eram bem maiores que as pilhas de tijolos : as
árvores iam bem além do teto da casa feita pelo pai do pai do
meu pai : a gente era uma família de pedreiros e oleiros : era
o que os homens da nossa família faziam quando saíam da
infância : a minha família ajudou a construir os palácios dos
Est, que os Est só tinham onde morar por causa de nós : a gente
era histórico, se é que dá pra dizer isso de pedreiros anônimos.
Eu pesquei a semente do meio do mijo : era uma coisa
que precisa cair pra subir : parecia uma cabeça encolhida que
nem as cabeças que puseram em cima dos muros depois dos
levantes mas com uma asinha saindo por trás : estava com um
cheirinho bom de cavalo : tinha uma asa e não duas que nem
os pássaros : talvez tenha sido por isso que ela caiu : e porque
tinha caído, alguma coisa ia subir.
Eu derrubei a semente de novo ali : ela caiu de novo : que
um dia bem aqui uma árvore ia se erguer do chão, com um
tantinho de sorte e de justiça.
Outro anel se formou, desapareceu, me atravessou invisível
e seguiu para o mundo.
A minha mãe estava de novo no barril subindo pela
beirada : ela começou a cantar de novo : toda vez que ela
dava um pisão, anéis como os anéis da semente que eu tinha
visto aparecer e desaparecer saíam das pernas dela na água
do barril : os anéis se alargavam, saíam em volta dela em
volta do barril e aí passavam por dentro de mim e por volta
de mim também (um espanto) e iam embora pro resto do
mundo numa espécie imensa de abraço que acontecia quando
alguma coisa entrava ou passava por outra coisa : o sol já

estava encolhendo o mijo : um novo anel se formou onde o mijo tinha uma hora estado e agora já sumia : ao sumir, ele mudava a pedra da trilha pra uma cor mais clara e diferente. Aí já era outro tempo : tinha flores amarelas caindo das árvores : elas pousavam com um som : quem diria que flor tinha voz? Eu agora já arremessava bem melhor : agora quando eu arremessava sempre acertava o barril — e não só acertava, eu podia escolher onde acertar, no aro de metal ou na borda de cima ou de baixo ou em qualquer aduela que eu mirasse.

Agora eu também conseguia arremessar sem nunca acertar uma galinha, a não ser que eu quisesse : só que era cruel querer, e tentador, então eu fiquei especialista em quase : já que se eu arremessasse alguma coisa pra quase acertar (mas errar) a galinha ainda fazia a dança engraçada aos acordes da música do ultraje generalizado das aves : só que hoje não tinha galinha nem ganso pra quase acertar, que toda vez que eu saía agora pro pátio as galinhas e os gansos e os patos todos saíam correndo gritando pra frente da casa, e toda vez que eu dava a volta pra frente da casa eles corriam pros fundos.

Ferara era o melhor lugar pra fazer tijolos, que o tipo da argila do rio dali era ideal : você queimava as algas e misturava as cinzas e o sal marinho e queimava os tijolos : dava pra fazer qualquer coisa com tijolo, todas as cores, todos os padrões : e ainda tinha as pedras com todos os seus muitos nomes e custos : o meu pai segurava, às vezes, se estava num dia mais mão-aberta, um pedacinho de alguma coisa no ar e a gente gritava o que aquilo era e quem acertava ganhava um passeio no cangote dele pelo pátio, de cavalinho : peralta : paonazzo : cipollino com suas veias coloridas, minha mãe me fazendo rir fingindo que uma pedra te fazia chorar se você segurasse perto dos olhos : arabesco, só a beleza da palavra quase conseguia *me* fazer chorar : breccia, feita de coisas partidas : e o tipo que eu não consigo lembrar como chamava que são duas ou mais pedras esmigalhadas juntas pra fazer uma pedra toda outra.

Mas aqui em Ferara tinha tijolo e a gente era o lugar onde você podia comprar tijolo.

Eu mirei na metade da altura da pilha e acertei exatamente aquele tijolo : uma pluma de poeira de tijolo voou dali.

Fiquei fuçando na borda da pilha pra achar mais lascas, fiz uma trouxa com a frente do colete e carreguei ali a pilha de lascas de tijolo até o degrau : sentei na frente da porta pra fazer uns arremessos : era mais difícil ainda manter a mira quando você não estava de pé : bom.

Para de jogar tijolo nos meus tijolos!

Era o meu pai : ele tinha ouvido os arremessos e tinha visto a poeira subir : voltou pisando firme : chutou as lasquinhas que eu tinha recolhido : eu me esquivei, sabendo que ele ia me dar um tapa.

Em vez disso ele pegou uma lasca de tijolo, revirou na mão.

Ele se largou no degrau bem pertinho de mim : estendeu a lasca de tijolo.

Olha isto, ele disse.

Puxou a colher de pedreiro, tirou do cinto de ferramentas que estava na barriga e aí segurou a borda da colher em cima do tijolo partido : deixou a borda da colher pairar um segundo sobre a borda do tijolo : tocou com delicadeza com a borda da colher um ponto particular do tijolo : aí ergueu a colher e deu uma estocada com bastante força exatamente onde tinha encostado : uma lasca de tijolo saiu direitinho e caiu entre as flores caídas.

O pedaço de tijolo que sobrou na mão dele estava bem certinho e quadrado, ele me mostrou.

Agora a gente pode usar em construção, ele disse. Agora nada se perde.

Eu peguei o pedaço caído.

E este pedacinho? eu disse.

Meu pai fez uma carranca.

Minha mãe entreouviu o que eu estava dizendo e riu : ela veio até ali, estava usando sua roupa de trabalho cor de céu, cheia de marcas de barro por tudo como borrões de nuvem : sentou do meu outro lado : também tinha um tijolo na mão, tinha tirado da pilha quando passou por ela : era um belo tijolo estreito, com uma cor boa, um tijolo de umbral ou de janela, dos que eram feitos com a melhor argila : ela piscou pra mim.

Olha só.

Ela estendeu a outra mão por cima da minha cabeça pro meu pai lhe passar a colher.

Não, ele disse. Você vai acabar com o tijolo. Vai acabar com a borda da minha colher.

Santo Cristóforo, ela disse. Por favor.

Não, ele disse. Se vocês se juntam aqui não me sobra mais nada.

Bom, quando você não tem nada mesmo —, a minha mãe disse.

Era o que ela sempre dizia : *quando você não tem nada, pelo menos fica com tudo* : mas dessa vez quando chegou ao fim da última palavra ela deu um bote totalmente inesperado pra pegar a colher e ele não estava esperando, puxou a mão pra cima e pra longe dela tarde demais, ela se inclinou em volta de mim rápida que nem cobra (quente e doce o cheiro e a roupa e a pele dela) e pegou, saltou, se contorceu pra se libertar, correu até o cavalete.

Ela segurou o tijolo estendido na frente do corpo, bateu forte nele três vezes e raspou.

(minha colher! meu pai disse)

e pôs o cabo da colher ali em cima e bateu no tijolo e na colher com o martelinho de pedra — uma vez, e aí mais uma : lascas de tijolo se soltaram : ela bateu no tijolo com o dedo : uma parte grande caiu : ela parou e tirou a poeira do nariz : estendeu a colher pra ele : com a outra mão estendeu o que sobrou do tijolo que tinha ficado quebrando.

Um cavalo! eu disse.

Ela me deu o cavalo : eu revirava nas duas mãos : tinha orelhas : tinha arranhões : os arranhões eram o que fazia a cauda.

O meu pai estava fazendo cara de triste pra colher : tirou a poeira da ponta da ferramenta com o polegar e examinou o cabo, sem rir : mas a minha mãe lhe deu um beijo : um beijo forçado.

Outra vez : quente, e as cigarras : a minha mãe estava desenhando uma linha no chão com um pauzinho.

Eu vi o que era antes de aquilo virar o que era : é o pescoço de um pato!

Aí ela foi pra outro pedaço do chão e desenhou uma linha e mais outra e depois juntou essas linhas com duas outras e uma curva : é o lugar onde a perna do cavalo junta com o corpo!

Ela terminou o cavalo, começou de novo, riscou uma linha, aí mais uma, fez um borrão na terra e riscou linhas no borrão : é uma casa! É a nossa casa!

Eu achei um pauzinho pra mim na grama alta e quebrei perto da base pra ele ficar com uma ponta fina e uma grossa : voltei até os desenhos : com a ponta fina eu acrescentei três curvas ao teto da casa que ela tinha desenhado.

Por que você pôs uma árvore no teto? ela disse.

Eu apontei pro teto da nossa casa atrás de nós, no lugar

em que um raminho que tinha criado raiz na calha no alto se erguia no ar.

Ah, ela disse. Você tem razão.

Eu corei de prazer por ter razão : com a ponta mais grossa do pauzinho desenhei uma diagonal, um círculo, linhas retas e uma curva : nós olhamos ao mesmo tempo pras costas do meu pai : ele estava na outra ponta do pátio carregando a carroça.

A minha mãe concordou com a cabeça.

Ficou muito bom, ela disse. Está muito bom. Bem observado. Agora. Faz pra mim alguma coisa que você não consegue ver com os próprios olhos.

Eu acrescentei uma linha reta na testa do cavalo dela.

Muita esperteza, ela disse, ah, isso é que é trapaça esperta.

Eu disse que não era, porque era verdade, eu nunca tinha visto de verdade com os meus próprios olhos um unicórnio.

Você sabe o que eu queria dizer, ela disse. Faz o que eu pedi.

Ela foi recolher os ovos : eu fechei os olhos, abri : virei o pauzinho ao contrário, usei a ponta fina.

Este é ele nervoso, eu disse quando ela voltou. Aquele é ele bonzinho.

Ar lhe saiu pela boca (o que me fez saber que o que eu tinha feito era bom) : ela quase largou os ovos (o que me fez saber que criar imagens é uma coisa poderosa e pode se você não tomar cuidado acabar quebrando alguma coisa) : ela conferiu se os ovos estavam seguros no vestido, todos inteiros, antes de chamar pra ele vir ver as caras dele.

Quando ele viu o nervoso me deu um tapa na cabeça com a palma da mão (o que me fez aprender que as pessoas nem sempre gostam de saber como são vistas pelos outros). Ele e a minha mãe ficaram parados e olharam um tempo as caras dele na terra.

Não muito depois disso, ele começou a me ensinar a ler e a escrever.

Aí, quando a minha mãe foi enterrada, e eu ainda tinha tamanho pra isso, um dia eu entrei no baú de roupas dela no quarto e baixei a tampa : era só lã e linho e cânhamo, cintos e rendas, a camisola, os vestidos de trabalhar, o vestido de usar por cima, a túnica e as mangas e tudo que estava vazio dela ainda tinha seu cheiro.

Com o tempo o cheiro sumiu, ou meu reconhecimento dele diminuiu.

Mas no escuro do baú eu era especialista e conseguia dizer quase como se estivesse enxergando o que era o quê, qual vestido, que tipo de uso, pela textura entre polegar e indicador: uso na cozinha, uso de domingo, uso pra trabalho : eu entrava fundo no cheiro e como que me misturava aos tecidos que um dia estiveram colados à pele dela : no escuro entre as camadas eu metia um punho pra cima ou pra baixo e tateava uma tira estreita, fita ou laço ou renda que saía da borda de uma das mangas ou colarinhos, uma borla, uma fiada de alguma coisa, e não dormia até ter retorcido e entretecido alguma coisa dela num polegar ou noutro dedo : e nesse ponto eu podia dormir : quando acordava eu descobria que tinha me libertado inconsciente enquanto dormia dos nós que eu tinha me criado : mas ainda restava um caracol na fiada de linha depois, que durava um tempo antes de readotar a forma de sua própria aleatoriedade.

Um dia quando eu acordei e abri a tampa e voltei pra luz do dia o pano em que eu estava dormindo saiu grudado em mim, azul, ainda com meu calor : eu sentei ao lado dele no chão : pus a cabeça e os braços nele e aí meu corpo inteiro lá dentro : ele se acomodou nos meus ombros e se espalhou à minha volta, ele tão grande e eu tão menor era como se minha roupa fosse um campo celeste.

Passei a cabeça pela cava da manga como se fosse uma gola : arrastei o vestido pela casa, eu lá dentro.

A partir dali só usei as roupas dela : eu as arrastei pelo pó da casa por semanas, meu pai exausto demais pra dizer não, até o dia em que me pegou no colo (eu estava usando o branco, grande, agora imundo, rasgado um pouco onde eu tropecei nas pedras um dia e onde ele enroscou na porta outro dia, hoje eu era só suor e calor lá dentro, com meu rosto de uma cor que eu podia sentir) de modo que a cauda de tecidos pesados abandonou o chão e pendeu abaixo de nós por cima do antebraço dele como uma grande cauda vazia de peixe enquanto ele me levava até o quarto dela.

Achei que ele fosse me bater, mas não : ele me pôs bem direitinho ainda com o vestido em cima do baú de roupas fechado : sentou também no chão na minha frente.

Eu vou te pedir por favor pra você parar de usar essas roupas, ele disse.

Não, eu disse.

(Eu disse por trás do rígido escudo da frente do vestido.)

Eu não aguento mais, ele disse. É como se a sua mãe tivesse virado duende e como se a versão duende dela estivesse sempre cintilando pelos cantos da casa e do pátio, sempre no canto do meu olho.

Eu dei de ombros.

(Mas os ombros estavam tão altos por cima dos meus lá no fundo do vestido, que ninguém soube que eu dei de ombros.)

Então eu queria fazer uma sugestão, ele disse. Se você concordar em deixar essas roupas de lado. Eu quero dizer parar de usar.

Eu sacudi a cabeça devagar de um lado pro outro.

E se você puser, digamos, umas calças, ou essas ceroulas que eu tenho aqui, então —, ele disse.

Ele pôs a mão no bolso do avental e tirou roupas de menino, leves e finas no calor : ficou sacudindo aquelas roupas provocantemente como você faz com um bocado de verde diante de uma mula que não quer sair do lugar.

— aí eu posso te arranjar um emprego e te mandar pra escola, ele disse. De emprego, você pode vir trabalhar comigo na catedral. Ia me ajudar. Eu preciso de ajuda. Eu preciso de aprendizes, mais ou menos da sua idade. *Você* podia ser essa ajuda.

Eu me encolhi dentro do vestido : os ombros chegaram até as minhas orelhas.

O senhor já tem os meus irmãos, eu disse.

Você podia ser como os seus irmãos, ele disse.

Eu fiquei de olho nele através do rendado da gola e do peito : falei pelos furos do vestido.

O senhor sabe que eu não sou como os meus irmãos, eu disse.

Sim, mas me escute, ele disse. Que talvez. Talvez. Se você parasse de usar essas roupas grandalhonas e passasse a usar, digamos, essas roupas de menino. E talvez se a gente se permitisse usar um pouco a imaginação. E talvez se a gente tivesse certa discrição. Você sabe o que é discrição?

Eu revirei os olhos por trás da renda do peito : que até criança eu já sabia, ou pelo menos era o que eu achava, mais do que ele ia saber na vida o que é a discrição : pior, eu sabia que ele estava me aliciando com essas sugestões, mais o estilo da minha mãe que o dele, quando teria sido muito mais comum que ele simplesmente me batesse e me proibisse : eu desprezei ele um pouco por esse aliciamento e por usar o que ele considerava palavras bonitas como se elas fossem a chave pra me fazer concordar em fazer como ele queria.

Mas as palavras que ele usou em seguida foram as mais bonitas de todas, as mais bonitas que alguém podia.

Se você fosse, ele disse. Aí a gente podia achar alguém pra te ensinar isso de fazer e usar as cores na madeira e nas paredes, já que você sabe desenhar tão bem.

Cores.

Desenhos.

Eu estiquei a cabeça tão rápido pela gola do vestido que o peso do tecido mudou de lugar e quase me derrubou de cima da caixa : e vi ele enrijecer e ter que disfarçar, que ele queria manter sério aquele momento, o primeiro sorriso que eu vi no rosto dele desde que a minha mãe se foi.

Mas você vai ter que usar as roupas dos seus irmãos, ele disse. E podia, se eu te encontrar um mestre, ser melhor, ou virar, um deles. Dos seus irmãos.

Ele ficou olhando pra ver a minha reação.

Eu concordei com a cabeça : eu estava ouvindo.

A gente provavelmente consegue te arranjar um pouco de latim sem isso, e matemática, ele disse. Mas uma formação pra você vai ser mais fácil com isso. Nós não somos ricos mas temos dinheiro mais do que suficiente e a formação por si própria não é o problema. Mas a não ser que você vá pra um convento, que é um jeito garantido de você conseguir passar o dia misturando cores ou enchendo as páginas de livros santos sagrados com os seus desenhos, aprender cores e pinturas — eu quero dizer aqui no mundo, com uma vida vivida toda sendo parte dele, uma vida além dos muros — é coisa completamente diferente. Você concorda?

Ele me olhou nos olhos.

É certeza sempre, ele disse. Você sempre vai ter trabalho.

Mas ninguém vai aceitar te ensinar com essas roupas de mulher. Você não pode nem trabalhar de aprendiz comigo, usando roupas de mulher. Acho que a gente podia começar com você trabalhando comigo na semana que vem no campanário. O que não quer dizer que você vai trabalhar na torre ou no sino, quer dizer que eu vou deixar você desenhar e vou te dar os materiais pra isso, e assim você vai trabalhar comigo e com os seus irmãos pra todo mundo ver, e aí, quando você se estabelecer, quando estiver claramente estabelecido aos olhos dos outros quem você *virou* —

Ele ergueu uma sobrancelha.

— a gente vai te colocar na oficina de algum artista ou te encontrar um mestre de painéis e afrescos, e assim por diante, e a gente vai mostrar pra ele o que você consegue fazer e aí ver se ele te aceita.

Eu baixei os olhos pra parte da frente do vestido da minha mãe e aí ergui os olhos pro meu pai.

Um mestre podia deixar a gente pagar com ovos, ou aves, ele disse, ou com o fruto das árvores, ou até em tijolo. Eu tenho esperança. Mas acima de tudo eu tenho esperança de que um homem desses que for ver o que você já sabe pode acabar te ensinando por ainda menos, só pra fazer justiça às suas habilidades, e te mostrar como corrigir os seus erros normais, como dar forma à cabeça de um homem que nem eles fazem com quadrados e geometrias, e corpos também, e as medidas que tem que tirar, como tirar essas medidas, as que mostram onde colocar os olhos e o nariz e tal num rosto e onde colocar as coisas nos quadrados de um piso ou numa paisagem pra mostrar que algumas coisas estão mais perto e outras mais longe.

Então coisas bem distantes e bem próximas podiam ficar juntas, na mesma pintura?

Então tinha jeitos de aprender a fazer uma coisa dessas?
Eu estiquei a mão até os laços de renda no meu queixo.
Segurei os laços na mão.
Tudo isso você vai precisar saber, ele disse. E se a gente não conseguir encontrar alguém eu vou te ensinar o que eu puder. Eu sei bastante de prédios e de paredes e de como funcionam, quais as regras e as necessidades da construção. A construção de pinturas, bom. Há de ter alguma coisa em comum.

Eu puxei os laços e soltei a frente do vestido : fiquei de pé e o vestido todo escorreu da tampa do baú e aí escorregou para longe de mim como as pétalas desfolhadas de um lírio e eu ali no centro de pé como um estame : minha nudez pisou as dobras do pano : estendi a mão pra pegar as ceroulas.

Ele revirou as coisas do meu irmão e encontrou uma camisa limpa.

Você vai precisar de um nome, ele disse enquanto eu puxava a camisa por cima da cabeça.

O nome da minha mãe começava com f : Ff : eu testei na língua pra ver onde aquilo ia dar : meu pai ouviu errado : Vv.

Vincenzo? ele disse.

Ele enrubesceu de empolgação.

Estava pensando em Vincenzo Ferreri, o padre espanhol morto havia tantíssimo tempo, vinte anos inteiros ou coisa assim e todo mundo dizendo esses anos todos que ele devia ter virado santo : os mascates viajantes já vendiam a imagem dele como santo no panfleto escrito pelas freiras cheio de pinturas e histórias dele : ele era famoso pelos milagres e por converter oito mil mouros infiéis maometanos e vinte e cinco mil judeus, ressuscitar vinte e oito pessoas e curar quatrocentos doentes (só colocando as pessoas um tempinho deitadas num leito em que ele se deitara doente e no qual tinha melhorado por conta

própria) e também por libertar setenta pessoas de demônios : só
o chapéu dele já tinha feito vários milagres.

Mas o meu pai gostava mais do milagre da hospedagem e
do deserto.

Vincenzo estava atravessando o deserto montado no
seu burrico rezando muito, e ele e o burrico estavam quase
exaustos de tanto rezar quando de repente chegaram à porta
de uma hospedagem linda e imponente : Vincenzo entrou :
ela era tão linda por dentro quanto por fora : ele passou a noite
ali : o serviço, a comida, a cama eram todos excelentes e lhe
deram exatamente o tipo de descanso de que ele precisava
pra continuar no dia seguinte com sua temporada nos lugares
selvagens cheios de infiéis e descrentes : na manhã seguinte
quando foi pegar o burrico, o mesmo burrico estava coisa de
dez anos mais jovem e não tinha mordidas de pulga e não era
mais manco : e lá se foram eles, e foi nove ou dez quilômetros
depois quando o sol da manhã tocou pela primeira vez com
seus raios a cabeça raspada de Vincenzo que ele percebeu que
tinha esquecido o chapéu.

Ele deu meia-volta com o burrico e eles voltaram sobre
os próprios passos até a estalagem pra pegar o chapéu : mas
quando chegaram lá não havia estalagem e o chapéu dele
estava pendurado num galho de uma velha árvore morta no
mesmíssimo lugar onde a estalagem estava antes.

Esse milagre foi um dos motivos de os construtores de
casas e muralhas quererem Vincenzo Ferreri como santo : eles
planejavam fazer dele seu santo padroeiro.

O meu pai rezava pra ele toda manhã.

Pensei na minha mãe me contando histórias de alguns dos
milagres de Vincenzo, abraçada em mim, eu no colo dela.

Vincenzo, que eu pedia que intercedesse, não fez
diferença pra ela ir ou voltar

(claro que eu pedi errado).

Eu pensei no nome afrancesado da minha mãe : pensei na curva francesa que significa a flor que o nome dela significava.

Francescho, eu disse.

Não Vincenzo? meu pai disse.

Ele fechou a cara.

Francescho, eu disse de novo.

Meu pai manteve a cara fechada : aí sorriu dentro da barba um sorriso sério para mim e aquiesceu com a cabeça.

Naquele dia com aquela bênção e o novo nome eu morri e renasci.

Mas — Vincenzo —

Ai, meu Deus —

é *esse* o meu santo sério naquela plataforminha olhando pro outro lado e com o Cristo velhinho por cima da cabeça.

São Vincenzo Ferreri.

Ô. Menino. Tá me ouvindo? S. *Vincenzo*, famoso por todo o mar de longe por *fazer os surdos ouvirem*.

Que escuta aqui, quando Vincenzo falava, mesmo que fosse em latim as pessoas que sabiam um pouquinho de latim ou nem sabiam nada todo mundo entendia direitinho o que ele estava dizendo — mesmo quem estava a cinco quilômetros podia ouvir como se ele estivesse falando bem na orelha na própria língua de cada pessoa.

O menino não ouve nada : eu não consigo fazer ele ouvir.

Mas eu não tenho essa santidade toda, não é? não.

Bom, melhor assim, porque olha só, está ali uma mulher bem bonita, bom, por trás pelo menos, parada na frente do meu são Vincenzo.

(quatro para um, e ela me escolheu, e não o Cosimo)

(só comentando)

(não que seja orgulho)

(outro milagre, que ela fez, graças sejam dadas a são Vincenzo)

e como eu não tenho santidade posso dar a minha olhadinha nela mais de perto, por trás, do pescoço nu que mal se insinua por entre o cabelo comprido e louro-branco até a linha que lhe vai da espinha à cintura e aí até um traseiro meio muito-pouco —

mas aquele menino também está conferindo, olha ele ali todo alerta, juro que senti ela entrar na sala porque *eu* senti os pelos do pescoço *dele* ficarem arrepiados quando viu ela entrar pela porta, cobrindo o piso como se a sala estivesse incompleta sem ela, ele viu antes de eu ver, como se tivesse tomado um raio de tempesta, e olha ele ali agora vendo ela se acomodar direitinho na frente do Vincenzo : eu não consigo ver o que os olhos dele estão fazendo mas aposto com você que estão bem abertos e que as orelhas e a testa dele estão pra frente que nem uma cabeça de cabra : fora que dá pra dizer pelas costas dele que ele já conhece a mulher : menino apaixonado? As velhas histórias nunca mudam : mas apaixonado por esta mulher? Nem perto dele em termos de idade, longe disso, até de longe eu posso ver que ela está décadas à frente, mais do que velha o bastante pra ser mãe dele : mas ela não é mãe dele, isso está claro, e não tem ideia de que ele está aqui, nem desse ardor, isso apesar de existir alguma coisa entre eles que tem a força do ódio ou de um raio de calor que emana *dele* e está mirado *nela*.

Oi. Eu sou artista, sou sem-olho e ninguém consegue me ouvir e tem aqui um menino que quer que você — não sei — alguma coisa.

Ela não consegue me ouvir : claro que não : mas ela está dando uma bela olhada no Vincenzo e o Vincenzo, santo que é, está olhando pro outro lado (se bem que os anjos com seus chicotinhos e arcos lá em cima estão prontos pra tudo).

Ela está parada com um pé apoiado só na ponta, casco de cavalo em repouso : então de modo elegante seu corpo ajusta o peso da cabeça : ela dá uma olhada no são Vincenzo, de cima a baixo e de novo —

aí ela gira no calcanhar e some

(nem uma olhadinha em nenhum dos Cosimos diga-se de passagem, só comentando)

e o menino saltou de onde estava como uma lebre e lá se foi atrás dela, e eu também não consigo evitar ir arrastado atrás dele como se um pé estivesse preso no estribo da sela de um cavalo que eu não conheço direito, que não me conhece nem se incomoda comigo : e quando a gente vai saindo, com o canto do meu não olho eu vejo uma pintura de — Ercole, o pequeno Ercole, o ladrãozinho, que eu amava e que me amou ! e espera — para — será que aquilo ali, será que é mesmo? — santo Deus velha Mãepai é o Pisano, Pisanello, eu reconheço pelo escuro e por aquele jeito de lidar com a luz.

Olhe o quanto você quiser, já que eu não posso, porque é como se uma corda atada ao menino estivesse atada a mim e tivesse dado a volta em mim e não pudesse me desamarrar e quando o menino vai eu tenho que ir quer queira quer não, por uma pedra, por mais uma sala — olha! Uccello! cavalos! —

Eu protesto

porque esta expulsão é contra a minha vontade : eu não quero.

Assim que eu descobrir com quem reclamar eu vou mesmo, por carta.

A que ilustre, sacrérrima e determinante Excelência interessar possa, neste enésimo dia do mês nn do ano de nnnn. Ilustríssima e excelentíssima sacra Senhoria inimitabílima e em perpétua servidão honrosa : favor entregar esta minha petição para Deus o Paimãe Mãepai Único Vero Senhora de Todos : sou artista, Franc. del C., o que fez para Ele e para Sua honra e apenas por Sua graça tantas obras, com bons materiais, só comentando, e fez com bons talentos bem treinados, uma de cujas obras testemunhei estar pendurada em Suas salas: e que trabalhou em parceria e como igual de outros pintores cujas obras também estão penduradas em Suas salas : e aqui eu lhe faço minha petição com a esperança de que Ele me ouça e me conceda o pouco que peço : eu —

eu o quê?

eu, depois de arremessado de novo na vida qual flecha mas sem qualquer noção do alvo contra o qual Ele me lança, vejo-me agora neste lugar de intermédio, conquanto numa vizinhança de mansões mas ao mesmo tempo perto de obra mui humilde e mui inadequada de tijolos (que não vai durar quatro invernos, aliás) com um menino mudo cego e surdo cujos precipitados desejos por uma bela senhora que viu nas salas de pinturas de Sua Senhoria me arrastaram mui contra minha vontade para este muro baixo distante das belezas de seu palácio, lugar em que me teria aprazido me demorar mais tempo : mas ora me vejo no mundo frio cinzento e sem cavalos : tal estado de descavalidade sendo uma infelicidade para seu povo, um mundo descriaturizado achei eu até ver as pombas voando em bando como sempre, as mesmas pombas só que mais cinza, sujas, mais atarracadas que, mas ao mesmo tempo as asas delas e o estrondo das aves foi como um unguento benéfico para um coração que não mais tenho.

Com isso reconheço, Excelentíssimo Senhor e Lorde, que se trata de um purgatorium, talvez até seu palácio de pinturas seja um nível do purgatorium : e o meu painel de são Vincenzo Ferreri, por meu blasfemo pecado de representar Cristo com mais de trinta e três anos, resultou no fato de serem alocados,

arte e artista, as duas coisas, no purgatorium como lembrança
de minha imaginação orgulhosa e equivocada (ao mesmo tempo
veja bem, ilustre senhor, que se é mesmo assim, então somente
uma de minhas pinturas acabou no purgatorium, e há quatro
do Cosimo ali, o que no fim demonstra que a obra de Cosimo é
quatro vezes mais culpável que a minha, só comentando).

Tendo estado eu mesmo, só posso supor, anteriormente até
esta renascença num paraíso de esquecimento, e agora por algum
pecado não perdoado renascido num lugar de frio e tristeza,
sem meios de praticar meu ofício e sem nada de meu que não os
pedaços quebrados de uma vida acabada como os cacos de um
vaso : cada pedaço tem sua beleza na palma da mão, mas a coisa
inteira se estilhaçou, nada além de ar onde um dia ela esteve e
todo o ar que cabia ali dentro agora libertado, agora incontido, e
as bordas de cada caco cortam e podem me fazer sangrar, tivesse
eu ainda pele para cortar

mas Ele ou Seus funcionários já devem saber tudo isso,
então não tem por que eu registrar tudo na minha petição,
que não passa de choramingo e resmungo e talvez eu deva
simplesmente aceitar.

Que eu sei que isto aqui não é inferno que eu estou
intrigado e não desesperado e que eu certamente fui posto aqui
por algum bom motivo apesar de misterioso : no inferno não há
mistério, que no mistério há sempre esperança : nós seguimos
a mulher linda até ela chegar a uma porta da casa e passar
por ela e deixar o menino, ainda não visto, lá fora, quando ele
(e eu) nos recolhemos pro murinho do outro lado da via mas
ainda tendo à vista aquela porta fechada, que é onde estamos
agora : apesar de eu também ter notado, não pude deixar de
ver enquanto íamos, que a mulher, que tem certo ar de beleza
e de graça, infelizmente anda como um cisne fora de seu
elemento ou uma ave volante forçada a caminhar, um passo

baloiçante tão inadequado à sua beleza que no fim encarece
na medida mesma em que mitiga essa beleza : se eu tivesse
papel e pena ou um carvão de salgueiro (e mãos e braços, nem
que fosse só um de cada, pra poder usar) eu podia mostrar esse
passo com um ângulo inesperado, um aspecto choco, a forma
do corpo parecendo um nadinha inconsciente, e ela ficaria
ainda mais graciosa e adorável e eu tive muito tempo e muita
oportunidade de pensar e planejar essas coisas porque nós
andamos bastante atrás dela e fosse eu ainda corpo estaria em
total exaustão então no fim que bom que não tenho pernas :
mas esse menino é resistente, com sorte e justiça ele vai viver
bastante eu pensei enquanto nós cobríamos essa distância : até
sentir o escurecimento dentro dele quando a mulher chegou à
escada e subiu os degraus e passou pela porta e fechou a porta
ao passar e
(uff)
foi um soco no estômago, uma porta fechada pra um
menino e sua obsessão.

é uma coisa de sentir, isso de ser artista e pintar coisas :
porque cada coisinha, até as imaginadas ou desaparecidas ou
criaturas ou pessoas, tem essência : pinte uma rosa ou uma
moeda ou um pato ou um tijolo e você vai sentir a essência
exatamente como se a moeda tivesse boca e te dissesse como
era ser moeda, como se a rosa te dissesse em primeira mão o
que são as pétalas, os matizes e a umidade das pétalas contidos
numa película de pigmento mais rala e mais sensitiva que uma
pálpebra, como se o pato te falasse da mistura de molhado e
quente por baixo que tem nas penas, um tijolo contasse do beijo
áspero de sua pele.

Esse menino que por algum motivo me enviaram pra
seguir sabe de uma porta que não pode atravessar e o que
apenas ficar perto dele me diz é uma coisa parecida com o

que você sente ao encontrar a casca de uma joaninha que foi presa, morta e devorada por uma aranha, e o que você achou à primeira vista que fosse uma coisa encantadora, colorida criatura do mundo tratando de seus afazeres, é na verdade casca oca e prova dos brutais dejetos da vida.

Coitadinho.

Só comentando, ainda que essas casas aqui na nossa frente sejam grandiosas, ricamente mobiliadas e com muitos andares, o menino está em cima de um murinho baixo cujos tijolos são uma desgraça : saber isso é saber que o meu pai está rodando na cova com a sua impaciência natural e socando a tampa do caixão em que eu o coloquei pra pedir pra alguém vir tirar ele dali pra reconstruir esse muro : que se todos os mortos tivessem essa chance, com o que ficam sabendo mais tarde e com a sua experiência esse mundo ou o purgatorium seria acho eu mais bem-feitinho.

Estou pensando onde fica, o túmulo do meu pai, pensando também onde o meu, quando o menino se endireita, encara a casa da mulher, segura sua tabuleta votiva sagrada com as duas mãos como se a erguesse aos céus, na altura da cabeça como um sacerdote que ergue o pão, que isto aqui está cheio de gente que tem olhos e prefere ver nada, que falam todos com as mãos enquanto peripatetam e carregam todos esses votivos, uns do tamanho de uma mão, uns do tamanho de um rosto ou de uma cabeça inteira, dedicados a santos talvez ou gente de religião, e eles olham ou falam ou rezam diante dessas tabuletas ou ícones o tempo todo segurando perto da cabeça ou acariciando com os dedos e sem desgrudar os olhos, o que significa que devem estar pesados de desespero pra ficarem tão consistentemente desviando os olhos do mundo e tão devotados aos seus ícones.

Ele segura a tabuleta no ar : talvez esteja rezando.

Ah! Entendi : que uma imagenzinha da casa e da sua

porta surgiu na tabuleta : o que faz que essas tabuletas votivas
sejam talvez semelhantes à caixa que o grande Alberti tinha e
que ele mostrou em Florença (eu vi uma vez) em que o olho
enxerga por um furo minúsculo e vê uma paisagem distante
formada pequena e contida ali dentro.

Será que é possível então que todos aqui sejam artistas que
andam pelo mundo com os instrumentos da pintura do seu
tempo?

Talvez eu tenha sido posto num purgatorium específico de
artistas —

mas o menino se recosta de novo do meu lado, sua alma
está na sarjeta.

Não : que essas pessoas não têm a alma necessária pra uma
vida toda criando pinturas.

Olha, menino : coisa alegre : flores de primavera numa
espécie de balde pendurado no alto de uma vara de metal
enfiada deste lado da via.

Existe primavera no purgatorium? Será que eles têm anos
no purgatorium? Têm, claro : já que o purgatorium contém em
sua natureza uma promessa de ter fim, quando seus detentos
são considerados purgados, então deve ter alguma maneira de
medir o tempo : mas eu teria pensado que um lugar como este
estaria cheio de gemidos e das súplicas de milhares : não, o
purgatorium certamente podia ser pior que isto, que olha só,
pelo menos aqui tem melros : um sai de uma sebe agora mesmo
e senta junto no muro com um bico de um belo amarelo de
Nápoles e um anel do mesmo amarelo em volta do negro do
olho : ele vê o menino ali, sacode a cauda e as asas na volta à
sebe : na sebe começa a cantar : será que isto aqui pode mesmo
ser o purgatorium e não a velha terra se é tão *parecido* com
a terra no canto do pássaro, na sua eterna beleza imutável?

Ou, passarinho : eu sou artista e já morri (acho, apesar de não lembrar de ter ido) e acabei vindo pra cá por muitos pecados de orgulho, neste lugar frio que não tem cavalos pra observar sem que me vejam nem me ouçam nem percebam as costas de um menino tomado de uma paixão que é só desespero.

Que tipo de mundo, no entanto, não tem cavalos?

Que tipo de jornada você pode fazer sem uma criatura como amiga que faça a sua ida a qualquer parte se revelar como o motivo de fé e confiança que ir a algum lugar sempre será?

Agora, quando eu comprei o meu cavalo, Mattone, ele tinha um nome idiota, Bedeverio? Ettore? Alguma coisa das histórias de reis que estavam fazendo o maior sucesso com todo mundo batizando os filhos de Lancelotto, Artu, Zerbino, e os cavalos também, juro por Deus : eu comprei o meu de uma mulher que tinha campos em Bolonha, eu estava com o bolso cheio de dinheiro por causa do trabalho que tinha feito e consegui ir de carona numa carroça de repolho para os campos dela : eu vi o cavalo e apontei, aquele ali, eu disse, aquele com a cor da pedra de qualidade, posso tentar aquele ali? Ah, ele não se deixa montar, ela disse, joga todo mundo no chão, totalmente inútil pra mim, nunca deixou ninguém, e quando o matador ou os ciganos vierem ele é o primeiro da lista : então é esse que eu quero, eu disse e puxei o dinheiro num saco de dentro do meu bolso, com ele vieram folhas verdes do carro que caíram aos meus pés e pareceram bom augúrio : então ela foi até o campo e pegou o cavalo, levou só uma hora e meia, e trouxe o cavalo, tinha boas patas, ancas esguias, acima de tudo tinha uma curva do lombo até os flancos que comovia o coração (que o coração, por si só, é questão de curvas) e quando fui dar uma olhada nos dentes ele me deixou pôr a mão na boca, ah, ele nunca deixou ninguém fazer isso, a mulher disse, ele mordia todo mundo : então ela o encilhou, houve um furor de coices e relinchos quando ela fez isso (e não foi só o cavalo) : mas assim que eu montei e o segurei entre as pernas, e subi de novo depois que ele me derrubou aquela primeira vez no pátio da mulher, eu senti que ele ouviu o que as minhas mãos e os meus calcanhares estavam dizendo e compreendeu que eu não lhe queria mal, também desde aquele primeiro momento não só que eu seria para ele *uma hospedagem num deserto* mas que eu contaria com ele para ser o mesmo pra mim.

Então na mesma hora eu comprei o cavalo e os arneses que estava usando, eu me agarrei ao pescoço dele e me abaixei sem descer (caso fosse ter dificuldades pra subir de novo) e dei a ela a bolsa de moedas, e no caminho de volta até Bolonha ele só me derrubou umas três ou quatro vezes e sempre me deixou subir de novo sem muita discórdia, o que era uma coisa bem cortês num cavalo que não estava acostumado : com as mãos no ponto do pescoço dele em que a pele quente se dobrava e se esticava enquanto ele andava (que eu não conseguia fazer ele ir mais rápido que a passo a não ser que estivesse com vontade de trotar, quando então trotava como bem quisesse e eu deixava, uma característica que eu acho que ele apreciou em mim) então no fim da nossa jornada duas coisas tinham acontecido, tinha me passado pela cabeça a ideia de mudar o nome dele pra um nome mais plebeu que combinasse com a cor dele, e tinha se revelado que eu e ele éramos amigos, aquele cavalo cujo olho ainda era limpo, apesar de todos os maus-tratos nas mãos da mulher ou de quem quer que tivesse sido seu dono antes (não estava especificado no documento de venda e ela não quis me vender uma garantia e disse que não sabia escrever para assinar o nome) e eu não lembro, não consigo, de ter vendido o cavalo, então eu devo supor que nunca tive motivo.

Morto, desaparecido, ossos, pó de cavalo.

Neste círculo determinado do purgatorium eu agora sinto saudade daquele cheiro de casa, do cheiro do cavalo com quem viajei pela terra e do cavalo que a percorreu comigo, com a linha divisória de pelos mais brancos que lhe descia da testa até o negro macio das narinas, que ele era uma criatura de simetrias e um lembrete de que a própria natureza é uma legítima artista de intenções tanto negras quanto luminosas.

Que teve aquela manhã em que eu estava com a filha de um homem que não tinha ideia de que eu estava no celeiro com a filha dele ali também, ou de que nós passamos toda a noite fria ali no mesmo abraço, e Mattone me avisou, pegando com os dentes a minha camisa que ainda estava vestida e puxando pra fazer o ar frio entrar e aí me cutucando forte nas costas com o beiço, não só que a aurora tinha chegado, mas que o homem estava de pé e tomando seu desjejum e os empregados dele estavam no pátio, e eu beijei a menina e estava no dorso dele e já trotando pelos campos antes que o sol tivesse chance de derreter mais daquela geada, uma aventura que me deixou com hematomas, sim, mas devidos às ágeis atividades do nosso amor e à mordida do meu próprio cavalo e não à ira ou aos golpes de um pai qualquer ou de seus empregados, e assim com dignidade em meio ao canto dos pássaros.

O melro na sebe agora cessa seu canto : ele dispara e sobe com um pio e um farfalhar, que o menino se mexeu : ele se vira pra mim : ele olha pra mim!

Não : olha através de mim : está claro que ele não enxerga nada.

O que eu vejo pela primeira vez é o rosto dele.

Quase tudo que eu vejo em torno dos olhos dele é o negror da tristeza (caroço de pêssego queimado borrado na curva do osso dos dois lados do alto do nariz).

É como se um arminho tivesse sido mergulhado na sombra.

Aí eu vejo que ele parece bem menina.

Isso é comum nessa idade.

O grande Alberti, que publicou no ano em que minha mãe me deu à luz o livro de todos os fazedores de imagens, e escreveu nele as palavras *que os movimentos de um homem (em oposição aos de um menino ou de uma moça) sejam ornati com mais firmeza*, compreende o despojamento e a flexibilidade necessários, ho, pra ser as duas coisas.

O grande Cennini, no entanto, no seu manual de cores e criação de pinturas, não vê valor nem beleza de proporção nas moças, ou nas mulheres de qualquer idade — a não ser no caso das mãos em si, já que as delicadas mãos de moças e mulheres, desde que ainda sejam jovens, são mais pacientes, diz ele, que as de um homem, por passarem tanto tempo dentro de casa, o que as faz mais adequadas à criação do melhor azul.

Eu de minha parte me esforcei ao máximo, então, pra me especializar na pintura de mãos e aprimorar a elaboração do pigmento *e* o uso do azul, as duas coisas : havia mais gente como eu, artistas, quer dizer, que sabia fazer as duas coisas como eu : nós nos reconhecíamos com um olhar, trocávamos essa informação com um relance e o silêncio, seguindo adiante e cada qual em seu caminho : e quase todos os outros que desmascaravam a arte do que alguns chamariam de nossos subterfúgios e outros de nossa necessidade nos concediam graciosamente sua aceitação e uma confiança igualmente tácita na competência que devíamos ter pra nos vermos determinados a escolher tal caminho.

Dessa maneira meu pai garantiu uma formação e um posto de aprendiz para mim, apesar de isso deixar meus irmãos enlouquecidos por continuarem sempre sendo o que consideravam seus servos de oficina, como trabalhadores infiéis comparados a mim eles achavam, carregando e lidando com as pedras e tijolos que eu assentava e que me serviam para desenhos e cálculos, cuidando de dar forma às janelas que eu então usava como molduras pra enquadrar o mundo ou diante das quais eu sentava pra usar a luz pra ler um livro matemático ou um tratado a respeito de pigmentos, protegendo as minhas mãos.

Me saio bem com paredes, também, porque não deixei de aprender por observação como se lida com pedras e tijolos e como se constrói um muro pra durar mais do que esse aqui em que o menino está sentado agora.

Mas apesar de eu descender dos homens que fizeram as paredes que faziam elas mesmas o próprio palácio municipal — as paredes em que o grande Mestre Piero em sua estada em Ferara pintou pros Est as vitoriosas cenas de batalha

(e olhando pra essas obras eu aprendi

a boca aberta dos cavalos,

o alçar da luz na paisagem,

a natureza séria da leveza,

e como contar uma história, mas contar de mais de um jeito ao mesmo tempo, e contar outra por baixo dela que se insinua por sob a sua pele) —

Eu ia pintar as minhas próprias paredes.

Então o meu pai, quando eu tinha passado pelo que ele julgava ser um grau suficiente de aprendizado (o que não foi antes de eu ter visto dezenove verões) e lhe chegaram as notícias de que precisavam de alguém para fazer três meias- -figuras da pietà e uma certa quantidade de colunas pintadas na lateral do altar principal da catedral, saiu noite úmida adentro com obras minhas enroladas debaixo do braço embrulhadas em couros tratados para evitar a chuva e mostrou para os padres como eu conseguia com cores fazer a pedra simples virar o que parecia uma coluna de mármore : os padres, que tinham me

visto muitas vezes na juventude com ele e com os meus irmãos,
me deram o trabalho e nos pagaram um bom dinheiro : por
sorte e por justiça, as duas coisas, nós todos nos beneficiamos e
eu não saí formalmente da tutela do meu pai até três anos antes
de ele morrer, velho pai, velho artífice, quando então eu já era
maior, tinha terminado de crescer, vinha apertando o peito
com faixas por uma década, o que não era difícil por causa
da minha magreza e da minha aparência de menino naquele
tempo, e estava visitando a casa de tolerância com Barto por
quase o mesmo tempo, onde as meninas me ensinaram tanto
como me apertar e me soltar das faixas quanto outras maneiras
úteis de me comportar.

Barto.

Que se esse menino pudesse me ouvir eu ia dizer pra
ele : todo mundo precisa de um amigo ou de um irmão e em
algum momento você precisa de um cavalo também : eu tive
dois irmãos e tenho que admitir que no fim fui mais amigo do
meu cavalo : mas melhor ainda que os irmãos, e ainda melhor
que o cavalo, meu amigo Barto, que eu conheci depois de
pescar descalço lá nas pedras do rio no dia do meu décimo
segundo aniversário, e apesar de normalmente eu não pegar
grandes coisas, naquele dia os peixes estavam abrindo a boca
na superfície da água como se estivessem me congratulando
por ter nascido e eu peguei ao todo sete, três carpas gordas
com os bigodes arrastando e o resto eram percas pequenas
e médias, listras negras sobre o ouro : eu atei as linhas todas
juntas e pendurei os peixes no ombro e deixei os meus irmãos
se divertirem (eles tinham pegado menos) e estava caminhando
pra casa num campo de cicutária junto ao pé de um muro alto
quando uma voz me chamou lá de cima.

Uma vez eu peguei um peixe, a voz disse, que era tão

grande que eu não consegui içar. Na verdade foi ele que quase conseguiu me riozar.

Eu gostei da palavra riozar, então olhei pra cima : era um menino debruçado no topo do muro.

Dava pra sentir pela boca e pelos puxões dele, ele disse, que era bem maior que você da cabeça aos pés, e apesar de você não ser assim tão alto é bem comprido pra um peixe, né?

O gorro dele era novo : ele estava usando uma jaqueta com bordados finos, eu vi a qualidade do tecido apesar de o muro ter mais de dois homens de altura.

Então eu não consegui içar, ele disse. Porque era bem maior que eu também, e só tinha eu e o bagre, mais ninguém, e eu não consegui segurar e puxar sozinho. Então eu cortei a linha e deixei ele me escapar, tive que deixar. Mas é o melhor peixe que eu já peguei, aquele peixe que eu não peguei, que é um peixe que vai sempre estar comigo agora e nunca vai ser comido, nunca vai morrer, aquele peixe que eu nunca icei. Estou vendo que você se deu bem hoje. Alguma chance de você me dar um desses cem peixes aí?

Vá pescar você mesmo, eu disse.

Bom, eu até podia, mas você pegou tanto que não seria justo com o rio, ele disse.

Como é que você chegou aí em cima? eu disse.

Trepei, ele disse. Eu sou mais macaco que gente. Quer subir? Vem.

Ele se inclinou por cima do muro e estendeu uma mão mas estava tão acima de mim e aquele gesto era tão encantador que eu caí no riso : eu soltei a menor das percas, separei dos irmãos e deixei na grama.

Uma moeda de ouro por ter me feito rir, eu gritei pra ele lá em cima.

Pus os outros peixes nas costas com a varinha e acenei com

a mão : mas quando eu tinha andado um pouco pela trilha o menino me chamou de novo.

Será que não dava pra você jogar aquele peixe que você me deu aqui pra cima? ele disse. Não dá pra alcançar daqui. Não seja preguiçoso, eu disse. Desce e vem pegar. Está com medo de não conseguir arremessar peixe tão bem quanto pesca? ele disse.

Eu ia adorar arremessar, mas não é pra eu ficar abusando das minhas mãos, eu disse, que eu pretendo ganhar a vida com elas, e arremessar coisas, como os mestres dizem em tudo quanto é livro, podia deixar as mãos cansadas ou machucadas.

Com medo de errar, ele disse.

Você ainda não sabe, eu disse, mas está duvidando da reputação de alguém que é expert em arremesso.

Ah, *expert*, ele disse.

Eu larguei as minhas coisas e peguei a perquinha.

Fique bem aí, eu disse.

Fico mesmo, ele disse.

Eu mirei. O menino se virou langorosamente e ficou olhando tanto o gorro quanto o peixe descerem juntos do outro lado do muro.

Agora vai dar problema, ele disse. Era pra eu não sujar aquilo. Que peixe era aquele que você usou pra derrubar o meu gorro?

Uma perca, eu disse.

Ele fez uma careta.

Peixe de esgoto, ele disse. Peixe de lama. Você não tem nada mais gostoso?

Desce que a gente vai até o rio, eu disse. Eu te empresto a minha vara. Você pode pegar o que você gosta de comer. E se o que você fisgar for do tamanho do que você pegou antes eu te ajudo.

Ele pareceu satisfeito ao ouvir isso : aí seu rosto ficou tristíssimo.

Ah, não dá, ele disse.

Por que não? eu disse.

Não me deixam chegar perto do rio, ele disse. Não com esta roupa.

Tire a roupa, eu disse. A gente esconde em algum lugar. Vai ficar bem guardadinha até a gente voltar.

Mas aí eu fiquei com receio de ter que tirar minha própria roupa se o menino descesse e se despisse, que eu agora tinha virado meu novo eu no mundo, o que envolvia tomar todíssimo cuidado pra preservar o que eu parecia ser : se bem que alguma coisa em mim também achou boa essa ideia, mas de qualquer maneira não houve nudez alguma, não nesse dia pelo menos, que o menino gritou lá de cima —

Não dá. Eu tenho que usar esta roupa. E eu tenho que entrar daqui a pouquinho. Eu tenho que ir pra celebração. É o meu aniversário.

Meu também! eu disse.

Sério? ele disse.

Feliz aniversário, eu disse.

Pra você também, ele disse.

Anos depois ele ia me dizer que os meus pés descalços na trilha enquanto eu andava foram o que mais o encantou, e ia levar algum tempo, bastante tempo, da nossa amizade antes de ele me dizer que não foi só por ele estar com a melhor roupa que ele não quis descer aquele dia até o rio, era que a mãe dele não gostava que ele fosse perto de rios, que o irmão dele tinha se afogado antes de ele nascer, e ele tinha recebido o nome do irmão, de resto eram só irmãs.

A gente se encontrava sempre que a família dele vinha até a cidade, se bem que cada vez mais em segredo, que ele era de uma família que não tinha por que se dar com a minha, e a gente vivia indo até o rio pra ele poder desafiar a mãe em dobro, primeiro indo até lá e segundo indo sem ela saber : mas ele nunca ia sozinho com medo de que o rio decidisse que queria reivindicar esse outro irmão também : se bem que, verdade seja dita, eu só fiquei sabendo isso tudo quando nós já éramos bem mais velhos.

No nosso primeiríssimo aniversário juntos ele me mostrou tudo que você pode fazer se estiver equilibrado no topo de um muro bem alto : você pode ficar pendurado só pelas mãos, e aí só por uma mão : pode andar ali por cima como um gato ou um cigano funâmbulo num espetáculo : pode dançar : pode correr por ali como um esquilo ou ficar parado numa perna só como uma garça ou ficar balançando a perna pra frente e pra trás enquanto mantém o equilíbrio : por fim, você pode saltar do muro em pleno ar com os braços bem abertos como uma garça que decola.

Ele demonstrou todas essas coisas menos a última : deu um último salto no ar e aterrissou direitinho e em segurança se sentando com um baque no topo do muro, braços ainda bem abertos : ele sacudiu as pernas pra mim como uma figura num quadro sentada meio dentro e meio fora, com as pernas por cima da moldura.

Você é um menininho com medo de um muro, ele gritou lá de cima.

E você é um menininho que não tem ideia do quanto está errado, eu gritei pra ele. Você precisaria me conhecer melhor. E saber que eu não tenho medo de nada. E que o meu pai faz muros, entre outras coisas, e que se você pode ficar sacudindo as perninhas que nem você está fazendo em cima do muro e nenhuma lasca pula fora, então você é um sujeito de sorte, é

205

um muro bem decente. Mas esse muro é alto demais pra um salto. Qualquer bobo consegue fazer essa conta.

Exatamente, e eu não sou bobo, ele disse e aí se pôs de pé de novo como se fosse dar o pulo e me fez rir de novo. Em vez de pular, ele se curvou até onde era seguro se curvar.

Bartolommeo Garganelli está extremamente satisfeito, nesta data auspiciosa para os dois, de cravar conhecimentos com você, ele disse.

Você pode falar bonito como essa roupa aí, eu disse. Mas até um pescador qualquer de peixinhos de esgoto sabe que você errou essa última expressão.

Cravar um conhecimento, ele disse. Cravar dois conhecimentos, ele disse. E eu conheci mais de dois vocês, conheci três. Expert em pescaria. Expert em arremesso de peixe. Expert em muros e em suas trajetórias.

Se você se der ao trabalho de descer, eu disse, eu penso na hipótese de cravar outros conhecimentos com você.

Aqui estou eu de novo : eu e um menino e um muro.

(Vou considerar isso um augúrio.)

Mas dessa vez o menino olha direto através de mim como se eu tivesse engolido um anel mágico e o anel tivesse me deixado invisível.

(Vou considerar isso um augúrio também.)

Primeiro ele era só santidade : agora é pura desilusão amorosa : de que lhe serve eu ser artista?

Vou fazer o que puder.

Vou lhe desenhar uma porta aberta.

Vou pôr uma tocha acesa na mão dele.

Pra criar imagens nós precisamos de plantas e de pedras, pó de pedra e água, espinhas de peixe, ossos de ovelhas e bodes, os ossos de galinhas ou de outras aves branqueados no fogo alto e moídos bem finos : podemos usar o pé de uma lebre, caudas de esquilos : precisamos de migalhas de pão, brotos de salgueiro, brotos de figueira, leite de figos : precisamos de cerdas de porcos e dentes de animais carnívoros limpos, por exemplo o cachorro, o gato, o lobo, o leopardo : precisamos de gipsita : precisamos de pórfiro pra moer : precisamos de uma caixa de viagem e de uma boa fonte de pigmentos e precisamos dos minerais que são a fonte da cor : acima de tudo precisamos de ovos, quanto mais frescos melhor, e do campo não da cidade significa cores melhores quando secar.

Podemos deixar as coisas mais foscas se estiverem brilhando demais com cera de ouvido, o que não custa nada.

Precisamos da pele de ovelhas e bodes, lascas de focinhos, pés e tendões, tiras de pele, raspas de pele e de uma fonte de água limpa pra ferver tudo.

Penso em todos os esboços e desenhos e pinturas sobre painéis e telas e paredes cobertas de rachaduras, em todas as cores e nos salgueiros e lebres e bodes e ovelhas e nos cascos, em todos os ovos abertos : cinza, ossos, pó, acabados, centenas e centenas, não, milhares.

Que essa é toda a vida de quem pinta, o que se viu e sumiu desaparecido no ar, chuva, estações, anos, os bicos rapaces dos corvos. Somos apenas olhos procurando o que não se partiu ou as bordas em que os pedaços quebrados se encaixam.

Em vez disso eu vou lhe falar do menininho que queria ver a Virgem.

ele rezava sem parar, por favor me deixe ver a Virgem : que ela apareça aqui em carne e osso diante de mim : mas em vez disso veio um anjo e o anjo disse, sim você pode ver a Virgem, mas eu não quero que você seja leviano ao decidir porque vê-La vai te custar um dos olhos.

Eu pagaria um olho com prazer pra ver a Virgem, o menino respondeu.

Então o anjo sumiu e a Virgem apareceu em seu lugar e a Virgem era tão linda que o menino caiu no choro e aí a Virgem sumiu e quando Ela se foi, exatamente como o anjo tinha dito, o menino ficou cego de um olho, na verdade quando ele ergueu a mão pra sentir o rosto com a mão não tinha mais olho ali, só um buraco como uma pequena caverna no rosto dele onde antes havia um olho.

Mas mesmo apesar de ter perdido o olho, ele tinha gostado tanto de ver a Virgem que queria apenas pôr o olho (não os olhos, que ele agora só tinha um) nEla uma vez mais.

Por favor que a Virgem apareça pra mim mais uma vez, ele rezou sem parar até que o anjo ficou de saco cheio de ouvir e chegou num cintilar de asas brancas-douradas-purpúreas e parou na frente dele dobrando aquelas asas com uma seriedade de quem não estava pra brincadeira e disse, sim você pode vê-La de novo mas você precisa saber — eu não quero que você entre nesse contrato com leviandade — que se isso acontecer você vai ter que pagar com a perda do seu único olho restante.

Eu ficava remexendo no colo da minha mãe diante dessa injustiça gritante, era a história de um panfleto de Vincenzo ilustrado pelas freiras, uma das histórias que Vincenzo gostava de contar pras multidões que conseguiam ouvir toda e qualquer palavra dele a quilômetros de distância mesmo que não falassem a língua dele, e ia ser só quando eu soubesse ler por conta própria, algum tempo depois de a minha mãe ir embora, e quando eu encontrei o panfleto, *Acontecimentos verdadeiros da vida do humílimo servo Vincenzo Ferreri incluindo inumeráveis milagres que ocorreram*, metido atrás da cabeceira da cama e sentei e li por conta própria pela primeira vez, que

eu descobri que a minha mãe nunca, todas as vezes que contou
a história, me contou o fim em que
1. a Virgem aparece de novo
2. o anjo leva o segundo olho
3. aí finalmente a Virgem devolve os dois olhos ao menino
por misericórdia,
em vez disso ela sempre tinha me deixado ali me
contorcendo no colo dela e agarrado a ela e ao dilema.
Será que ele vai entregar os dois olhos? ela dizia. O que é
que você acha? O que é que que ele devia fazer?
Eu apertava com os punhos os dois olhos e esfregava
pra ver se os meus olhos ainda estavam ali, pra me torturar e
imaginar que eles tinham ido embora enquanto esperava ela
virar a página do desenho do menino com os buracos negros
onde antes estavam os olhos pro desenho que não me assustava
tanto, de Vincenzo curando a muda : um dia Vincenzo
encontrou uma mulher que não sabia falar : ela nunca tinha
conseguido falar na vida : ele a curou, então ela se tornou capaz
de falar como todo mundo.

Mas antes de ela pronunciar uma única palavra, ele
levantou o livro e a mão e disse — Sim, é verdade, você agora
consegue falar. Mas é melhor não. E eu gostaria que você
escolhesse não falar.

Então a mulher disse Obrigada.

E depois disso nunca mais falou.

Minha mãe sempre ria muito desse milagre : um dia ela
caiu de um banquinho de tanto que ria, e deitou no chão ao
meu lado perto do banquinho derrubado com os braços em
volta do peito, lágrimas saindo dos olhos, rindo de um jeito
que significava que era sorte nós estarmos na parte da casa que
tinha paredes grossas onde nenhum passante podia ouvir ela
rir daquele jeito, como fazia a doida que morava na floresta e

era evitada por todo mundo, que todo mundo sabia que ela era bruxa.

Nos outros dias ela me punha no colo depois do meu banho e me contava umas histórias medonhas que nem a do menino cujo pai, Apolo o deus-Sol, proibiu que ele conduzisse os cavalos que levavam o sol pelo céu do lugar onde nascia até o ponto onde se punha todo dia, que aqueles cavalos eram bravos demais pra ele e muito fortes, e ela corria o braço pelo ar para mostrar os cavalos e o sol todos seguindo firmes seu caminho : mas quando o menino saía com os cavalos proibidos ela estremecia o braço (os cavalos ficando um tantinho mais fortes do que o desejável) aí sacudia e jogava o braço de um lado para o outro (os cavalos ficando cada vez mais fortes) aí o braço dela saltava alucinado pelo ar como se fosse uma coisa louca que nem mais fazia parte dela (os cavalos descontrolados, as rédeas batendo soltas no ar) e o dia passava e virava noite num segundo ou dois como o dia inteiro passando no voo de um pássaro pelo céu, aí cavalos carruagem menino tudo disparando pro chão tão rápido que as palavras não podem — e aqui ela fingia que ia me derrubar do colo, como se eu fosse cair e bater no chão que nem eles, mas não, que assim que parecia que a queda ia começar eu me via na verdade voando pra cima e não pra baixo, que ela levantava justo quando me largava, me jogava pra cima bem alto no ar e bem perigoso e com tanta liberdade como se o meu coração e a minha garganta pudessem sair do corpo e saltar acima de nós pro teto — mas ela nunca deixava de me segurar firme um só momento nem na descida nem na subida, a minha mãe.

Ou a história de Marsias o músico que era meio homem meio bicho e que conseguia tocar tão lindo quanto os deuses a sua flauta e fez isso até que Apolo o próprio deus-Sol ouviu boatos de como era bom o músico da terra, veio voando direto como um raio de luz até a terra, desafiou o músico, ganhou o desafio e pediu de prêmio aquele músico esfolado vivo.

O que não é necessariamente tão injusto quanto parece, a minha mãe dizia. Que imagine só, a pele de Marsias saiu fácil como a de um tomate sai na água quente pra deixar a doçura vermelha do fruto lá embaixo vir ao mundo. E a visão dessa liberação gerou em todos que a viram um sentimento mais forte que o de qualquer música jamais tocada por qualquer músico ou deus.

Então sempre arrisque a sua pele, ela disse, e nunca tenha medo de perder, que sempre faz algum bem, de um jeito ou de outro, quando os poderes que regem o mundo se dignam a tirar a nossa pele.

Esse menino é menina.

Eu sabia.

Eu sei porque a gente ficou sentado naquele murinho ordinário (que não vai durar) até uma mulher bem mais velha, curvada pela idade, sair da habitação atrás de nós fazendo um escândalo imenso : ela cutucou as costas do menino com o lado cerdoso de uma escova numa vara comprida de madeira e gritou alguma coisa, e enquanto a gente se afastava o menino pediu, acho eu, desculpas, bem educadinho e com a voz pura e indisfarçada do que só pode ser uma menina.

E além disso, essa menina é boa de dança : eu estou apreciando um pouco os costumes desse purgatorium agora : um dos mais estranhos é como as pessoas dançam sozinhas em salas vazias e sem música e elas conseguem fazer isso metendo umas coisinhas na orelha e balançando em silêncio, ou com um ruído menor que o zumbir de um mosquito que vaza da gelosia de confessionário de cada coisinha : a menina estava fazendo uns contorcidos e uns espasmos, as duas coisas, com a parte do meio do corpo, ela subia e aí descia de novo, às vezes tão baixo que era uma maravilha ver ela voltar a se erguer tão rápido, rodopiando às vezes num pé e às vezes no outro e às vezes nos dois com os joelhos dobrados e aí se pondo ereta numa sinuosa ondulação como uma lagarta que estivesse tirando as asas do casulo, imago nova emergindo do aleatório circumbendibus.

E além disso, essa menina tem um irmão : ele é vários anos mais jovem, tem a mesma cara franca mas está mais gordo, mais bem, muito menos sombreado nos olhos, e dançar pode ser tão contagioso quanto rir e não era só eu que sabia disso, que naquela sala entrou esse menininho de cabelo comprido cacheado e marrom pra dançar a mesma dança muito mal (menino eu sei anatomicamente pois nu qual báquico querubim da cintura pra baixo) : ele dançou mal aquela dança e dançou rindo seminu em volta dela, até a menina, que não podia ouvir e não sabia que ele estava fazendo aquilo, até abrir os olhos e ver, urrou como um felino africano furioso, deu um tapa na cabeça dele e saiu correndo da sala atrás dele, o que me fez ver que eram irmã e irmão.

Ela começou de novo a dança : incorporava sua estranheza com tanta habilidade e tanta atenção que eu me enchi de ânimo com ela ali levando tão a sério suas subidas e descidas.

Comecei a gostar dessa menina que dança sozinha de maneira tão solene.

Neste momento estamos eu e ela na frente da casa que é a casa dela e do irmão : estamos sentados num jardim com flores trêmulas.

Pela janelinha que ela segura nas mãos estamos vendo frisos e mais frisos de cenas bem realistas de amor carnal de casa de tolerância representadas diante dos nossos olhos : o ato de amor não mudou : nenhuma variação aqui é nova pra mim.

Frio aqui e ela também está trêmula : suponho que esteja vendo o ato do amor assim repetido pra se manter quente.

O irmãozinho apareceu também aqui fora e com um único olhar na direção dele ela fez as duas coisas, advertiu e dispensou o irmão : trata-se de uma menina com um olhar muito forte : ele não foi longe, está atrás de uma cerquinha de treliça mais ou menos da altura dele, atrás da qual há altos barris negros escondidos perto da porta da casa e eu acho que ele planeja alguma travessura : de vez em quando ele sai correndo até a grama na frente da cerca e pega uma pedrinha ou um galho e aí volta correndo pra trás da cerca e já fez isso várias vezes agora sem que ela percebesse uma só.

Menina, eu lembro disso, como o jogo do amor faz sumir o resto do mundo.

Só que é melhor não ficar olhando assim por uma janela tão pequena.

Melhor no geral não ficar olhando mesmo : o amor é melhor quando a gente sente : os atos de amor são duros e uma desilusão se vistos desse jeito a não ser quando criados pelos maiores mestres retratistas : caso contrário a visão desses atos sendo realizados e apreciados por figurações de outras pessoas vai sempre te deixar trancada pra fora (a não ser que o seu prazer venha do prazer solo ou do prazer vicário, e, se for o caso, então será o caso).

Agora inevitavelmente eu estou pensando em Ginevra, na belíssima Isotta, na lindinha da tontinha da Meliadusa, e na Agnola, e nas outras de cuja companhia eu passei a gozar no meu décimo sétimo ano na noite em que Barto e eu, depois de termos assistido às procissões em Reggio, voltamos pra cidade e Barto me levou pra o que ele chamou de *um belo lugar onde passar a noite.*

O que é que você acha, Francescho, será que a gente vai lá ver o marquês ser celebrado por ter virado duque? Barto disse.

Pedi permissão ao meu pai porque tinha vontade de ir ver uma multidão : ele disse não : disse sem nem piscar.

Fale pra ele que vai ser bom pro seu trabalho, Barto disse.

A gente vai fazer uma jornada e ver a história sendo feita.

Repeti o resumo da ideia pro meu pai.

Pra quem pinta tem muita coisa pra ver por lá, eu disse, e se o senhor um dia quiser me ver mais perto da corte e dos ateliês deles tem muita coisa que eu preciso saber, muita coisa que era melhor eu não perder.

Meu pai sacudiu a cabeça : não.

Se isso não der certo, Barto disse, fale pra ele que você vai comigo e que é uma coisa inteligente de deixar um pintor fazer porque quanto mais chance de a minha família ver a sua competência — você vai desenhar a procissão, não vai? —, mais chance de eles te oferecerem algum trabalho quando você sair do ninho. E diga pra ele que você vai ficar longe só uma noite e que os meus pais vão te dar acomodação em Reggio numa das nossas casas.

Mas as casas de vocês não ficam nem perto de Reggio, eu disse.

Francescho, você é mais verde que folhinha fresca, Barto disse.

Tem muitos tipos de verde, até nas folhas mais frescas, eu disse.

Quantos tipos de verde? Barto disse.

Sete tipos principais ao todo, eu disse. E talvez vinte a trinta, talvez mais, variações de cada um desses tipos.

E você é todos esses verdes juntos, ele disse, que só você

ainda não entendeu e vai precisar que eu te explique que eu tenho outros planos pra essa nossa noite em Reggio. Olha a sua cara, você ainda está fazendo contas, não é verdade, de quantos verdes existem? Era verdade : então ele riu e passou um braço pelo meu ombro e beijou a lateral da minha cabeça.

Meu querido amigo singelo, que leva coisas, gente, pássaros, céus, até as laterais dos prédios plenamente a sério, ele disse. Eu adoro esse seu lado verde, e é parcialmente em honra disso que eu quero que você convença o seu pai a te deixar ir comigo. Então convença. Confie em mim. Você nunca vai se arrepender.

Bom, Barto sempre tinha a sabedoria de lidar com essas coisas da maneira correta, que pode apostar que a ideia de uma cama Garganelli com seu rebento ali deitadinho fez o meu pai pensar, esperar, e aí dizer o sim de que nós precisávamos apesar de ter me dado inúmeros ultimatos a respeito de comportamento e de até ter mandado fazer uma jaqueta nova pra mim : eu peguei umas roupas, saí cedinho de manhã e encontrei o Barto : nós fomos até a cidade de Reggio e vimos tudo.

Vimos mais gente do que eu já tinha imaginado e todo mundo enfiado na praça da cidadezinha e vimos as bandeiras, vimos os estandartes brancos com figuras pintadas : e vimos tudo muito bem da sacada da casa de uns amigos dos Garganelli (que estavam a bordo de um navio veneziano fazendo uma viagem pela Terra Santa, Barto disse, então não se importavam com quem estava na sacada deles) : havia cortesãos a cavalo, havia meninos sacudindo e lançando bandeiras bem alto no ar e aí pegando antes de cair : aí uma plataforma chegou puxada por cavalos tão brancos que deviam estar pintados de alvaiade : na sua parte mais alta havia uma cadeira vazia, alta, pintada e

almofadada como um trono e com quatro jovens de cada lado
trajando togas, que deviam representar antigos romanos de
grande sabedoria com o rosto traçado a carvão para parecerem
velhos e nós estávamos tão perto que dava pra ver as linhas
desenhadas na testa e nos olhos e na boca deles : abaixo deles
na parte inferior da plataforma havia mais quatro meninos, um
em cada canto, segurando altos estandartes com as insígnias
da cidade e das cores do novo duque, o que dava oito rapazes
ao todo e um nono também sentado na frente, e todos os nove
meninos fantasiados se esforçavam pra manter o equilíbrio,
que não tinha nada pra eles segurarem, quando o sujeito que
conduzia os cavalos parou, tanto eles quanto a plataforma
pararam abaixo de nós com um chacoalhão.

O nono era um rapaz vestido de Justiça : ele ficou
sentado ao pé do trono : estava segurando no ar uma espada
de aparência tão pesada que quando a plataforma parou ele
adernou e quase caiu, trombou com a enorme balança à sua
frente e quase despencou da plataforma : mas não, ele se ajeitou
batendo a ponta da espada no piso da carroça : reacomodou
nos ombros o tecido do figurino que tinha caído pra frente,
empregou um pé gracioso pra recolocar a balança invertida em
posição de equilíbrio, tomou fôlego e espetou de novo a espada
no ar : todo mundo que viu isso acontecer gritou hurra e bateu
palmas, o que fez a Justiça ficar com uma cara terrível, que era
horrenda a cara do homem corpulento que tinha vindo se pôr
ao lado da plataforma encarando o trono vazio.

Esse homem reluzia de gemas preciosas : era ele o motivo
de estarmos aqui, era o bondoso, generoso e carismático
Borso d'Est, o novo duque de Reggio e Modena, novíssimo
marquês de Ferara (e um tolo pomposo e cheio de si, Barto
disse enquanto me contava a história de que estavam todos
falando nas famílias ricas que não eram Est, sobre como o

bondoso, generoso e carismático Borso passou vários meses dando presentes ao imperador pra todo mundo saber que ele era bondoso, generoso e carismático e acima de tudo muito mais munificente que seu irmão, o último marquês, que sabia muito latim, viveu uma vida tranquila e aí morreu : no dia em que Borso ficou sabendo que finalmente o imperador ia transformá--lo em duque de Modena e Reggio (se bem que ainda não de Ferara, desgraça), os seus criados tinham visto ele dar pulinhos sozinho no roseiral do palácio de bela vista gritando que nem criança repetidamente as palavras *Eu sou duque! Eu sou duque!*).

Havia gemas por toda a frente da roupa dele : elas brilhavam ao sol como se ele estivesse usando montes de espelhinhos ou estrelas ou estivesse coberto de fagulhas : a maior das gemas, de um verdete-claro no peito do casaco que era carmesim, era quase tão grande quanto a mão pela qual ele foi conduzido até a frente da plataforma, até a Justiça, por um menino-anjo bem pequenininho (asas de penas de ganso, bem recentemente arrancadas do ganso porque ainda havia manchas vermelhas e um brilho de carne no cálamo onde elas se uniam ao branco do tecido nas costas do menino).

Ilustríssimo Senhor, o anjo agora disse com uma voz clara e aguda.

A multidão na praça larga silenciou.

O homem corpulento fez uma reverência pro anjo.

Vedes diante de vós a própria Justiça de Deus, o anjo disse, e sua voz tiniu magra qual sineta sobre a cabeça das pessoas.

O homem corpulento afastou os olhos do anjo e prestou uma reverência muito cerimoniosa à Justiça : eu vi a Justiça não ousar devolver a reverência : a espada pesada demais oscilava entre os dois.

O anjo piou de novo.

A Justiça que há tanto vem sendo esquecida! A Justiça, que por tempo demais foi tratada com cego desprezo! Todos os monarcas deste mundo fecharam os olhos para a Justiça! Esquecida e desdenhada depois da morte de seus protetores, os sábios antigos estadistas de tempos melhores! A Justiça está muito só!

O menino vestido de Justiça pôs a outra mão no cabo da espada e com as duas mãos conseguiu fazer ela parar de oscilar.

Mas regozijai que no dia de hoje, ilustre Senhor, a Justiça acaba! o anjo disse.

Houve uma pausa pasmada.

O anjo parecia abalado.

Hoje, ilustre Senhor, o anjo disse de novo. A Justiça. Acaba.

O homem corpulento se manteve de cabeça abaixada : os olhos do anjo estavam fechados, apertados : os meninos na plataforma olhavam fixo pra frente. Um cortesão se adiantou, vindo das juntas de cavalos atrás da plataforma, depois do trono vazio : o homem corpulento, sem olhar, ergueu uma fração a mão que estava ao lado do corpo e o cortesão viu e puxou as rédeas do cavalo.

Ainda na sua posição contrita o homem corpulento resmungou alguma coisa na direção do anjo.

— Acaba de dedicar, o anjo disparou. Este trono. A vós! Hoje a Justiça comunica ao mundo que acima de todos prefere — a vós! A Justiça presta reverência — a vós! A Justiça em sua pureza chega até a declarar que está apaixonada — por vós! E regozijai uma vez mais, que a Justiça convida — a vós! Para ocupar a cátedra que restou vazia depois da morte dos grandes sábios antigos. Os últimos monarcas justos dos homens. Que a Justiça diz, ilustre Senhor, que ninguém podia ocupar este trono até agora! Que este trono esteve vazio e permaneceu vazio — até vós!

O homem corpulento, o novo duque, se pôs ereto : sua testa brilhava : ele foi até o anjo : com a mão no ombro do menino ele o virou totalmente para os dois ficarem de frente para a plataforma.

O menino vestido de Justiça ainda segurando a espada com as duas mãos soltou uma delas momentaneamente pra gesticular na direção do trono vazio e aí pôs de novo a mão no cabo da espada o mais rápido que pôde.

O novo duque falou. Agradeço à Justiça. Reverencio a Justiça. Mas não posso aceitar tal honra. Não posso ocupar tal trono. Que sou apenas um homem. Mas sou um homem que vai fazer o melhor que pode para cumprir seus votos ducais a vida toda e merecer a honra e a aprovação da Justiça.

Um momento de silêncio : aí a multidão embaixo de nós enlouqueceu de alegria.

Bobo pomposo, Barto disse. Borso pompobo. Gente mais imbecil.

Eu estava me inclinando a me juntar à grita que era persuasiva e ecoava pela grande praça : e também tinha ouvido dizer que Borso era um homem que gostava de dar presentes a artistas e músicos que caíam em suas graças e não queria pensar tão mal dele e pode apostar que a multidão parecia tê-lo em alta estima e será que uma multidão tão festiva podia estar assim tão equivocada? O barulho que as pessoas faziam em honra dele era imenso e o novo duque era tão modesto : os meninos fantasiados da plataforma pareciam encharcados pelo barulho da multidão, como se tivessem acabado de passar por baixo de uma catarata.

Só o anjo de asas de cisne não parecia aliviado : estando

acima deles enquanto o novo duque fazia uma reverência à multidão e a multidão continuava gritando, eu conseguia ver uma vermelhidão no ombro e no pescoço do anjo como o pigmento de minium que é um vermelho que logo fica preto, que veio da mão do novo duque segurando ali com força bastante pra lhe deixar uma marca : mas é uma coisa difícil neste mundo, ser modesto, e deve provavelmente resultar em hematomas em alguém em algum momento.

Anda, Barto disse. Nós vamos à caça.

Fomos até Bolonha.

Na casa do prazer de sua cidade natal Barto já era tão bem conhecido que três meninas vieram até nós dizendo o nome dele e se revezando pra lhe dar beijos até antes de a gente conseguir passar pelas portas da rua.

Este é o Francescho, ele acabou de sair do ovo. Ele é um querido amigo meu. Lembrem, eu avisei. Ele é meio tímido, Barto disse pra uma mulher que eu não estava enxergando direito, que ela tremeluzia e os cômodos estavam escuros e cheios de tantas mulheres tão desalinhadas e descompostas quanto feiticeiras e havia um cheiro denso, sabe Deus de quê, e cores e tapetes densos por tudo, sob os pés, nas paredes e até lá em cima acolchoando o teto talvez, apesar de eu não poder saber ao certo, que os cheiros e ares doces e sujos e as cores e presenças deixavam meus sentidos tontos e fizeram o piso agir como teto assim que nós chegamos aos quartos mais recolhidos.

A mulher me levava pela mão : ela tirou o casaco dos meus ombros : tentou tirar de mim minha bolsa mas eu tinha ali minhas coisas de desenho : me agarrei a ela com um braço ainda dentro da manga do casaco.

Ela grudou a boca na minha orelha.

Não fique com medo, menino. E, olha, não ofenda a gente, os seus bolsos e a sua bolsa vão continuar cheios, só que sem o que a gente custar pra você e algum extra que você queira dar, pode contar com a minha palavra, ninguém aqui é ladrão, nós todas somos honestas e de valor aqui.

Não, não, eu disse, não é, eu — eu não queria —

mas ao dizer todas aquelas palavras no meu ouvido ela tinha me quase-carregado nos braços, era vigorosamente forte e era como se eu não tivesse mais vontade própria, até a porta de um outro quarto, me fez leve como folha e me varreu pra dentro como se eu fosse isso mesmo e fechou a porta atrás de nós, eu podia sentir a porta nas minhas costas mas através de uma renda ou cortina ou alguma tapeçaria rala.

Fiquei sem largar a bolsa e procurei uma maçaneta com a outra mão mas não consegui encontrar : agora a mulher estava me puxando pra cama pela alça da bolsa e eu estava puxando do outro lado pra porta.

Que pele macia que você tem, ela disse. Mal tem sinal de barba (ela pôs as costas da mão no meu rosto), anda, você não precisa se preocupar nem com pagar, que o seu amigo que veio com você, já está combinado que é por conta dele.

Ela sentou na cama ainda me segurando pela alça da minha bolsa : sorriu pra mim : deu uns dois puxões delicados na alça : eu me mantive educadamente à distância que a alça permitia.

Ela suspirou : soltou a alça : olhou pra porta : quando eu não saí correndo direto pra lá ela sorriu de novo pra mim de um modo muito diferente.

Primeira vez? ela disse desabotoando a parte da frente da roupa. Eu cuido. Eu juro. Não fique com medo. Deixa. De você.

Agora ela estava segurando o arco e o peso do seio nu na palma da mão.

Não gostou de mim? ela disse.

Eu dei de ombros.

Ela guardou de novo o seio : suspirou mais uma vez.

Jesus, Maria, José, como eu estou cansada, ela disse. Tudo bem. Deixa eu me recompor. A gente resolve isso aqui. A gente te arruma outra menina. Vocês podem usar o meu quarto. Como você pode ver, o melhor quarto. Então do que é que você gosta? Pode dizer. Você gosta de louras. Prefere mais jovens?

Eu não quero outra menina, eu disse.

Ela pareceu satisfeita.

Quer comigo? ela disse.

Não assim, eu disse.

Ela fechou a cara. E aí sorriu.

Você prefere com um homem? ela disse.

Eu sacudi a cabeça.

Quem é que você quer, com quem você quer trepar? ela disse.

Eu não quero, eu disse.

Não quer trepar? ela disse. Quer outra coisa? Alguma coisa especial? O seu amigo aqui com uma menina também? Quer ficar vendo? Quer duas meninas? Quer dor? Mijo? Uma freira? Um padre? Chicotes? Amarras? Um bispo? A gente pode arranjar de tudo, praticamente tudo aqui.

Eu sentei no banco ao pé da cama : abri a bolsa, desenrolei o papel, tirei minha tábua.

Ah, ela disse. É isso que você é. Eu devia ter adivinhado.

A luz na sala ondulava em candeias : era melhor ali na cama onde ela agora estava, escura e com um rosto lindamente pontudo contra a roupa de cama, nariz arrebitado na pontinha, queixo delicado : mais velha que eu uns dez anos, ou talvez pudesse até ser vinte : os anos de amor tinham gastado os olhos dela, dava pra ver a destruição dentro deles : o negror da destruição fazia ela ficar séria mesmo que tivesse se apresentado como coisa bem outra.

223

Eu movi uma vela, e mais outra.

Você está me olhando de um jeito, ela disse.

Eu estou pensando na palavra bonita, eu disse.

Bom, eu estou pensando a mesma palavra sobre você, ela disse, e pode acreditar que não é obrigação aqui pensar essas coisas. Apesar de normalmente ser obrigação fingir que eu penso.

E a palavra linda, eu disse. Mas com a palavra terrivelmente.

Ela soltou uma risadinha na clavícula.

Ah, você é perfeito, ela disse. Ah, vem, você não quer? Eu ia gostar. Gostei de você. Você ia gostar de mim. Eu sou boa. Eu vou ser boazinha, vou ser delicada. Eu sou forte. Eu posso te mostrar. Eu sou a melhor aqui, sabia. Custo o dobro das outras. E faço valer. É por isso que o seu amigo me escolheu. De presente. Eu sou um presente. Eu sou a mais cara hoje na casa toda, muito mais habilidosa que todas as outras e toda sua por esta noite.

Deite de costas, eu disse.

Bom, ela disse. Assim? Assim? Tiro isto aqui?

Os cadarços das mangas caíram quando ela os desatou em fitas sobre a barriga.

Fique parada, eu disse porque o seio que lhe entrava e saía das roupas era agora curvatura perfeita.

Assim? ela disse.

Relaxe, eu disse. Não se mexa. Você consegue fazer as duas coisas?

Como eu te disse, eu consigo fazer de tudo, ela disse. Olhos abertos ou fechados?

Você que escolhe, eu disse.

Ela pareceu surpresa : e aí sorriu.

Obrigada, ela disse.

Fechou os olhos.

Quando eu terminei ela estava dormindo : então eu também dormi ali na cama aos pés dela, e quando acordei a primeira luz do dia entrava pela fresta da veneziana e pelo cortinado.

Eu a sacudi de leve pelo ombro.

Ela abriu os olhos : se assustou : procurou alguma coisa embaixo dos travesseiros na cabeceira da cama. Fosse o que fosse, ainda estava ali : ela relaxou, deitou de novo : se virou e olhou para mim inexpressivamente : aí lembrou.

Eu peguei no sono? ela disse.

Você estava cansada, eu disse.

Ah, todo mundo está cansado aqui no fim da semana, ela disse.

Dormiu bem? eu disse.

Ela parecia estupefata com a minha educação. Aí riu e disse.

Dormi sim!

como se a mera ideia de que dormir pudesse ser bom fosse espantosa.

Eu sentei na beira da cama : perguntei o nome dela.

Ginevra, ela disse. Como a rainha das histórias, sabe. Casada com o rei. Que mãos mais elegantes você tem, senhor —.

Francescho, eu disse.

Eu lhe dei um pedacinho de papel : ela bocejou, mal olhou.

Você não é o primeiro pra mim, ela disse. Já me fizeram antes. Mas o seu tipo, bom. Você já é meio incomum. O seu tipo normalmente gosta de desenhar mais de uma pessoa, ou não? As pessoas no ato, ou —. Nossa.

Ela sentou na cama : segurou o desenho mais perto da pouca luz da manhã que entrava no quarto.

Nossa, ela disse de novo. Você não me deixou parecendo —. E ainda assim parece —. Bom, —. Muito —.

Aí ela disse, eu posso ficar com isto aqui? Pra mim, pra eu guardar mesmo?

Com uma condição, eu disse.

Você finalmente vai deixar? ela disse.

Ela jogou o lençol para longe de si e deu tapinhas ao lado do corpo, na cama.

Eu quero que você diga pra ele, eu disse. Pro meu amigo, sabe. Que eu e você tivemos uma noite excelente.

Você quer que eu minta pro seu amigo? ela disse.

Não, eu disse. Que a gente teve mesmo. Uma noite excelente. Bom, *eu* tive. E você mesma acabou de dizer que dormiu bem.

Ela me olhou com descrença: baixou os olhos para o desenho de novo.

Você só quer isso em troca? ela disse.

Eu fiz que sim.

Aí fui encontrar Barto no saguão que na pouca luz do dia que passava pelas venezianas entreabertas era muito diferente da sua encarnação noturna, rançoso, manchado, mal-ajambrado, sinais de uma lareira descontrolada em toda uma parede : Barto estava sentado numa antessala com a madame da casa, ela era a pessoa mais velha que eu já tinha visto enfeitada de babados e fitas, dois criados enchendo-lhe uma xicarazinha de alguma coisa, um servindo, o outro esperando pra levar a xícara até os lábios dela : antes de nós sairmos Barto beijou sua velha mão branca.

Barto também parecia rançoso e manchado e mal-ajambrado, áspero como alvenaria e com as roupas amarrotadas, foi o que eu vi quando nós saímos da casa de tolerância pro sol.

Não posso pagar pra você toda vez, Barto disse quando estávamos indo tomar nosso desjejum. Especialmente não a Ginevra. Quando eu tiver uma renda ou tiver herdado eu banco de novo. Mas você se divertiu? Usou bem o tempo? Mal dormi, eu disse.

Ele me deu um tapa no ombro.

Na próxima vez em que nós fomos até lá (que eu comecei a passar algumas noites por mês, meu pai achava, cultivando a possibilidade do patronato da família Garganelli), Ginevra nos encontrou na porta : ela piscou pra Barto e passou um braço pelos meus ombros, me tirou de canto.

Francescho, ela disse. Eu tenho alguém especial pra te apresentar. Essa aqui é a Agnola. Ela sabe do que você gosta e como você gosta de passar o seu tempo conosco.

Agnola tinha longos cabelos dourados ondulados : era forte nas coxas como uma amazona, apesar de jovem : quando entramos num dos quartos de janelas fechadas e paredes cortinadas ela me pegou pela mão e me pôs sentado muito objetivamente diante de uma mesinha, aí ficou parada ao meu lado de maneira extremamente tímida e disse,

sabe, sr. Francescho, o desenho que o senhor fez da Ginevra? Será que o senhor podia fazer outro daqueles, mas de mim desta vez, por uma remuneração?

o que eu fiz, dessa vez o corpo nu sobre os cobertores pra exibir as simetrias, que o grande Alberti, que por coincidência abençoou o ano do meu nascimento com seu livro pra fazedores de imagens, registra como é útil tal estudo do sistema de pesos e alavancas, equilíbrios e contraequilíbrios do corpo humano : quando eu acabei e o desenho estava seco ela pegou, segurou diante da luz da vela, olhou bem pra ele, olhou pra mim pra ver se podia confiar, olhou de novo pro papel : ela o largou na cama e foi abrir um buraco escondido numa das paredes : tirou dali uma bolsinha e com o que havia nela me pagou com algumas moedas.

Aí eu e ela deitamos na cama e fechamos os olhos e ela acordou descansada, exatamente como Ginevra (eu também, pra descobrir que estava nos braços dela e sentindo grande satisfação e nenhum frio), e ela me agradeceu pelo retrato e pelo sono que pôde pôr em dia, as duas coisas.

O senhor é um cliente raro, sr. Francescho, e espero que o senhor me escolha de novo, ela disse.

Fui embora com as moedas no bolso e paguei o desjejum pra mim e pra Barto naquele dia.

E assim prossegui com o aprendizado com meu pai e os meus irmãos durante aquela semana toda pensando que tinha achado um negócio muito lucrativo com isso de trabalhar ocasionalmente na casa de tolerância.

Na outra vez foi uma moça chamada Isotta, que tinha cabelo negro e pele escura, não muito mais velha que eu, e que ficou recatadamente sentada na cama enquanto nós discutíamos e decidíamos o desenho dela e o preço que pagaria e aí quando eu dei as costas pra pegar o papel e os meus instrumentos na bolsa ela se esgueirou silenciosa pela cama como um gato e me virou e me deu um grande beijo na boca quando eu não esperava e nunca tinha esperado que uma coisa dessas acontecesse com qualquer língua no mundo, comigo, e aí ela me surpreendeu ainda mais ao meter (ao mesmo tempo que me beijava, nos lábios, com força e delicadeza, as duas coisas) uma mão na parte da frente das minhas calças : o medo que me percorreu quando ela fez isso e eu soube que a qualquer momento ela ia me conhecer de verdade foi cem vezes mais forte que o sentimento liberado pelo beijo, e foram as duas coisas mais fortes que eu já tinha sentido nos meus anos de vida.

Mas o que ela fez comigo em seguida com aquela mão fez eu me sentir *mil vezes mais forte* que qualquer medo, e quando eu compreendi que aquela moça agora era só deleite, quando eu senti o deleite passar pelo corpo dela diante do que sua mão tinha encontrado ali e quando então abri os olhos e vi com certeza esse deleite naquele rosto lindíssimo, bom, eu entendi isto, naquele momento : que o medo é um nada neste mundo, uma coisa de nada, em comparação.

Eu sabia, ela disse, desde que eu te vi. E eu te vi na primeira noite em que você veio aqui, apesar de você não ter me visto. E eu te vi da outra vez, e eu soube nas duas vezes, e nas duas vezes quis você pra mim.

Ela me beijou de novo, e tirou minha roupa num átimo : num átimo tinha me ensinado os rudimentos da arte do amor e me deixado também praticar generosamente nela : depois disso, eu fui até a ponta da cama e ela ficou entre os travesseiros e eu a representei no papel de maneira tanto saciada quanto pronta, ainda tênsil como corda de arco puxada e pronta para a flecha, e no entanto tão bem-feita e completa quanto o círculo desenhado por Giotto na lendária história real.

Eu lhe dei o trabalho no fim como pagamento pela aula : ela olhou para ele, satisfeita : me vestiu de novo aos beijos, abotoou minha roupa, atou os laços e me mandou embora uma nova pessoa, reluzente e só coragem.

O que foi que te deu? meu pai disse. Que naquela semana toda eu só conseguia pensar em flores pro hálito e flores pros olhos e bocas cheias de flores, axilas de flores, jarretes, colos, virilhas transbordantes de flores, e só conseguia desenhar folhas e flores, espiras de flores, folhagem escura.

Na outra vez em que eu fui até a casa havia três novas meninas diferentes todas sussurrando no meu ouvido a promessa e o pedido de suas aulas de amor em troca dos meus desenhos (apesar de eu garantir que ia terminar a noite de novo com Isotta, o que se tornou meu costume enquanto ela trabalhou naquela cidade e eu visitei a casa onde ela trabalhava).

Mas na vez seguinte, Barto e eu tocamos juntos a sineta e havia oito ou nove, talvez mais, eu não conseguia contar, mulheres e moças de idades variadas, rostos todos à minha roda assim que entramos.

Francescho, Barto me disse ao pé do ouvido, parece que você é um grande amante.

O que me fez saber (já que tinham corrido pra mim muitas mais do que pra ele) que eu ia ter que tomar certo cuidado : até um amigo verdadeiro acha cansativos os talentos do amigo se eles chegam perto demais, e eu amava Barto com todo o meu coração e não queria jamais lhe causar aborrecimentos.

Mas arte e amor são questão de bocas abertas no cinabre, de negror e vermelhidão transformados em veludo quando bem moídos, de compreender as cores que ganham ao serem suavemente esfregadas uma contra a outra : o mínimo que a pratica te dá é habilidade : além desse ponto resta a própria originalidade, que é o que a prática no fim realmente objetiva e eu já tinha uma reputação de originalidade, inegável, e para com essa reputação eu tinha uma responsabilidade bem maior do que a necessidade de atender às necessidades de qualquer amigo.

Tudo isso está no *Manual para pintores de Cennini*, assim como a estrita instrução de que devemos sempre derivar prazer do nosso trabalho : que amor e pintura, os dois, são obras de competência e mira : a flecha encontra o círculo do seu alvo, a linha reta encontra a curva ou o círculo, duas coisas se encontram e resultam em dimensão e perspectiva : e quando fazemos imagem ou amor — as duas coisas — o próprio tempo muda de forma : as horas passam sem serem horas, viram outra coisa, transformam-se no seu oposto, viram sem tempo, viram *um átimo.*

O grande mestre Cennini também aconselha passar o menor tempo possível com mulheres, que consomem as energias de um fazedor de pinturas.

Posso dizer com honestidade, então, que na minha juventude e no meu aprendizado eu passei apenas o que sempre se transformava em *um átimo* com mulheres naquela casa de tolerância nos anos da minha juventude.

A madame da casa, no entanto, um dia cedo me pegou pelo cotovelo : tinha mais de setenta e cinco anos e caminhava com duas bengalas e uma ajudante, mas pedras preciosas brilhavam por toda a sua roupa branca como se ela tivesse acabado de atravessar uma chuva de pedras, sendo que uma dessas pedrinhas reluzentes ela destacou de onde estava costurada à sua manga com os ágeis dedos anciãos soltando o ponto e a colocou na minha mão, dizendo:

Você. Cinco mulheres saíram da minha casa por causa dos seus desenhos. Qual é o seu nome? Isso mesmo. *Francescho.* Bom, escute aqui, Franceschinho, cujo nome eu ouço sussurrado por toda parte nas minhas escadarias e cujos desenhos eu vejo sendo passados e comentados por toda a minha casa. São cinco meninas e mulheres que você me deve.

Eu protestei dizendo que não havia como um conjunto de desenhos feitos por mim e dados como justa paga pra suas meninas significar que eu lhe devia alguma coisa.

A velha apertou a joia ainda mais contra a minha mão e suas bordas quase me cortaram.

Seu idiotinha, ela disse. Você não tem ideia? Elas olham pros seus retratos. Ficam cheias de si e de manhas. Vêm aos meus aposentos e pedem mais dinheiro. Ou olham os seus retratos. Ficam todas audazes. Decidem tentar uma vida diferente. E todas as que foram embora saíram pela porta da frente, coisa inédita nesta casa que só viu meninas saírem pelos fundos. Você não entende nada? Eu não posso aceitar isso. Você está me custando dinheiro. Então, se é assim. Eu tenho que pedir pra você parar de frequentar a minha casa. Ou pelo menos pra parar de desenhar as minhas meninas.

Ela deixou um espaço pra eu falar : eu dei de ombros : ela fez que sim, solene.

Bom. Mas antes de você ir. Esta joia. A que está na sua mão. É sua. Se você me desenhar.

Então eu fiz o retrato dela,

depois do que ela me deu a joia conforme combinado, e na outra vez em que eu fui até a casa, ela me levou para um canto e me deu uma chave da porta da frente que tinha pedido pro chaveiro fazer pra mim.

De todas essas maneiras eu fui ganhando cada vez mais compreensão do que o grande Alberti, que publicou o livro que mais tem importância pra nós que criamos imagens, chama de função e medida do corpo, e também da verdade da noção do grande Alberti de que a beleza em sua forma mais completa nunca estará num só corpo, ao contrário, é algo dividido entre mais de um corpo.

Mas também aprendi a discordar de meus mestres.

Que mesmo o grande Alberti estava errado quando escreveu em termos negativos que *não seria adequado vestir Vênus ou Minerva com a grosseira capa de lã de um soldado, seria o mesmo que vestir Marte ou Jove com as roupas de uma mulher.*

Que encontrei muitas Martas e Jovas mulheres na casa e muitos Vênos e Minervos com todo tipo de roupa.

Nenhuma dessas pessoas ganhava nem perto do que valia em dinheiro : todos sofriam maus-tratos, na melhor das hipóteses o tipo de maus-tratos diários que você ouve através das paredes de uma casa como essa, e apesar de essas mulheres e meninas terem sido a coisa mais próxima de deuses e deusas que eu conheci no mundo dos vivos, o trabalho que faziam primeiro as marcava na superfície como uma doença, depois as partia com a facilidade com que você quebra gravetos secos e enfim as queimava mais rápido que lenha miúda.

Ginevra eu ouvi dizer que morreu da doença negra.

Isotta, minha querida, desapareceu.

Eu gostava de pensar que ela se foi por escolha própria.

Gostava, depois de ficar sabendo que ela tinha ido, de ver Isotta na minha cabeça bem e animada numa cidadezinha ou numa vila, morando numa casa que fosse forte de telhado sob vinhas e figueiras e limoeiros em meio ao ruído do delicioso desgoverno de uma malta de seus filhos : acima de tudo eu gostava de pensar nela sorrindo com os olhos e a boca, as duas coisas (o que significa amor), para alguém que amasse ou por quem tivesse amizade ou pelo menos alguém cujo dinheiro ela compartilhasse em condições de igualdade.

Agnola eu fiquei sabendo anos depois que foi encontrada no leito do rio de mãos e pés atados.

Então eu compreendi muitas coisas negras também, aprendi muitas coisas que eram o oposto do prazer, na casa de tolerância.

Aí o meu tempo lá acabou, enfim, em nosso décimo oitavo ano de idade, que Barto escolheu Meliadusa, jovem, nova na casa, nova no ramo, que tinha estado comigo uma quinzena antes, logo ao chegar, e tinha deixado escapar pros clientes nas vezes que se seguiram à minha que o que esperava dessa casa era coisa melhor : ser levada ao clímax independente do

233

que eles quisessem, aí poder dormir um pouco, e finalmente receber, em troca da noite de trabalho, um belo desenho de si própria.

Ela contou isso rindo pra Barto uma quinzena de trabalho na casa de tolerância mais tarde quando achou muito engraçado que estivesse tão equivocada e que a realidade da vida na casa de tolerância fosse tão outra.

Não foi a única coisa que ela lhe contou rindo.

Barto sentou à minha frente na grama : era o começo da manhã : carroças entravam na cidade pra ir ao mercado atrás dele : ele esfregou o queixo : estava mais solene que um urso : talvez tivesse tido uma noite ruim, jantar ruim, talvez vinho ruim.

O que foi? eu disse.

Não diga nada, ele disse.

Ele se inclinou pra frente, pegou uma das minhas botas : desfez os laços e correias : tirou a bota do meu pé : desamarrou a bota do outro pé : tirou : pôs as minhas botas de um lado : puxou sua faca da bainha : com muito cuidado com a lâmina pra não me cortar a pele e fria a lâmina onde me tocava, enfiou a ponta pela minha ceroula no tornozelo e cortou um círculo em volta primeiro de uma, depois da outra perna.

Ele tirou o tecido da ceroula de cada perna : colocou os dois pedaços de lado : pegou meus pés descalços nas mãos : e aí falou.

É verdade? ele disse. Você foi uma mentira? Esses anos todos?

Eu nunca deixei de ser de verdade, eu disse.

Eu sem saber, ele disse. Você não sendo você.

Você me conhece desde sempre, eu disse. Eu nunca deixei de ser eu.

Você mentiu, ele disse.

Nunca, eu disse. E eu nunca escondi coisa alguma de você.

Que houve muitas vezes em que Barto tinha me visto sem roupas ou quase sem roupas, nós sozinhos nadando, digamos, ou com outros meninos e rapazes também e a aceitação geral da minha identidade de artista tinha sempre significado que me deixaram ser exatamente isso — eu — apesar de em uma diferença eu não ser igual : era simples como um acordo, tão compreendido e aceito e tão inútil de mencionar quanto o fato de que respiramos todos o mesmo ar : mas há certas coisas que, ditas em voz alta, mudam os tons de uma pintura como a luz do sol pode mudar se bater nela continuamente e muito forte : isso é natural e inevitável e nada se pode fazer : Barto tinha sido desafiado por alguém, quanto a mim, e tinha sido humilhado pelo desafio.

Você é coisa diferente do que eu achava, ele disse.

Eu concordei com a cabeça.

Então a culpa é do que você achava, ou da pessoa que mudou o que você achava, não minha, eu disse.

Como é que nós podemos ser amigos agora? ele disse.

Como é que nós íamos poder não ser amigos, eu disse.

Você sabe que eu vou casar no verão, ele disse.

O fato de você casar não faz diferença pra mim, eu disse, e essa foi a última coisa que eu disse naquele dia pra ele que me olhou então com olhos como pequenas chagas na cabeça e eu entendi : que ele me amava, e que a nossa amizade tinha sido sustentável com a condição de que ele nunca ia me ter, que eu nunca seria alguém a ter, e que outra pessoa, qualquer pessoa, dizer em voz alta pra ele o que eu era, além de artista, estilhaçou essa condição, já que essas palavras por si sós significavam a inevitabilidade, o ter sido de alguém.

As mãos dele estavam frias e meus pés dentro delas : ele pôs meus pés na grama, ficou de pé, tocou o peito onde ficava a clavícula (que meu amigo era sempre muito dramático) e deu as costas pra mim.

Eu olhei pros meus pés : olhei como as minhas botas retiradas mantinham a forma dos pés mesmo não havendo mais pés ali : procurei as ceroulas depois que Barto foi embora mas não encontrei : então calcei de novo as botas com os pés nus, prendi as fivelas e amarrei.

Andei um pouco por Bolonha : olhei um pouco as obras das igrejas, em parte finalizadas e em parte sendo realizadas com a primeira luz da manhã, porque eu era artista antes de qualquer outra coisa, inclusive da amizade.

Aí voltei pra casa do meu pai em Ferara e lhe disse que as nossas chances de um patronato dos Garganelli tinham acabado.

O que foi que você fez errado? ele gritou.

que primeiro ele ficou furioso : aí ficou todo cheio de altivez, todo *nenhum filho meu vai se prostituir* : nessa sua fúria meu pai me pareceu velho pela primeira vez, então eu tirei as botas e olhei pros pés que estavam cobertos de bolhas por caminhar o dia todo sem nada entre a pele e o couro : as bolhas eram como bolinhas de vidro opaco que subiam à minha superfície : como eu ia poder pintar essa falta de transparência? Que tipo ou que constituição de branco seria necessária?

Enquanto ainda pensava isso eu me senti empalidecer por toda parte pela perda do meu amigo e pensei que nunca mais conheceria outras cores.

Engraçado pensar agora naquilo, naquela tarde melancólica : que os maiores patronos da minha breve vida acabaram sendo *mesmo* a família Garganelli, e o motivo de eu não ter conseguido achar as ceroulas era que o meu amigo Barto tinha enrolado na palma da mão e colocado no bolso e levado de lembrança, como ele me disse anos depois sentado

no degrau de pedra aos meus pés enquanto eu trabalhava na
ornamentação da tumba do pai dele na capela da família.
Menina : você está me ouvindo
que apesar de aquilo parecer o fim do mundo pra mim —
não foi.
Ainda tinha muito mais mundo : que as estradas que
parece que vão te levar numa direção às vezes se contorcem
sem jamais parecerem não estar retas, e Barto e eu logo éramos
amigos de novo : num átimo : muitas coisas são perdoadas
durante uma vida : nada é final ou imutável a não ser a morte e
até a morte cede um pouco se o que você conta dela é contado
direito : nós fomos amigos até eu morrer (se é que eu morri um
dia, que eu não lembro morte alguma) e acho que ele lembrou
de mim com carinho até o dia em que também morreu (se é
que morreu, que eu não tenho lembrança disso).

Estou olhando a menina olhar uma história mais do que
antiga, o ato do amor numa janela pequena demais : ontem foi
o teatro dos santos, hoje é amor : ainda que amor feito pra uma
plateia : mas uma plateia vai estar sempre e apenas interessada
nas suas próprias necessidades de qualquer maneira, seja
você quem for, Cosimo, Lorenzo, Ercole, Escola de Pintores
Desconhecidos da Oficina de Ferara : *eu perdoo*.

Que ninguém conhece a gente : fora a nossa mãe, e elas
mal conhecem (e também tendem a insatisfatoriamente morrer
antes de conhecerem).

Ou os nossos pais, cujos erros enquanto estão vivos (e cuja
falta depois da morte) nos deixam enfurecidos.

Ou nossos irmãos, que também nos querem mortos porque
o que sabem de nós é que de alguma maneira nós conseguimos
escapar de carregar os tijolos e as pedras que eles levaram por
todos esses anos.

Que ninguém tem a mais remota ideia de quem nós somos, ou de quem nós fomos, nem mesmo nós
— fora, claro, no relance de um momento de um negócio justo entre estranhos, ou no aceno de reconhecimento e acordo entre amigos.

Fora essas situações, nós andamos anônimos pelo ar de insetos e somos só o pó da cor, breve engenharia de asas que seguem rumo à luz numa folha de relva ou de árvore no escuro do verão.

Deixa eu te falar da vez em que uma pessoa que eu conheci na minha vida toda por apenas dez minutos me viu, me penetrou e me compreendeu.

Estou só, andando pela estrada e passo por um campo cheio de trabalhadores infiéis que trajam o branco que os marca como trabalhadores e faz a pele deles parecer ainda mais escura : eles aram e plantam : eu passo livre, a caminho.

Mais adiante alguém salta de um capão de árvores : ele é um dos trabalhadores, afastado o bastante do campo pra parecer quase fugitivo. Passo bem perto dele : suas roupas brancas estão em trapos, mas menos pela pobreza, eu vejo quando me aproximo, que pelo que parece ser a força do seu próprio corpo, como se ele não pudesse evitar rasgar o tecido : suas mangas estão esgarçadas pela força das mãos e antebraços : seus joelhos fizeram buracos no pano, por serem tão fortes : a linha de pelos escuros sobre a virilha dele está à vista : seus olhos, avermelhados pelo trabalho.

Quando eu já andei um pouco mais, esse homem me chama, uma palavra que eu não conheço.

Quando eu não paro, ele diz de novo a palavra.

É uma palavra benigna ao mesmo tempo que é premente : algo naquele som me faz parar e virar pra ele.

Está parado à sombra do capão, talvez pra não ser visto,

talvez mais pra descansar do sol, que eu consigo ver mesmo
da distância que mantenho que nada dele teme capataz ou
supervisor : nada nele teme nada.

Você quis me chamar? eu digo.

Quis, ele diz
(claro que não tem mais ninguém na estrada).

Me diz de novo, eu digo, aquela palavra. A palavra que
você estava usando pra me chamar.

Eu estava te chamando de uma palavra da minha língua,
ele diz.

Uma palavra infiel? eu digo.

Ele sorri largo. Seus dentes são muito fortes.

Uma palavra infiel, ele diz. Eu não sei como se diz na sua
língua.

Eu devolvo o sorriso. Me aproximo um pouco mais.

O que significa a sua palavra? eu digo.

Significa, ele diz, você que é mais que uma coisa. Você
que ultrapassa as expectativas.

Ele me pergunta se eu posso ajudar. Ele me diz que
precisa de um *contorcido*.

Um quê? eu digo.

Um —, eu não sei a palavra, ele diz. Eu preciso prender
a minha roupa no corpo, eu preciso de uma coisa de prender,
aqui.

Ele gesticula perto da cintura.

Você quer dizer um cinto? eu digo. Alguma coisa pra
amarrar?

(que a camisa dele está toda aberta ao vento a não ser por
uma fivela na clavícula, e é março, que começou frio).

Eu tenho um pedaço de corda na bolsa, comprei no
mercado em Florença de um homem que me disse que era
uma corda da sorte de um enforcamento e esquartejamento

(que se você anda com uma corda de enforcamento, significa que você nunca vai acabar na forca, ele disse) : é de um tamanho bom e bem grossa e provavelmente vai dar conta : eu vou até ele enquanto ele vem até mim : estendo a corda para ele : ele olha pra ela, pega na mão, sopesa, aí sorri pra mim como se quisesse me pagar com o sorriso.

Quando você não tem nada, pelo menos fica com tudo.

Nunca vi homem mais lindo.

Ele me vê ver nele essa beleza e isso faz sua natureza se erguer.

No capão de árvores ao lado da estrada eu ponho nele a minha boca e o toco como a musa Euterpe toca sua flauta de madeira : aí os dois : ele tem um cheiro e um gosto de grama, de terra limpa, pão, suor : ele faz a vermelhidão nos olhos ser sinal de coisa diferente de cansaço : faz mãos calejadas serem veículos de sensações maiores quando entram pelas roupas.

Levantamos depois e eu tinha grama e terra por tudo, assim como ele : ele me limpou : tirou uma graminha do meu ombro e sorriu seu adeus, pôs a graminha entre os dentes, jogou minha corda sobre o ombro e voltou abertamente para os campos e o trabalho que tinha abandonado.

Foi tudo : foi nada : foi mais que o suficiente.

Muito bem.

Como se a menina soubesse que eu cheguei ao fim da minha história, ela fecha a janela de amor que se escurece : os atos de amor mal realizados desaparecem : acho que aquelas pessoas não animaram a menina, que ela parece muito lamentosa.

Fica sentada com a janela fechada no colo.

Ficamos vendo um melro, com quatro outros melros dos

tipos macho e fêmea, as duas coisas, perseguir um pássaro que
não é melro pra evitar que ele coma com eles num arbusto
entupido de frutos cujo vermelho é o vermelho que o grande
Cennini no seu manual chamou de sangue de dragão, bom pra
pergaminho mas não por muito tempo.

A menina levanta e atravessa o pedacinho de gramado : a
meio caminho, o irmão atrás da divisória de treliça grita pra ela
alguma coisa na língua deles : ela grita alguma coisa de volta,
coisa mais comprida que um nome ou um *para com isso*, coisa
mais parecida com um jogo ou um encantamento e ela passa
pela treliça com o cenho pesado e desdenhosa : aí se vê num
dilúvio de raminhos e pedras e pedrisco, ele está de pé num
beiral ou num barril e está com aquilo tudo numa pazinha e
está jogando uma coisa depois da outra, de baixo pra cima para
eles acertarem nela como uma saraivada de pedras e gravetos
que vêm de baixo : ela para : em vez de ficar com raiva, ri alto.

Ela fica ali parada com os braços estendidos longe do
corpo e do meio do nada sua tristeza sumiu, ela ri que nem
criança : aí larga a janela na grama e mergulha atrás da cerca
de treliça, derruba o irmão e o arrasta para a grama e a terra, os
dois rindo e rolando no chão e ela faz cócegas nele para ele rir
ainda mais.

É uma coisa boa ver felicidade repentina desse jeito.

Ela tem sorte de ter um irmão assim e um amor assim :
entre mim e os meus irmãos, mesmo que nada houvesse entre
nós além de ar, havia sempre divisões invisíveis espessas como
as paredes do quarto dela.

De volta àquele quarto, o quarto que tem a cama, volta
também a tristeza : ela fica sentada por trás do véu dessa tristeza
por muitos minutos inteiros e aí se sacode e se põe de pé e tira a
camisa empoeirada, sacode a poeira e a sujeira dali pela janela :

ela veste de novo a camisa, deixa os botões desabotoados e senta de novo na cama.

Há muitas imagens feitas, todas realistas em seus princípios, nas quatro paredes deste quarto.

A parede sul, que a cama estreita acompanha, tem uma imagem de duas meninas lindas vistas caminhando juntas como amigas : uma tem cabelo de ouro e o da outra é escuro mas o escuro do seu cabelo se ilumina ao sol e fica claro — a cabeça das duas meninas está iluminada : elas caminham por uma rua com toldos : é um lugar quente : as roupas delas são um mosaico de ouro e azzurrite : as meninas estão em troca verbal e parecem estar entre duas frases : a mais dourada está concentrada : a de cabeça mais escura vira a cabeça pra ela pra poder ouvir melhor a outra : seu olhar tem em si educação, humildade, respeito, uma espécie de doce atenção.

A pintura é de um grande artista certamente nos seus retalhos de luz, escuro, determinação, delicadeza.

A parede oeste tem uma grande imagem de uma mulher singularmente linda : os olhos dela olham direto pra frente : *tem alguma coisa logo atrás de você*, ela diz, *eu posso ver e é triste, estranho, um mistério* : é uma coisa muito inteligente de se fazer com olhos e porte : um dos braços dela está bem enrolado no pescoço num abraço de si mesma, pelo menos eu acho que é o braço dela, e isso significa que a curva do cabelo dela (que tem uma cor entre o escuro e o claro) em volta do rosto faz o rosto dela parecer a máscara que significa tristeza entre os gregos antigos : ela lamenta algo acho eu : acho que lamenta as vítimas : que ela representa uma santa Mônica eu imagino pelo fato de dizer embaixo da imagem em palavras que por acaso estão na minha língua M O N I C A V Í T I M A S.

Atrás da cabeceira da cama toda a parede leste aqui é só imagens, montes de imagens, de mais uma mulher : é a mesma mulher em todas as imagens com os mesmos olhos risonhos : há amor na disposição dos retratos, eles são uma pletora nessa disposição, quase caem um por dentro e por cima do outro : mas a mulher dessas imagens não é a mulher do palácio das pinturas : não, é uma mulher morena e diferente que tem essa atitude calorosa e certa elegância também nas roupas e no corpo dentro delas que eu admiro : há muitos retratos dela em idades diferentes como o jorro de uma vida toda direto na parede : há alguns feitos em grisalha de uma criancinha que acho que também é ela.

Nesta última parede, a parede norte, onde eu posso ver que andaram tratando problemas de umidade e tem um pouco de gesso com ar de ser recente, há uma imagem : é o estudo que a menina fez com sua tabuleta mágica da casa diante da qual nós ficamos sentados no murinho malfeito e que ficamos olhando até a mulher com as cerdas aparecer e nos mandar embora.

Ela prendeu esse estudo dessa casa — as janelas, uma porta, um portão, um arbusto alto, a fachada dianteira — na parede perto da sua cama com a firmeza de propósito que eu percebo ser central pra natureza dela.

Aí sentou na cama e ficou olhando aquilo com a mesma firmeza, como se quisesse ter o tamanho certo pra entrar corporalmente nela.

Melhor ter uma imagem bem maior, de tamanho real e detalhada, pra olhar com tanta atenção.

Um pintor podia fazer uma maior de um estudo pequeno com facilidade. Se eu tivesse os materiais ou pelo menos um braço eu

como quando a corte do duque de Modena e Reggio, o marquês de Ferara, Borso (que eu tinha visto dez e mais anos antes decantado pelo minúsculo anjo sangue de cisne da Justiça) lançou um édito que pedia pintores pra cobrir as paredes do palácio para não se entediar com pinturas em tamanho real dele e do seu mundo.

Esse desejo vinha em parte, acho eu, do fato de que seu pai tinha mandado fazer uma Bíblia antes e de que pra ficar à altura Borso quis uma maior pra si, cheia de minúsculas miniaturas, mil imagens pequeninas de coisas santas e de pessoas, inclusive de alguns retratos de cenas locais : eu o vejo agora, Borso, sentado contemplando essas páginas uma por dia, linda cada uma delas, cada uma uma obra-prima menor que a palma da sua mão, e se surpreendendo pensando que se mandasse fazer essas imagens bem grandes, digamos que elas tivessem o tamanho do seu próprio e substancial corpo, aí ele podia ser visto pelos habitantes da cidade e pelos dignitários das cidades vizinhas caminhando dentro da Bíblia de si mesmo : e que momento melhor pra fazer uma coisa dessas do que o de agora depois de ele finalmente ter sido feito duque de Ferara, também coisa que ele esperava havia anos, e pelo próprio papa.

Então ele mandou construir um novo andar no antigo palácio que seu ancestral Alberto construiu bem antes do nosso tempo : o palácio ficava bem afastado do meio da cidade mas tinha um grande salão novo pra banquetes e bailes e em volta das paredes desse salão era onde ele queria ver pintado um ano inteiro da sua vida, mês a mês, pra mostrar às pessoas que iam viver no futuro como ele era um bom monarca.

Então no meu trigésimo terceiro ano, quando já tinha estado em Veneza e Florença e aprendido o meu ofício e feito um bom dinheiro em Bolonha e também um nome em Ferara com meu trabalho no palácio das lindas flores, o senhor de Prisciano o Falcão olhou pro meu cavalo e pra mim e o meu tocheiro de cima a baixo e entregou ao meu talento três meses inteiros do ano pintado de Borso, uma estação só pra mim, março, abril, maio, na verdade toda a parede leste : outros artistas menores da oficina da corte iam trabalhar juntos nos outros meses : era um trabalho de inverno e primavera, que o novo prédio era de tijolos e não de pedra, o que significava menos tempo de construção : mas o mais rápido que for possível é o melhor pra afrescos de qualquer maneira. Comprei azuis e ouros de Veneza que habilidades não valem nada sem bons materiais e bons materiais e habilidade, juntos, geram uma espécie de graça (e também um bom pagamento no fim).

Entramos no novo salão.

(Cosimo não estava.)

Eu não conhecia nenhum dos trabalhadores da oficina : em comparação, eram meros meninos : os olhos deles me viram e me informaram de que eles conheciam a minha reputação.

(Cosimo examinou o cômodo antes. Cosimo tinha tido *um papel de destaque* no *projeto*.)

Francescho, este é o seu assistente, o Falcão disse.

O menino ao meu lado parecia ter dezesseis anos e tinha jeito de ladrãozinho.

(Cosimo tinha mais assistentes do que Cosimo tinha família : quase todos aqui dentro haviam sido assistentes de Cosimo num ou noutro momento.)

Eu esperei o Falcão se afastar pra falar com os outros.

Você foi assistente do Cosimo algum dia? eu perguntei.

O ladrãozinho sacudiu a cabeça.

Bom, eu disse. Que se eu não estiver aqui e o Cosimo nem que só tente encostar na minha parede, eu quero que você negue. Diga que é por ordem do marquês, que ele não pode encostar na minha parede.

Isso é mentira? O ladrãozinho disse com os olhos meio de lado.

É, eu disse.

Eu minto muito mal, o ladrão disse. Eu preciso de mais dinheiro pra mentir.

Vou pagar o que você vale, eu disse.

Mas e quando eu estiver trabalhando no meu pedacinho de parede? o ladrão disse. Que se eles acharem que eu presto, vão me deixar fazer alguma coisa quem sabe em agosto ou setembro também. E se ele chegar e eu estiver tão ocupado que não perceber?

Não perceber o Cosimo entrar? eu disse. Então você nunca viu o Cosimo.

Ah, então o senhor está falando *daquele*, o ladrão disse. Eu sei quem é. *Praquele* eu minto de graça.

O Falcão mandou um menino com a libré da corte subir numa cadeira e ficar de pé na mesa de misturar pigmentos no meio da sala : aí o Falcão se posicionou embaixo do menino, que baixou a cabeça e o joelho pra pôr o ouvido mais perto do Falcão e aí se pôs de novo ereto num instante sobre a mesa.

Assim, eu não preciso, o Falcão disse.

ASSIM EU NÃO PRECISO, o menino gritou como quem estivesse usando um corno acústico e com uma voz inesperadamente grave pra um menino tão pequeno.

Erguer a voz, o Falcão disse.

ERGUER A VOZ, o menino recurvado disse.

As paredes vão ser AS PAREDES VÃO SER. Divididas da esquerda para a direita DIVIDIDAS DA ESQUERDA PARA A DIREITA. Menos aqui e aqui MENOS AQUI E AQUI. Onde ficarão ONDE FICARÃO. Graciosas cenas da cidade GRACIOSAS CENAS DA CIDADE. As cenas serão AS CENAS SERÃO. Cenas do ducado CENAS DO DUCADO. De boa arquitetura DE BOA ARQUITETURA. Cenas de espetáculos e liças CENAS DE ESPETÁCULOS E LIÇAS. E aqui ficará E AQUI FICARÁ. A visita papal A VISITA PAPAL. Em que o adorado EM QUE O ADORADO. Marquês será feito MARQUÊS

246

SERÁ FEITO. Primeiro duque de Ferara PRIMEIRO DUQUE DE FERARA. Para celebrar PARA CELEBRAR. Este histórico ESTE HISTÓRICO. Evento em nossa cidade EVENTO EM NOSSA CIDADE. As paredes desta sala AS PAREDES DESTA SALA. Em toda a sua volta EM TODA A SUA VOLTA. Vão contar essa história VÃO CONTAR ESSA HISTÓRIA.

O falcão ergueu uma mão e passou pro outro lado da mesa : o menino em cima da mesa passou por cima das coisas ali pra ficar atrás dele de novo e se abaixou pra ouvir : o Falcão gesticulou pra minha parede : de baixo acima, de baixo acima. O ANO COMEÇA AQUI. COMEÇA POR MARÇO. AÍ ABRIL AQUI. AÍ MAIO AQUI.

O menino parecia um pássaro bebendo água : o Falcão deu a volta na mesa pra ficar de frente pra parede norte : o menino se abaixou

(depois eu pus esse menino no meu mês de março : acrescentei um macaco lúbrico grudado na perna dele)

o menino levantou.

DE JUNHO A SETEMBRO, o menino disse. AQUI, AQUI, AQUI. OUTUBRO A DEZEMBRO. AQUI E AQUI. (Ele se virou pra ficar de frente pra parede oeste com o Falcão, aí girou pro sul.) JANEIRO FICA AQUI. FEVEREIRO AQUI. AS SEÇÕES E OS MESES NAS PAREDES. SERÃO SEPARADOS. UNS DOS OUTROS. POR COLUNAS PINTADAS. MAS DENTRO DE CADA SEÇÃO, HAVERÁ TAMBÉM OUTRA DIVISÃO. QUE CADA MÊS. FICARÁ DIVIDIDO. DE CIMA A BAIXO. EM TRÊS PARTES. NO ALTO. OS DEUSES MÍTICOS. CHEGAM EM CARRUAGENS. COM AS ESTAÇÕES. MINERVA, VÊNUS, APOLO. MERCÚRIO, JÚPITER, CERES.

Vulcano e assim por diante, o Falcão disse sacudindo a mão (que ele estava sem suas anotações e tinha esquecido a ordem dos deuses).

VULCANO E ASSIM POR DIANTE, o menino disse.

No alto da nova parede nós devíamos pintar deuses em tamanho real chegando durante todo o ano : no pé era pra pintar cenas em tamanho real do ano de Borso, com o trabalho sazonal de um ano comum e o ilustre Borso sempre no meio. Só que no meio, entre essas camadas, estava planejado um amplo espaço de céu azul.

(Quando ouvi isso eu fiquei feliz, porque tinha azzurrite de qualidade de Veneza.)

Como flutuando nesse azul, como nuvens, o Falcão queria um friso de signos astrológicos : queria três figuras pra cada mês, uma pra simbolizar cada dez dias.

DEUS SE COMPRAZ, o menino anunciou. COMO BEM SABEMOS. EM NOS DAR COISAS. DISPOSTAS EM GRUPOS DE TRÊS. ASSIM CORRESPONDENTEMENTE. CADA MÊS SERÁ. DIVIDIDO EM TRÊS. DEUSES NO ALTO. CÉU NO MEIO. TERRA BEM EMBAIXO. CADA BLOCO DE CÉU. NO CENTRO. DE CADA MÊS. TAMBÉM SERÁ. DIVIDIDO EM TRÊS.

Os deuses, os astros, a terra, o Falcão disse.

OS DEUSES OS ASTROS A TERRA, o menino em cima da mesa gritou pra nós. OS DEUSES OS ASTROS A CORTE. OS DEUSES OS ASTROS NOSSO PRÍNCIPE. ANDANDO PELO MUNDO. UM MUNDO QUE ELE FEZ. SER PACÍFICO E PRÓSPERO. COM SUA GENEROSIDADE. COM SEU ESPLENDOR. COM SUAS LUVAS BRANCAS. AS ESTAÇÕES FÉRTEIS EM VOLTA DELE. OS TRABALHADORES FELIZES EM VOLTA DELE. AS PESSOAS CHEIAS DE ALEGRIA. ACIMA DISSO, CÉU. ACIMA DISSO, DEUSES. EM CHEGADAS TRIUNFANTES. EM SUAS CARRUAGENS. CERCADOS POR. SÍMBOLOS. E ATRIBUTOS QUE NORMALMENTE. LHES SÃO ASSOCIADOS. O PROJETO TODO. PODE SER VISTO. NA ANTESSALA. ATRÁS DA PAREDE LESTE. EXAMINEM BEM. NÃO SE DESVIEM. DAS SUAS INSTRUÇÕES. OU DE SEU EXEMPLO. OU DE SUA DEMONSTRAÇÃO. DE MODO ALGUM.

E diante disso, o ladrãozinho ao meu lado disse. Nós vamos receber. Só dez centavos por. Cada maldito pé quadrado. Eu anotei mentalmente que devia perguntar ao Falcão qual seria meu pagamento : o Falcão, quando seu discurso estava concluído, passou um braço em volta do meu ombro e me levou pra me mostrar a minha parede.

Borso saindo para a caça — aqui, ele disse. Borso administrando a justiça a um velho infiel — aqui. Borso entregando um presente ao Bobo da Corte — aqui. Pálio do dia de são Giorgio — mais ou menos aqui. Círculo de poetas — aqui em cima. Círculo de eruditos da universidade, professores e sábios — lá em cima. Representação das Parcas — aqui. Imagem de primavera, uma coisa de fertilidade, use a sua imaginação — aquela área ali. Apolo — ali. Vênus — ali. Minerva — ali. Todos em carruagens. Minerva vai precisar de unicórnios. Vênus vai precisar de cisnes. Apolo vai precisar de Aurora conduzindo os cavalos e vai precisar de um arco e flecha. Também vai precisar de um alaúde e um tripé délfico e do couro de cobra.

Eu fiz que sim.

Ilustre os deuses dos poemas, ele disse.

Muito bem, eu disse, ficando na mesma.

Agora, ele disse. Os decanos. Para os três decanos de cada mês, verifique o esquema na antessala. Por exemplo, como mostra o esquema, e isso é muito importante, Francescho. O primeiro decano de Áries tem que estar vestido de branco. Ele deve ser alto, moreno, forte, um homem vigoroso com grande poder benigno sobre o mundo. Deve ser o guardião não apenas da sala mas de todo o ano. Deve estar de pé ao lado de um carneiro para simbolizar a constelação. E ao lado dessa por favor ponha uma figura que represente a juventude e a fertilidade, segurando, digamos, uma flecha, para simbolizar a habilidade e a mira. Um autorretrato talvez, Francescho, o seu belo rosto, o que você diria?

Ele piscou um olho pra mim.

E mais ali, abril, um dos decanos tem que estar segurando uma chave. Faça a chave grande. E mais aqui... e aqui... e ele foi seguindo, *e um tem que ter pés de camelo e um tem que estar segurando uma lança e um bastão e um tem que estar segurando um lagarto, e...*

Não havia mais espaço entre todas as exigências para perguntar do pagamento.

Mas eu sabia que o meu trabalho ia falar por si próprio e receber quando estivesse pronto o que lhe era devido.

Comecei com maio e Apolo : trabalhei duro nos cavalos : inventei quatro falcões todos pousados num poleiro : acrescentei o arco e a flecha mas tive que dar o alaúde a uma trovadora parada de pé (porque as mãos de Apolo já estavam ocupadas com o arco, a flecha e o buraco negro do sol que eu fiz um pouco como uma semente negra, uma noz queimada ou o ânus de um gato, que é o que sol parece se você ficar muito tempo olhando pro sol).

O que era um tripé délfico?

Pintei um banquinho de três pernas com um couro de cobra largado por cima.

Quando viu aquilo, o Falcão concordou com a cabeça. (Ufa.)

Pintei todos os cidadãos da corte de Ferara, não com a aparência que tinham, mas como uma infinita multidão de bebês que jorravam de um buraco no chão como que por música, replicando-se em questão de segundos e todos nus como no dia em que nasceram, mordedores em volta do pescoço pendurados em barbante como suas únicas joias e adornos, braços cordialmente dados enquanto faziam sua passeggiata.

Quando subiu no andaime e viu isso, o Falcão riu alto : ficou tão satisfeito que deixou a mão cair nas minhas calças pra segurar onde algo ou nada deveria estar.

Ah! ele disse.

Eu tinha sido uma surpresa.

Ele ficou sério.

Sei, ele disse.

Mas passou um braço em volta dos meus ombros de uma maneira fraterna, e eu gostei mais ainda dele, o magro e erudito Falcão.

Você me pegou. Não é nem de longe o que eu esperava depois do estado desalinhado da minha criada quando você foi à minha casa aquele dia, ele disse

(que quando eu passei na casa dele e desenhei pra ele o tocheiro correndo, e a menina da porta tinha sido mandada finalmente pra me garantir que eu tinha conseguido o emprego e me dispensar, eu lhe perguntei se podia pegar a touca dela só pra dar uma olhada e ela tirou, então eu a empurrei delicadamente mais pra dentro da casa e mais longe da rua pra ninguém poder nos ver e eu lhe pedi delicadamente pra tirar outras peças pra mim só pra eu dar uma olhada, coisa que ela fez sorrindo, aí eu lhe dei um beijo, que bem devia dar, nos pontos desnudados, o que ela achou bom e aí me beijou de novo e antes de eu sair ela atou cuidadosamente e de brincadeira a touca na minha cabeça e disse *o senhor dá uma moça muito bonita*).

Então você é um pouco menos, Francescho, do que eu acreditava, o Falcão disse agora.

Uma coisinha de nada apenas, senhor de Prisciano, eu disse, e perda nenhuma no que se refere a fazer pinturas.

Não, você tem talento, é verdade, mesmo assim, ele disse.
Mesmíssimo assim, eu disse. Perda nenhuma.

Eu disse isso impetuosamente mas ele não estava ouvindo em vez disso deu um tapa na própria coxa e riu.

Eu acabei de entender, ele disse. Porque o Cosimo te chama daquele jeito.

(*Cosimo? fala de mim?*)

Cosimo me chama de quê? eu disse.

Você não sabe? o Falcão disse.

Eu sacudi a cabeça.

Que o Cosimo, quando fala de você, te chama de Francescha? o Falcão disse.

Ele o quê? eu disse.

Francescha del Cosso, o Falcão disse.

(*Cosimo.*

Eu perdoo.)

Um mero pintor de corte, eu disse. Eu nunca vou ser. Nunca obedecer ordens.

Bom e você é o quê, agora, o Falcão disse, senão um pintor de corte?

(Era verdade.)

Mas pelo menos eu nunca vou escolher conscientemente ser assalariado dos flagelantes, eu disse

(que eu sabia que o Cosimo estava ganhando muito dinheiro com as pinturas que alguns deles encomendavam).

O Falcão deu de ombros.

Os flagelantes pagam o mesmo que todo mundo, ele disse. E você viu o são Giorgio que ele fez para o órgão da Catedral? Francescho. É sublime. E — o Cosimo não ensinou você? Eu achei que você tinha sido aprendiz do Cosimo.

Cosimo? *Eu?* Ensinado por ele? eu disse.

Quem então? o Falcão disse.

Eu aprendi com os meus olhos, eu disse, e aprendi com os mestres.

Que mestres? o Falcão disse.

O grande Alberti, eu disse. O grande Cennini.

Ah, o Falcão disse. Autodidata.

Ele sacudiu a cabeça.

E com Cristóforo, eu disse.

Da Ferara? o Falcão disse.

Del Cossa, eu disse.

O fazedor de tijolos? o Falcão disse. Te ensinou tudo isso? Eu apontei pro meu novo assistente, o ladrãozinho, matando o tempo entre preparar o gesso e moer os pigmentos fazendo os desenhos que eu tinha mandado ele fazer da pilha de tijolos que mandei ele buscar nos jardins : olhei de volta pros meus ricos bebezinhos da corte saindo aos borbotões do buraco no pétreo chão pra vida como se o mundo todo fosse apenas teatro e eles, seus críticos nomeados por Deus.

Desde que era pequeno eu vivo, respiro e durmo tijolos e pedras, mas não se pode comer tijolo, não se pode comer pedra, senhor de Prisciano, o que é o motivo —

(e aqui eu me preparei pra perguntar sobre o meu dinheiro).

— pelo contrário, o Falcão disse. O melhor jeito de fazer as aves caçarem melhor, não? É dar pedrinhas para elas comerem.

(que é verdade que é isso que os falcoeiros fazem pra deixar a ave com fome e alerta, eles enganam o bicho pra ele pensar que está sendo bem alimentado, dando pedrinhas pequenas pra ele comer de modo que quando retiram o capuz e a ave sai pra trabalhar ela se espanta com sua própria fome, o que a deixa de olhos mais aguçados que nunca pra procurar a presa).

Mas era um desvio da minha pergunta e ele sabia, o

Falcão : ele olhava de lado, envergonhado : preferiu olhar pro meu exército de bebês.

Infantes refinados, ele disse. Despidos de tudo, vistos como são. Bom. E gostei do seu Apolo. Cadê o alaúde? Ah. Sim. E gostei muito mesmo da graça dos seus trovadores. E — esses — ah. O que é isso?

O círculo de poetas que o senhor queria, eu disse, na parte de cima, conforme solicitado.

Mas — e aquele — não seria — *eu?* ele disse.

(Era verdade que eu tinha pintado um retrato não solicitado dele, ali com os poetas : imaginei que ele preferisse ser visto como poeta e não como erudito.)

O que é aquilo que eu estou segurando? ele disse.

O coração, eu disse.

Ah! ele disse.

E isso aqui vai ser, olhe, aqui, calor, eu disse. Como se o senhor estivesse examinando um coração do qual emana calor como o vapor que sai da boca num dia frio.

Ele corou : aí me deu uma olhada sarcástica.

Você devia estar na política, Francescho, ele disse.

Não, senhor de Prisciano, eu disse. Artista, por obra de meus braços e de minhas mãos e olhos e pelo valor do meu trabalho.

Mas ele deu as costas muito rapidamente antes que eu perguntasse de novo do dinheiro.

Enquanto descia a escadinha ele ergueu os olhos pra mim.

Fique firme, ele disse.

Aí piscou.

Por assim dizer, ele disse.

(Uma noite eu passei pela cortina da porta da Sala dos Meses, era só meia-noite, não era tarde, uma bela noite úmida e muito pouca gente trabalhando, que eu preferia quando tinha silêncio, mas enquanto descia a sala eu vi pelas sombras o balanço de uma tocha em uma das plataformas na outra extremidade da sala : fiquei no escuro ao pé dos andaimes : o Falcão, eu podia ouvir, estava em algum lugar lá em cima conversando com alguém —

Veneziano, sim. Piero, certamente. Castagno, talvez um ou outro flamengo, certamente um pouco de Mantegna, Donatello. Mas como se, vossa Graça, a obra tivesse mergulhado fundo em todos eles mas para daí se refazer limpa e nova e emergir com um frescor diferente de tudo que eu já.

Vossa Graça.

Sim, o outro disse. Não sei se gostei de como ele pintou o meu rosto.

Há certo encanto, o Falcão disse. Uma grande, eu não sei como me referir a isso de outro jeito. Aprazibilidade.

Melhor nunca subestimar o encanto, o outro disse.

Leveza de espírito, o Falcão disse. Que não vem de ninguém. Nem do Piero. Nem de Flandres.

As roupas das mulheres estão muito boas, o outro disse. Mas e eu estou bem protegido pelos astros em todas as cenas? Os auspícios? Estou pouco ou muito parecido com os deuses? Por inferência quero dizer?

Muito, vossa graça, mas muito humano ao mesmo tempo, o Falcão disse. Uma coisa rara, conseguir fazer as duas coisas, deuses e humanos, não é?

Hum, o outro disse.

Olhe essa mulher e essa criança aqui, só parados, mas numa tal coreografia, o Falcão disse. É a maternidade. Mas é mais que a maternidade. É como se eles estivessem conversando, mas numa conversa feita de posições no espaço.

E por acaso esse determinado artista fez mais de mim? o outro disse.

Sim, sua graça, o Falcão disse

e eu ouvi os dois se moverem sobre a plataforma e me encolhi na sombra da parede.

Quem é ele, então, esse rapaz? o outro disse enquanto a escadinha rangia com o peso deles.

Longe de ser um rapaz, vossa graça, o Falcão disse.

Eu segurei a respiração.

— artista de pleno direito, bem mais de trinta, o Falcão disse.

Que cara ele tem? o outro disse.

De aparência jovem, senhor, o Falcão disse. Quase feminino. Um trabalho jovem, também. Um frescor por tudo. Frescor e maturidade, as duas coisas.

Como é que ele se chama? o outro disse.

Ouvi o Falcão lhe dizer —

e não muito depois, já que o Falcão gostava tanto assim do são Giorgio do Cosimo, eu o coloquei de novo no afresco, dessa vez no mês de março (a parte da parede em que meu trabalho ficou melhor), dessa vez como falcoeiro com as roupas aladas como o falcão que tinha na mão e o desenho do lanterneiro de que ele tinha gostado e eu o pus sobre um cavalo com uma postura um tanto parecida com a do Giorgio do Cosimo : fiz ele jovem e vigoroso : dei-lhe uma luva de caça com borlas : acima de tudo fiz os colhões do cavalo dele bem grandões.)

Pintar os meses levou meses.

Fiz as coisas parecerem tanto próximas quanto distantes.

No espaço superior eu dei cornos transparentes aos unicórnios.

No espaço inferior dei aos cavalos olhos que podem te seguir pela sala, porque são os olhos de Deus e quem quer que os tenha numa pintura ou afresco segura o olhar de quem mirar a obra, e isso não é blasfêmia, meramente uma reafirmação do poder do olhar que recai em nós de fora de nós sempre sobre nós.

Pintei os céus diversos de maio e abril e finalmente de março (que eu progredi de maio a março e fui me acostumando cada vez mais com o gesso de cada um a cada um, o que fez o trabalho florescer) : ousei pintar, no espaço superior de Vênus, com seus grupos de amantes parados de três em três, mulheres abertamente beijadas e tocadas por homens (pra enfurecer quaisquer florentinos de visita, que eles odeiam presenciar essas coisas).

Em todo o trabalho eu fiz como o grande Alberti sugere no seu livro que os melhores fazedores de imagens devem sempre incluir pessoas de muitas idades e espécies, além de galinhas, patos, cavalos, cachorros, coelhos, lebres, aves de todo tipo, tudo em animadas relações e contra uma variedade de paisagens e de prédios : e, como Alberti pede no seu livro que *como recompensa por meus esforços ao escrever esta obra, que os pintores que a lerem tenham a bondade de pintar meu rosto na sua istoria de maneira que pareça agradável,* fiz isso também e pintei o rosto dele no círculo de sábios no espaço da deusa Minerva : que os que fazem boas obras devem sempre ser honrados, que é coisa que os grandes Alberti e Cennini concordam, os dois. Em simetria aos dois sábios professores eu coloquei do outro lado da carruagem de Minerva, onde o Falcão queria que ficassem as Parcas, uma reunião de trabalhadoras e incluí todos os rostos de mulher de que pude lembrar das ruas e dos ateliês e casas de tolerância : dispus todas elas em torno de um bom tear e lhes dei cavernas bem-feitas como paisagem de fundo.

Pintei meus irmãos.

Pintei a figura da minha mãe resplandecente.

Pintei um cordeiro com os olhos do meu pai.

Dessa maneira preenchi os meses do marquês com as pessoas que tinham preenchido os meus sobre esta terra.

Mas assim fazendo, como pode acontecer quando você trabalha pra retratar alguém com tintas, bastava eu pintá-las sobre a pele do afresco para elas deixarem de ser quem eu conhecia : isso acontecia especialmente na cor azul que devia ser do céu, o lugar entre os deuses e a terra.

Uma pintura normalmente é apenas pintura : mas de vez em quando uma pintura é mais : eu olhava pros rostos à luz das tochas e via que eram fugitivos : tinham se libertado de mim e da parede que os fizera e sustinha e até se libertado de si próprios.

Eu gosto muito de um pé, digamos, ou uma mão, saindo pela borda e por cima da moldura pra entrar no mundo além da pintura, que uma pintura é uma coisa real no mundo e essa passagem destaca essa realidade : e eu gosto que uma figura passe pra esse reino entre pintura e mundo assim como gosto que um corpo esteja de fato presente sob roupas pintadas onde algo, um seio, um peito, um cotovelo, um joelho, pressiona de baixo para cima e traz vida ao tecido : gosto particularmente de um joelho de anjo, porque as coisas santas são também mundanas e não é blasfêmia pensar assim, só uma compreensão mais profunda da realidade das coisas santas.

Mas esses são meros prazeres mundanos — estou me sentindo tentado a contratar um menininho, colocá-lo de pé em cima de uma mesa e pedir pra ele gritar essas palavras MEROS PRAZERES MUNDANOS — ao lado da coisa que acontece quando a vida da própria pintura ultrapassa a moldura.

Porque aí ela faz duas coisas opostas ao mesmo tempo.

Uma é que ela deixa que o mundo seja visto e compreendido.

A outra é que ela solta os grilhões dos olhos e das vidas dos que a veem e lhes dá um momento de libertação do mundo dela, a pintura, e do mundo deles que veem, as duas coisas.

E eu não fiquei muito tempo mais como escravo dessa obra, que quando cheguei perto do fim do mês de março já *era* o mês de março, quase Ano-Novo : um dia todos os assistentes e os pintores da oficina estavam numa rodinha no meio da sala : a conversa estava acalorada, era sobre o levante dos infiéis, eu avaliei lá de cima dos andaimes (que tinha havido um levante exigindo mais comida e dinheiro entre os trabalhadores do campo, dez homens surrados por causa dos atos de um homem, e corria que alguns dos dez estavam à beira da morte e que esse um que organizou o levante já tinha sido feito em pedaços).

Mas não, a conversa nada tinha a ver com os infiéis : o que eles discutiam com tanta paixão ali embaixo era o último pedido de melhores pagamentos que tinham feito a Borso.

Mestre Francescho! o ladrãozinho gritou pela lateral do andaime.

Ercole! eu gritei de volta sem me virar.

(Estava retocando as Graças.)

Autorize o seu nome, o ladrãozinho gritou, aqui nessa petição junto com os nossos!

Não! eu gritei lá de cima

que eles já tinham feito duas petições solicitando mais dinheiro e na segunda feita, em vez de lhes dar mais, Borso tinha entregado a todos eles (a mim também) a sua medalha, aquela que tem a cabeça dele de um lado, a Justiça do outro e as palavras : *haec te unum : você e ela são uma e a mesma coisa.*

Era uma medalha bonita e tinha uma aparência valiosa, mas Borso tinha distribuído tantas na cidade inteira (e não só aqui mas em outras cidades também) que elas estavam com um preço bem baixo no mercado.

Mas Borso era conhecido pela sua generosidade : ele não

259

pagava bem aos seus músicos? Não cobria o Cosimo de pedras preciosas?

É verdade que até ali eu estava recebendo o mesmo que os outros, mas era por distração, eu sabia.

Eu pretendia escrever diretamente pro marquês e chamar a atenção pra essa distração.

Porque eu sabia que era excepcional (só eu aqui afinal não estava trabalhando a partir de esboços de Cosimo, só eu tinha sido trazido de fora da oficina da corte) : e quando o pagamento errado chegou pela primeira vez eu pedi pro Falcão interceder : mas o Falcão olhou pra mim, lamurioso.

Mas você não recebeu a sua medalha? ele disse, o que me fez saber que ele não tinha poder nesse assunto.

O Falcão tinha gostado bastante do seu são Giorgio : dava pra ver que ele gostou de se ver como homem de ação além de poeta, que ele corou bem vermelho até atrás das orelhas.

Mas ele sacudiu a cabeça diante dos loucos do hospício que eu tinha pintado correndo atrás dos cavalos e dos burros como se eles também fizessem parte do pálio, com as abas das camisas de força voando atrás deles : sacudiu a cabeça de novo diante da vista distante da caçada do marquês — o marquês e seus homens todos a cavalo seguindo direto pra beira do abismo, com um cachorro olhando calmamente pra ele (o abismo eu tinha feito pintando uma fenda na arquitetura do primeiro plano, uma perspectiva de que me orgulhava muito).

Uma imagem em particular que eu tinha feito empalideceu o Falcão.

Aqui, ele estava dizendo. Não. Isso não pode ficar. Você tem que mudar.

Estava apontando o primeiro decano de março, no lugar onde tinha pedido um guardião forte e vigoroso e eu lhe pintei um, na forma de um infiel.

Uma coisa dessas já é bem ruim como está, o Falcão estava dizendo. Bem ruim mesmo. E além de tudo você me pede pra ir falar com ele pra *te arranjar mais dinheiro?* Francescho. Você não percebe? Você não tem olhos? Ele vai mandar te açoitar. E se eu pedir mais dinheiro ele vai mandar me açoitar também. Não, não, não. Isso aqui tem que sair. Corte fora. Comece de novo. Refaça.

Eu me encolhi dentro da minha pele : foi tolice, eu ia acabar sem receber e despedido e ia ficar pobre por um ano : eu nunca mais ia arranjar trabalho na corte e estava com os bolsos vazios, que os ouros e azuis tinham me custado o dinheiro de meio ano : então eu me preparei pra perguntar pro Falcão, o que ele ia querer que eu pintasse aqui então?

Mas quando fui falar, em vez dessas palavras eu me ouvi somente dizer

não.

O Falcão ao meu lado teve um sobressalto.

Francescho. Refaça, ele disse de novo.

Eu sacudi a cabeça.

Não.

Isso aqui também não pode ficar, ele estava apontando pras Graças lá no espaço de Vênus. Aquela Graça ali. Faça ela mais clara. Escura demais.

Eu tinha pintado as Graças com penteados elegantes : tinha lhes dado vagas semelhanças corpóreas, Ginevra e Agnola, as duas de frente, Isotta de costas pra nós : pintei cada uma delas segurando uma maçã e pintei alguns Vs em duas árvores mirradas pra reproduzir e repetir a forma do local das Graças frontais onde toda a vida humana e boa parte de seu prazer se origina : eu tinha colocado dois pássaros em cada árvore mirrada : tudo era rítmico : até as maçãs e os seios eram semelhanças : era a Graça que eu tinha feito como Isotta que

lhe chamava a atenção : mas mesmo ela, linda como era, mal
segurou o olhar dele, que eu vi que ele não conseguia olhar,
ficava voltando sem parar pro infiel com seus trapos brancos de
trabalhador no espaço com o melhor azul.

Aí — um milagre — alguma coisa mudou dentro do
Falcão, se alterou na maneira de ele estar ali parado ao meu
lado.

Eu vi ele sacudir a cabeça de novo mas de maneira
diferente.

Ele pediu mais luz.

Veio mais luz.

Ele pôs as mãos em volta do rosto.

Quando tirou as mãos eu vi que o Falcão estava rindo.

Mas que audácia. Bom. É verdade, você fez exatamente o
que eu pedi, ele disse. Apesar de eu não ter pedido tanta beleza.
Bom, vejamos. Eu vou, não sei, eu vou consertar. Eu vou
redirecioná-lo para a figura do velho aqui prestando reverência
como ele queria. *Borso administrando a justiça a um velho
infiel.*

Obrigado, senhor de Prisciano, eu disse.

Mas, em compensação, me faça uns favores, Francescho,
o Falcão disse. Faça o reverente com a pele um tom mais
escuro pra mostrar a justiça do duque como algo maior do que
qualquer um poderia esperar. Mas eu estou te avisando. Não
se faça mais de bobo. Francescho. Está me ouvindo? E clareie
um pouco a cor daquela Graça, a que está de costas pra nós. E
talvez, muito talvez, a gente consiga escapar dessa.

Escapar dessa : como se eu tivesse planejado uma sátira
oculta ou uma sedição : mas com toda honestidade, quando
eu mesmo olhava pras pinturas, elas surpreendiam até a mim
com o quanto eram sábias : que na mesma época em que estava
pintando essas coisas questionadoras eu estava me dizendo que

o marquês seria justo, que ele ia naturalmente reconhecer e
honrar meu valor e me recompensar adequadamente por ele,
claro que ia, mesmo se eu retratasse a ele e seu grupo de caça
todos pocotó-pocotó rumo ao despenhadeiro : que a vida de
pintar e criar é uma questão de um duplo saber pra que as suas
mãos te revelem um mundo pra o qual o seu olho interno, o seu
olho consciente, muitas vezes continua cego.

O Falcão estava sacudindo a cabeça diante do infiel : não
estava mais rindo : sua boca se abriu : ele a cobriu com a mão.

E se ele perguntar alguma coisa, ele disse com a mão
ainda sobre a boca, eu vou dizer, não sei, eu vou dizer que é,
que é —

Uma figura dos romances franceses, eu disse.

Uma figura de um romance francês pouco conhecido, o
Falcão disse. Um que ele nunca ia admitir que não conhece. Já
que todos sabemos muito bem que ele conhece todos.

Aí ele me olhou nos olhos.

Mas eu não posso fazer ele te pagar mais, Francescho, ele
disse. Não me peça de novo.

Muito bem, então, eu mesmo escreveria pra pedir, direto,
pensei enquanto o Falcão descia os andaimes : eu não precisava
de um medianeiro.

Mestre Francescho! o ladrãozinho agora gritava lá de
baixo.

Ercole! eu gritei de cima.

Eu estava retocando as Graças, pálidas lembranças agora :
dê, aceite, devolva : mas Graças adequadas, ainda substanciosas :
eu tinha fatiado o reboco e refeito o gesso e repintado mas tinha
mantido a humanidade delas, fiz que todas fossem Agnolas
como uma trigêmea dela de três maneiras diferentes.

Me perdoe! o ladrãozinho gritou.

Por quê? eu respondi.

Por assinar a carta no seu nome! o ladrãozinho gritou de baixo

(que havia boatos entre os assistentes e os pintores da oficina de que eles não estavam conseguindo mais dinheiro precisamente porque eu não tinha assinado, que eu não tinha pedido mais com eles quando eles pediram antes, o que podia deixar parecendo, pro marquês, diziam eles, que eu acreditava que dez centavos por pé quadrado era uma quantia adequada).

Mas não com o meu nome, Ercole? eu gritei de novo lá de cima.

Mas sim com o seu nome, o ladrãozinho gritou. E eu imito direitinho a sua letra, mestre Francescho, como o senhor sabe. Nós precisamos do pagamento. E quanto mais gente pedindo melhor.

Eu pus mais brilho na maçã da Graça que ficava mais à direita.

Ercole! eu gritei lá de cima.

Sim, mestre Francescho? ele gritou.

Eu me debrucei no andaime e falei direta e calmamente.

Eu não preciso mais de assistente. Junte as suas coisas. Encontre outro mestre,

que eu sabia que era simplesmente um engano, esse meu pagamento equivocado, e que Borso era um homem que pensava acima de todas as coisas na *justiça* : e eu não tinha pintado a cabeça dele sob a própria palavra justiça entalhada na pedra sob uma bela arcada de pedra gravada com guirlandas numa luneta que lembrava a sua própria medalha de duas caras? e embaixo disso uma cena dele administrando a justiça a gratos habitantes da cidade? Ele pensava na justiça acima de tudo (talvez porque o pai dele, Nicco, como todos nós sabíamos, exatamente como conhecíamos as lendas dos santos e todas as histórias sagradas, tinha fama não apenas de privilegiar os filhos ilegítimos, mas de uma *injustiça inenarrável*, tendo decidido num ataque de raiva que a segunda esposa, a linda, e seu filho primogênito, o bonito, tinham se apaixonado um pelo outro, razão pela qual ele mandou decapitar os dois num calabouço e enterrar ali mesmo, ninguém sabia onde) : Borso pensava tanto em justiça que na antessala do outro lado desta parede em que eu estava clareando as maçãs das Graças ele estava mandando fazer uma sala onde planejava julgar pequenas questões de justiça cívica e todos nós sabíamos que ele tinha encomendado stucchi das imagens de Fé, Esperança, Fortaleza, Caridade, Prudência, Temperança, mas que tinha pedido ao mestre francês de stucchi mais especificamente seis Virtudes apenas, e pra ele *deixar de fora a Justiça* que ele mesmo era a Justiça, a Justiça ela mesma era ele, e quando ele estava presente na sala aí a Justiça também estava presente já que a Justiça tinha o queixo de Borso, sua cabeça, seu rosto, seu peito e acima de tudo sua barriga.

Bom trabalho, boa paga, como o grande Cennini diz no seu manual de criadores de imagens : esse é também um tipo de justiça que se você usa bons materiais e pratica boas habilidades aí o mínimo que pode esperar é que um bom dinheiro seja sua recompensa : e se por acaso não for então o próprio Deus vai te recompensar : é isso que Cennini promete : então eu ia escrever pro marquês : ia escrever agora na véspera do Ano-Novo ou amanhã no dia de Ano-Novo que é tempo de generosidade (e talvez fosse verdade, talvez o generoso Borso acreditasse mesmo, como eu não tinha assinado o meu nome nas outras petições, que eu *de fato* achava que dez centavos bastavam).

Eu vi tristeza no ladrãozinho lá embaixo : dá pra adivinhar muita coisa só de olhar pras costas de alguém : ele estava guardando suas ferramentas e suas coisas nas bolsas : quem podia saber, talvez se Borso lesse uma carta minha ele não

265

apenas corrigisse o erro pra mim mas também se convencesse a ser mais generoso com esses trabalhadores menores, com um pouco de sorte e de justiça, apesar de eles precisarem mesmo da sorte, já que não mereciam tanto quanto eu.

(Eu sou criança, estou em cima de uma pedra com cheiro de mijo de cavalo segurando na mão a cabeça encolhida com a asa espetada atrás : a coisa na minha mão é o princípio de uma árvore, com um pouco de sorte e de justiça.

Sorte, eu sei, tem a ver com o acaso acontecer.

Mas o que é justiça? eu grito pras costas da minha mãe.

Ela está se dirigindo ao barril cheio de roupa branca.

Equidade, ela grita por cima do ombro. Correção. Receber o que cabe. Você receber a mesma comida e a mesma educação e as mesmas oportunidades dos seus irmãos, e eles as mesmas e tantas quanto qualquer outra pessoa desta cidade ou deste mundo.

Justiça tem a ver com comida, então, e com educação.

Mas o que é que uma semente caída de uma árvore tem a ver com isso tudo? eu grito.

Ela para e se vira.

Nós precisamos tanto de sorte quanto de justiça pra viver a vida que nos cabe, ela diz. Várias sementes não chegam a isso. Pense. Elas caem na pedra, acabam esmagadas, apodrecem na beira da estrada, lançam raízes que não pegam, morrem de sede, morrem de calor, morrem de frio antes até de abrirem embaixo da terra, quem dirá gerar uma folha. Mas uma árvore é uma criação inteligente e solta montes de sementes todo o ano, então pra todas as que não conseguem crescer há centenas, milhares que crescem.

Eu olho e vejo que lá nas pilhas de tijolos há uma montoeira de brotinhos todos aglomerados, brotinhos que não têm nem a minha altura : parecem um quase nada : eu olho pro telhado onde três bracinhos finos de ramos são prova de que uma semente criou raiz na calha : isso é sorte : mas justiça? E eu não sou semente nem árvore : sou pessoa : não vou abrir : não tenho raízes : como é que posso ser semente ou árvore ou as duas coisas?

Eu ainda não estou entendendo o que a justiça tem a ver com as sementes, eu grito.

Você vai aprender, ela grita lá do barril no qual pisoteia de novo a roupa branca.

Num momento eu já a ouço cantar sua música de trabalho.)

Mestre Francescho?

O ladrãozinho.

Você ainda não foi embora? eu gritei lá de cima.

Eu tenho só mais uma coisa a dizer antes de ir, o ladrãozinho gritou. Posso subir?

O ladrãozinho tinha aprendido boas colunas comigo : tinha aprendido boas pedras e tijolos : tinha aprendido o arco tenso de uma curva e o comportamento das retas em perspectiva e tinha aprendido como as linhas reunidas como fios entretecidos criam um plano : eu deixei ele fazer umas casas no espaço inferior de maio e um pouco dos trabalhadores ali cuidando da sua vida normal.

Ele ainda não tinha vinte anos de idade : seu cabelo ainda lhe caía nos olhos : era bom de cores e pra misturar texturas de cal e gesso : tinha a compreensão de que um afresco precisa de uma parede e de que ao mesmo tempo a pele que nós aplicamos a uma parede é sensível como a nossa própria pele e se torna tão parte daquela parede como a nossa pele é parte de nós.

Eu afaguei o lábio de uma Graça : ele subiu com dificuldade na plataforma e ficou atrás de mim e me viu trabalhar.

Eu sei que o senhor precisa me dispensar, ele disse. Mas o senhor devia ter assinado a carta. O senhor devia ter assinado as duas primeiras que nós escrevemos. Foi errado o senhor não fazer isso. Então eu assinei dessa vez. Foi pro bem de todos que eu fiz isso. E, mestre Francescho, o senhor devia saber disso também. O marquês não vai se deixar convencer a lhe dar mais dinheiro do que dá pra nós. O senhor vai ganhar dez centavos por pé. Ele não vai lhe dar mais.

Vai sim, eu disse. É um engano. Que acima de tudo Borso é justo. Quando ele ficar sabendo, vai corrigir o engano que cometeu.

Não vai, nunca, o ladrãozinho disse. Que o senhor devia saber, mestre Francescho. Que ele gosta de meninos. Não de meninas.

Eu rachei o lábio da Graça.

Apaguei a rachadura : me reequilibrei sobre a tábua.

E eu devia lhe dizer, o ladrãozinho falava atrás de mim. Que quando a gente estava trabalhando no mês de maio eu ouvi ele pedir pro Falcão levar o senhor até ele, como ele gosta que os meninos e os homens novos sejam levados, porque ele gosta de ser bem tratado pelo talento e gosta que o talento pertença a ele. E eu ouvi o Falcão recusar. E é por isso que o senhor nunca foi convocado pra servir a ele desse jeito. Mas não foi o Falcão que contou alguma coisa do senhor pra ele, mestre Francescho. O Falcão sabe o quanto o senhor vale. Agora, eu vou embora se o senhor ainda quiser, apesar de eu não querer. Mas eu lhe desejo um Ano-Novo muito frutífero.

Atrás de mim eu ouvi ele voltar pra escadinha : quando me virei vi que ele esperava, só os olhos e o topo da cabeça acima da plataforma : era cômico e era triste, era as duas coisas : mas o medo que eu vi nos olhos dele me fez ver que havia uma coisa que eu podia fazer.

Eu vou apostar uma coisa com você, Ercole, eu disse.

Mesmo? ele disse.

Os olhos dele pareciam aliviados.

Eu me agachei perto da cabeça dele.

Eu aposto com você o valor de cinco pés quadrados deste afresco aqui que se eu escrever pra ele e pedir sem rodeios ele vai me dar o que eu pedi, eu disse.

Tudo bem, mas se eu perder a aposta, o ladrãozinho disse voltando pra sentar na plataforma. Apesar de eu saber mais do que bem que não vou perder, mas só pra garantir. Se eu perder. A gente pode concordar que eu pago segundo o preço dos assistentes? E se eu ganhar, que o senhor paga segundo o preço do mestre Francescho?

Desce lá e mói mais preto, eu disse, só pra garantir, caso eu precise.

(Que o preto tem grande força e sua presença é significativa.)

Preto? o ladrãozinho disse. Não. É Ano-Novo. É feriado. Eu estou de folga. E, enfim, me demitiram.

Faça mais escuro que sable, eu disse. Faça escuro e opaco como a noite.

Eu escrevi na sexta : entreguei eu mesmo a carta pro porteiro do palácio.

Na manhã do primeiro domingo, dois dias depois de começado o ano novo, o palácio estava frio e quase vazio : eu subi as escadas até a sala dos meses sem mais ninguém e comecei a usar a faca no mês de março.

Descasquei da parede um trecho pequeno sob a arcada entre a guirlanda e *Borso administrando a justiça a um velho infiel* : saiu inteirinho como o marzipã de um bolo.

Coloquei uma camada da nova base rala : fui pra casa deitar porque planejava trabalhar a noite toda.

Naquela tarde eu guardei as minhas coisas em bolsas, fora as ferramentas, as minhas cores e um bom pedaço do meu espelho.

Naquela noite, de novo sem mais ninguém na sala comprida, eu acendi a tocha : os rostos à minha volta tremeluziram seus cumprimentos : subi para o nível mais baixo perto da guirlanda e dos cupidos.

Passei uma segunda pele sobre o buraco da pintura ali embaixo.

Substituí a luneta de Borso por um retrato de perfil como o da medalha da Justiça : *haec te unum* : mas virei o rosto pra que todo mundo que tinha visto a medalha ficasse sabendo que ele estava olhando pro outro lado.

Coloquei ao lado da figura de Borso no coração da multidão à espera de justiça uma mão — sem nada dentro.

Sob a palavra JUSTIÇA escrita na pedra em que estavam as cores dos Est eu usei o preto.

Por cima do preto escrevi sombreadas as letras IN.

Segurei o espelho na altura dos olhos.

Aí foi descer do andaime e sair do palácio de não se entediar, ir pra rua e subir no lombo de Mattone e sair galopando pelas ruas passando pelo gueto esfumaçado, sob a torre do palácio, pelo castelo semierguido e pelos portões da cidade pela última vez porque eu nunca ia voltar, e uma despedida como essa é questão de minutos quando a sua cidade natal é pequena e fácil de atravessar.

(Apenas um ano e meio depois disso, na verdade, e apenas seis dias depois de o papa fazer ele enfim se tornar duque de Ferara, Borso virou, piscou, caiu morto, morto como pássaro flechado, com os meses do seu ano ainda circundando sem nem darem por isso as paredes do seu palácio de não ficar entediado.)

Quando a cidade já estava tão distante às minhas costas
quanto as torres mais afastadas nas paisagens da obra com que
eu acabava de cobrir aquela parede
(por um dinheiro que não dava pra pagar os azuis e os
ouros, sem nem falar das outras cores)
quando a luz da manhã surgiu, quando eu cheguei à
primeira elevação da terra pra deixar as planuras estendidas
atrás de mim, eu parei.
Calculei minhas perdas.
Meus bolsos estavam quase vazios.
Tinha que rezar pra achar algum trabalho.
Um pássaro cantou acima de mim quando pensei isso.
Eu ia ficar bem : meus braços e mãos eram bons : eu ia pra
Bolonha onde tinha amigos e patronos, onde não havia uma
corte ridícula.
Ouvi através do canto do pássaro alguma coisa atrás de
mim e virei e vi uma coluna de poeira na linha da estrada sobre
a terra plana : havia um cavalo lá atrás, o único cavalo em toda
aquela manhã : não, não um cavalo, um pônei, tordilho, e
quando ele chegou mais perto eu vi alguém no lombo dele com
suas pernas compridas demais espetadas dos lados : quando o
ladrãozinho chegou do meu lado, o pônei em que ele estava era
tão pequeno que eu olhei pra ele da estatura de um deus.
Mestre Francescho, ele disse sobre a tosse do pônei
completamente sem fôlego por causa da corrida que tinha sido
obrigado a fazer e das sacolas no lombo cheias das posses do
ladrãozinho.
Esperei até ele recuperar o fôlego também, tão coberto
de poeira quanto o pônei. Ele esfregou o rosto na manga : se
preparou pra falar.
São cinco pés quadrados que o senhor me deve, ele disse.
A serem pagos pelo valor mais alto.

* * *

Eis-me aqui de novo : eu e uma menina e um muro. Estamos na frente da casa da amada da menina e sentados junto do mesmo muro malfeito : dessa vez ela não está sentada nele : está sentada no chão, na calçada. Estamos aqui há muitos minutos.

Só que eu não sei mais ao certo se é um amor porque uma das vezes em que estivemos aqui a menina, encarando com um rosto pleno de hostilidade, quase a ponto de eu acreditar que ela poderia cuspir como uma cobra, foi abordada diretamente pela mulher que nós vimos no palácio de pinturas que saiu de casa e atravessou a rua : e apesar de a mulher ter falado com ela a menina simplesmente ficou sentada nas pedras do calçamento olhando, sem abrir a boca, embora sua expressão fosse de pura ironia, para o lindo rosto da mulher : aí com a velocidade de um truque de mágica ela pegou sua tabuleta e fez um estudo da mulher com ela : a mulher cobriu o rosto com as mãos : não queria aquele estudo : se virou sem mais nem menos e voltou pra casa : um minuto depois, no entanto, a mulher ficou parada olhando pela janela a menina do outro lado da rua : com isso a menina ergueu a tabuleta de novo e fez um estudo da mulher à janela : a mulher puxou uma cortina : aí a menina fez um estudo dela fazendo isso também, e aí um da janela cega : aí a menina ficou de pernas cruzadas no chão olhando a casa até o escuro descer : só então ela levantou, sacudiu os membros que deviam estar frios e enrijecidos de ficar sentada e foi.

E no dia seguinte, de novo, ela e eu e as pedras da calçada.

Nós já fizemos essa visita muitos dias : tantos que a parede norte do quarto onde ela dorme está coberta por esses pequenos estudos da tabuleta : cada estudo é do tamanho de uma mão e a menina os dispôs em forma de estrela, com as imagens mais claras indo pras pontas e as mais escuras indo pro centro.

As imagens são todas da casa, ou da mulher entrando e saindo dela, ou de outras pessoas que entram e saem : são todas do mesmo ponto de vista, feitas ao pé do muro malfeito : há diferenças nas folhas da sebe e nas folhas da árvore e à medida que a estação progrediu ela captou as diferenças de luz e de tempo na rua de um dia pro outro.

A mulher bem mais velha, a que os anos dobraram, que mora na casa a que pertence o muro malfeito, saiu todo dia no começo pra gritar com a menina.

A menina não abria a boca, mas no terceiro dia simplesmente saiu de cima do muro e sentou na calçada na frente dele.

A mulher bem mais velha gritou nesse dia também : mas a menina cruzou os braços sobre o corpo mirrado e olhou lá do chão com tanta calma e tão resoluta que essa velha parou de gritar e deixou a menina sentar em paz onde bem quisesse.

Mas um dia a velha lhe disse palavras carinhosas e lhe deu um toldo com um cabo pra evitar a chuva (tem chovido muito no purgatorium) : naquele mesmo dia ela trouxe uma bebida soltando fumaça e alimentos feitos de biscuit pra menina : em outro dia mais frio um cobertor de lã e um grande casaco que parecia uma manta.

Hoje vai haver flores no estudo que a menina vai fazer, que as árvores na rua em volta dessa casa que ela olha com tanta atenção têm em si os princípios de vários dos verdes possíveis e algumas, as que estavam florescendo, abriram as flores da noite pro dia, algumas rosadas na extensão dos galhos, outras carregadas de brancura.

Hoje quando a velha saiu de casa ela não trouxe nada mas

pela primeira vez sentou no seu próprio muro malfeito atrás da menina, calada e simpática.

Há abelhas : houve uma borboleta.

As flores devem estar cheirando bem pra quem consegue cheirar flores.

Como o ar faz as flores dançarem.

Eu tinha uma lembrança do meu pai não muito antes de ele morrer que eu não suportava : ela me fazia acordar de madrugada mesmo dez anos depois da morte dele : à medida que eu ia envelhecendo a lembrança ia ficando mais forte : às vezes eu não enxergava a tinta porque ela ficava entre mim e o que eu estava fazendo e alterava a natureza do trabalho : então Barto sentou comigo à mesa e pôs duas canecas na minha frente : uma ele encheu com a água do jarro : a outra encheu com a água do mesmo jarro.

Agora, ele disse. Essa caneca aqui tem Água do Esquecimento dentro. Essa caneca aqui tem Água da Lembrança. Primeiro você bebe dessa. Aí espera um pouquinho. Aí bebe da outra.

Mas você encheu as duas com o mesmo jarro, eu disse. É a mesma água. Como é que essa aqui pode ser esquecimento e essa lembrança?

Bom, a água está em canecas diferentes, ele disse.

Então são as *canecas* do esquecimento e da lembrança e nada a ver com a água? eu disse.

Não, é a água, ele disse. Você tem que beber a água.

Como é que a mesma água pode ser as duas coisas? eu disse.

Boa pergunta, ele disse. O tipo de coisa que eu ia esperar que você perguntasse. Então. Em ordem? Então primeiro você bebe —.

Isso ia querer dizer que esquecimento e lembrança no fundo são a mesma coisa, eu disse.

Não vamos discutir esses detalhes, ele disse. Essa aqui primeiro. A Água do Esquecimento.

Não, porque agorinha mesmo você disse que *aquela* ali era a Água do Esquecimento, eu disse.

Não, não é —, ele disse. Ãh. Não. Espera.

Ele olhou as duas canecas : pegou as duas e atravessou o cômodo com elas : jogou a água das duas pela porta lá no quintal : pôs as duas canecas vazias na mesa e encheu de novo com a água do jarro : apontou uma, depois a outra.

Esquecimento, ele disse. Lembrança.

Eu concordei com a cabeça.

Eu estava aqui porque Barto tinha aparecido pra ver uma Madonna que eu estava pintando pro amigo dele que queria ser pintado ajoelhado ao lado dela e de alguns santos e pagava bem : Barto tinha olhado bem e sacudido a cabeça.

As pessoas nas suas pinturas ultimamente, Francescho, ele disse. Assim, elas ainda são lindas. Mas são estranhas. É como se tivesse pedra nas veias delas, onde antes era sangue.

Tela é diferente de parede, eu disse. É sempre bem mais claro nos afrescos. Os materiais podem deixar tudo mais negro.

Mas é a mesma coisa com o trabalho que você mostrou pro Domenico, ele disse

(Barto tinha achado muito trabalho pra mim e pro ladrãozinho naqueles anos).

Bom, foi ele que me encomendou, eu disse. Ele gostou.

Tinha uma amargura ali, Barto disse. Não era você. Como se fosse uma pessoa diferente.

Eu sou uma pessoa diferente, eu disse.

Ha! Ercole disse atrás de nós (ele estava trabalhando). Bom se fosse. Aí eu seria empregado de outra pessoa.

Cala a boca, eu disse.

O que foi? Barto disse.

Mestre Francescho não anda dormindo bem, o ladrãozinho disse.

Por que não? Barto disse.

Fica quieto, Ercole, eu disse.

Pesadelos, Ercole disse.

Eu posso ajudar com os pesadelos, Barto disse.

Se fossem só os sonhos seria fácil, eu disse. Eu podia encarar só os sonhos.

Barto conhecia, ele disse, uma boa maneira de se livrar de pesadelos e de lembranças ruins, as duas coisas: você tinha que fazer um ritual em nome da deusa da memória : você bebia uma água antes e esquecia tudo : bebia a outra água depois e ela te daria uma lembrança vigorosa, tudo compactado num imenso rochedo de memória, uma lembrança do tamanho de uma escarpa de montanha.

Agora eu estava à mesa com as duas canecas à minha frente.

Eu não quero todas as minhas lembranças despencando em cima de mim que nem uma avalanche, eu disse.

Você nem vai perceber, Barto disse. Não vai nem saber o que aconteceu. Você vai estar sob proteção. Vai estar em transe. E aí nós te erguemos e te carregamos até o outro lado

277

do cômodo e te colocamos na cadeira especial e você conta pro oráculo todas as coisas que a água te fez lembrar e aí você cai no sono por causa do esforço todo. E quando acordar você vai descobrir que está lembrando das coisas de um jeito completamente diferente. Que agora você lembra sem medo ou desconforto. Lembra só o que *realmente* precisa lembrar. E depois disso o seu sono à noite vai ser profundo e bom e ininterrupto e também — melhor de tudo — você vai descobrir que sabe rir de novo.

Que cadeira especial? Que oráculo? eu disse.

Tínhamos descido pra cozinha dos criados : estava vazia, Barto tinha dispensado as criadas e a cozinheira por uma hora inteira, que seria o tempo necessário, ele disse, pra mudar o meu estado de espírito : dava pra ouvir que elas estavam ao sol no quintal e reclamando um pouquinho da interrupção : mas estavam acostumadas a me ver aqui : eram boas comigo também : sempre tinha alguma coisa pra comer na casa de Barto se Barto não estava em casa, que a cozinha era o lugar aonde Barto normalmente me levava (pra me manter longe dos olhos da esposa, eu acho, que não gostava de me ver muito pela casa : ele tinha me prometido que eu ia sempre apadrinhar os filhos dele, e *todos* os filhos não só o primeiro : e as suas meninas? eu perguntei, que eu sabia que ia ser uma excelente influência pras meninas : ah, mas as meninas não são problema meu, ele disse e eu vi pelo ligeiro desvio dos olhos dele que eu tinha permissão, com restrições, de participar de partes da vida dele sobre as quais a esposa não tinha jurisdição : tudo bem por mim, aquela amizade já me agraciava o suficiente : se bem que mesmo assim eu ia gostar de ter a guarda das meninas já que as meninas recebiam muito menos atenção no que se referia a cores e imagens, o que significava a perda de muita pintura de qualidade por causa apenas de um costume cego : mas a esposa

278

dele não queria que as suas meninas levassem uma vida de artista).

Barto correu até uma despensa, abriu uma cômoda num canto lá dentro e trouxe um favo de mel embrulhado em papel num pratinho sobre o qual uma nuvenzinha de moscas apareceu e se congregou : ele pôs aquilo na mesa à minha frente.

O oráculo, ele disse.

Tem pão pra comer junto? eu disse.

Ele foi até a despensa.

Você prefere que o oráculo seja um ovo? ele disse.

Pode ser as duas coisas? eu disse. E posso levar um pouquinho de oráculo pra casa?

A minha esposa anda reclamando que nunca sobra ovo, ele disse (que ela sabia através das criadas que eu mandava o ladrãozinho aqui o tempo todo : o que eles não sabiam era que a cozinha dela no fundo ganhava muito em troca dos ovos que acabava perdendo, que a cozinheira dos Garganelli tinha tido aulas com o ladrãozinho que era bom com comida tanto no que se referia a pinturas quanto no que se referia a estômagos e tinha ensinado a cozinheira a pendurar e secar carne de boi e de porco de modo a destacar os sabores).

Barto colocou uma tigela cheia de ovos na mesa ao lado do mel.

E a cadeira especial? eu disse (e enquanto ele procurava uma cadeira que servisse eu embolsei cinco dos ovos).

Ele estava dando tapinhas no caixote de maçãs no canto : cobriu o caixote com dois panos de prato e alisou os vincos direitinho.

Certo, ele disse. Tudo pronto.

Então. Eu bebo primeiro essa, eu disse.

Isso, ele disse.

E aí as memórias somem da minha cabeça, eu disse, como se alguém colocasse uma escada apoiada na minha parede se eu fosse uma casa e subisse no telhado onde todas as coisas que eu lembro ficam bem acomodadinhas que nem telhas, a primeira embaixo da seguinte embaixo da seguinte. E aí essa pessoa vai sacando cada telhinha, joga no chão e não para até deixar o madeirame pelado. É isso?

Mais ou menos, Barto disse.

E quando elas saem, ficam bem empilhadinhas, as minhas lembranças, ou caem quebradas e amontoadas pelos cantos? eu disse.

Não sei dizer com certeza, Barto disse. Eu nunca fiz esse ritual na vida.

E aí, no meu novo estado destelhado, eu disse, o que eu faço é beber *isso aqui*, certo?

Isso —, Barto disse.

— e aquelas mesmas telhinhas, eu disse, de novo se alçam do chão, todas as telhas que não quebraram e todos os pedacinhos quebrados, as duas coisas, e tudo decola que nem um céu cheio de pássaros duros e sem asas de volta até o telhado aberto da minha cabeça onde elas se fixam de novo, por cima e por baixo de todas as vizinhas mais uma vez? Nos mesmíssimos lugares?

Acho que é isso, Barto disse.

Então qual é o sentido? eu disse.

O sentido? Barto disse. O sentido é — óbvio, Francescho, *aquele momento*, com todas as telhas, quer dizer as lembranças, removidas. Aquele momento em que você é como era antes de nascer. Como um recém-nascido. Aberto a tudo. Exposto ao tempo. Tudo novo.

Ah, eu disse.

Aberto como uma casa nova em folha em que ninguém

morou, Barto disse. Limpo como uma parede que volta ao que era antes de ser pintada.

Mas aí o telhado, ou a mesma pintura de antes, cai bem direitinho em cima de mim de novo? eu disse.

Isso, mas quando isso acontecer você vai ter passado pelo momento sem essas coisas, o seu momento limpo, Barto disse. E o que acontece naquele momento é que o ritual começa a funcionar, e eu te coloco na Cadeira de Mnemósine, e você diz em voz alta pro oráculo em cima da mesa —

Os ovos e o mel, eu digo —

Isso, Barto disse, você conta pra eles tudo o que passar pela sua cabeça. Depois disso, a lembrança não consegue mais te fazer mal.

Ah, eu disse.

É assim que funciona, ele disse. Esse que é o Rito de Mnemósine.

Barto era meu amigo então queria meu bem : era um jogo afetuoso, delicado, bom, engraçado e esperançoso : mas talvez também, eu avaliava — tinha minhas suspeitas — o que ele realmente estivesse esperando fosse que eu esquecesse o que era pra poder ser *outro eu* pra ele.

Mais : eu tinha visto imagens da deusa Mnemósine : tinha visto como ela colocava a mão na parte de trás da cabeça de um homem e não só erguia o sujeito pelo cabelo mas pegava um belo de um punhado e praticamente arrancava o homem da cadeira pela cabeça e deixava pendurado no ar como se tivesse sido enforcado por algum crime : ela não era um espírito tranquilo : era dura e forte e negra : os estudiosos e poetas achavam que era a mãe de todas as musas, e até a inventora das próprias palavras : eu não queria ofender de maneira alguma um espírito desses.

— aí eu te levo pra casa, Barto estava dizendo, a gente

coloca umas almofadas embaixo de você, você dorme, e aí
acorda melhor, Barto disse.

Tudo isso só de beber água, eu disse.

Você vai ver, Barto disse.

Então eu peguei o primeiro copo : mas e se por acaso
eu bebesse o esquecimento e a lembrança na ordem errada?
Eu podia acabar sem telhas e pra sempre vulnerável, sem
lembranças de nada mais na vida : o que eu daria, pra esquecer
tudo : que como hoje eu sei graças a esse purgatorium aqui ia
ser uma espécie de paraíso, já que o purgatorium é um estado
de perturbação da memória ou a consciência de um lar depois
de o lar não ser mais, ou de alguma coisa que você não tem
mais num mundo que você reconhece como seu mas em que
você é um estranho e de que não pode mais fazer parte.

Aqui, meu pai uma vez me disse, logo depois de eu ter
anunciado a ele que ia deixar de ser aprendiz dele, que eu já me
considerava capaz de viver sem um tutor tendo já mais de duas
décadas de idade.

Ele me entregou uma folha de papel dobrada que, quando
eu desdobrei, estava rala de tão gasta a ponto de a luz chegar
a atravessar por causa das muitíssimas vezes em que tinha sido
dobrada e desdobrada de novo no tempo que passou como
frágil objeto deste mundo.

Eu a alisei delicadamente na mão e li o que ela dizia em
tinta desbotada numa caligrafia imatura que subia numa curva
no fim das linhas : a pessoa que a escreveu não tinha tomado
providências pra manter firme a linha das palavras como se
ensina as criancinhas a fazer com a marca de uma reta que
devem seguir.

*Perdoai minha insolência se de fato insolência for, mas há
tanto tempo penso mal de vós : tanto que mal consegui dormir
direito certas noites por ficar pensando nisso : que vós me batestes*

*na cabeça aquele dia por causa das imagens que criei de vós
no pó da terra : honrado ilustre e mais amado de todos os pais
eu vos imploro que não penseis mais em me bater daquele jeito
novamente : a não ser claro que eu faça por merecer vossa ira o
que naquele caso eu insisto que não fiz.*

O que é isso? eu lhe perguntei.

Você não lembra? ele disse.

Eu sacudi a cabeça.

Você era criancinha e eu te ensinei a escrever, ele disse, e
isso foi a primeira coisa que você escreveu.

!

Fiquei olhando o papel que tinha na mão : era capaz de
jurar por tudo nesta vida que nunca tinha visto aquilo : e no
entanto era a minha letra.

Tanta coisa que esquecemos numa vida.

Olhei como eu segurava aquilo, a minha letra de criança
na minha mão de adulto, e pensei como o papel ficava mais
claro na minha mão do que na do meu pai : que a minha pele
era mais clara, branca como a de uma dama em comparação
com a pele do meu pai e dos meus irmãos depois dos anos
expostos ao tempo e ao trabalho e à queima dos tijolos, coisas
que deixam a pele de um marrom bem próximo do vermelho
dos próprios tijolos : meu pai se orgulhava da minha pele clara :
pra ele era uma realização : com as minhas mãos claras eu
dobrei de novo o papel e estendi pra ele pegar de volta.

É seu, ele disse. Se você está abandonando a minha tutela,
então eu deixo a seu cuidado o pouco que ainda tenho de você
quando criança. E sua mãe também está aí, que ela deve ter te
ajudado a escrever, que você era muito jovem quando escreveu
e as sentenças têm o fraseado dela, além de — olha, aqui, aqui
e aqui — o costume dela de pôr esses dois pontinhos entre as
frases onde devia ter uma respiração.

É meu costume também, eu disse.

Ele concordou com a cabeça. Pegou outro papel do bolso da manga e o estendeu pra mim.

Seu também, ele disse.

O que é isso? eu disse.

O acordo contratual, ele disse. Nós fizemos quando você era criança. Lembra?

Não, eu disse.

Você assina aqui, e aqui, ele disse, e eu assino também. Nós levamos pro notário e ele testemunha quando nós assinamos. E quando ele testemunhar — pronto. Você finalmente é *um homem livre*.

Ele levantou as duas sobrancelhas e me olhou com um afeto cômico, e então eu a ele também com afeto, e por um momento uma felicidade que também era feita de certa tristeza entre nós.

Mas eu parti logo depois com meu cavalo novo, tinha uma vida pela frente e uma cidade diferente onde ia trabalhar e Florença a visitar e Veneza por ver e não era mais aprendiz de ninguém.

Velho pai, velho artífice.

Jovem mãe artesã desaparecida que nunca envelheceu.

Três anos depois eu voltei à cidade, que tinha ouvido falar que podia haver algum trabalho no palácio das lindas flores e que Cosimo estava trabalhando nas musas e eu podia ter uma oportunidade de trabalhar com o Cosimo : eu tinha visto um grupinho de meninos do lado da catedral jogando pedras num servo em desgraça, um velho de roupas rasgadas puxando um carrinho carregado de sobras de coisas das casas dos outros : parecia que ele estava parando os passantes pra lhes vender as coisas do carrinho : ele esticava o braço pra trás, pegava o que lhe caísse na mão, uma coisa velha qualquer, pano, copo,

vaso, outro vaso, escabelo, uma perna de cadeira, uma tábua,
e estendia em oferta : uma pessoa pegou alguma coisa e não
pagou : a próxima o tirou do caminho com um empurrão :
as pessoas passavam por ele o mais rápido que podiam numa
espécie de pânico : fora os meninos : os meninos iam atrás
dele e lhe arremessavam pedras e insultos : ele era um judeu
ou infiel desconhecido, ou um cigano ou morador dos bosques
talvez : havia medo da doença negra na cidade, sempre havia
medo dela mesmo quando ela não dava sinais havia anos : mas
um homem de comportamento febril sempre chamava muita
atenção : foi só depois de eu ter saído dali, de estar a dois ou três
quilômetros dali, que percebi que reconhecia a última coisa
que vi ele tirar do carro e mostrar : era um martelo de pedra :
voltei pela estrada até a catedral mas ele tinha sumido :
os meninos também tinham sumido : o que eu tinha visto
desapareceu exatamente como se eu tivesse inventado.

Fui até a velha casa : ele estava ali, estava bem, estava
sentado à mesa : havia uma lista de nomes escritos na madeira
da mesa : a lista seguia todo o lado mais longo onde nós
sentávamos pra comer na infância : vários nomes da parte de
cima estavam cortados por um risco : *são as pessoas que me
devem por algum trabalho,* ele disse, *eu estou escrevendo a todos
eles pra perdoar a dívida, escrevi pra aqueles ali, ainda tenho
esses aqui pra escrever.*

Não foi muito depois disso que foram a galope até Bolonha
me dizer que ele tinha morrido.

Nos meus sonhos ele sempre era mais jovem, braços rijos e
fortes.

Uma vez num sonho ele me disse que estava com frio.

Mas havia noites em que eu não conseguia nem chegar
perto de um sonho que as coisas de verdade que tinha visto e

feito, e visto e não feito, caíam como uma cortina de sombra na minha frente.

Voltei a Ferara depois da morte dele e fiquei na estrada na frente da casa (que meu tio estava morto e meus irmãos sem querer herdar as dívidas tinham sumido e deixado as dívidas pra mim) : uma mulher que eu não conhecia me viu e saiu de uma casa do outro lado, atravessou a rua e colocou nas minhas mãos dinheiro que Cristóforo tinha dado pra ela na última vez em que eles se viram dizendo pega, eu não vou precisar.

Quatro moedas : ela queria devolver pra mim.

(Eu perdi o contrato que o meu pai e eu assinamos : perdi aquela carta que o meu eu criança escreveu pro meu pai : guardei as quatro moedas e fiquei com elas o resto da, até que eu

será?   morri?)

Eu gritei na cozinha.

Nada   Eu não lembro   nada.

Pela janela eu vi as duas criadas darem um pulo : Barto também quase morreu de susto. Eu ergui as mãos como alguém que perdeu o juízo : derrubei o copo que tinha a Água da Lembrança : ela se derramou por uma fresta aberta no tampo da mesa e caiu no chão lá embaixo : as portas se encheram de criados dos Garganelli todos de olhos arregalados : Barto ergueu a mão pra não deixar ninguém entrar : ele veio bem perto de mim, não tirou os olhos de mim : eu olhei pra cima e através dele como se estivesse sem visão.

Quem é você? eu disse.

Francescho —, Barto disse.

Você é Francescho, eu disse. E eu sou quem?

Não, *você* é Francescho, Barto disse. Eu sou seu amigo. Você não está me reconhecendo?

Onde é que eu estou? eu disse.

Na minha casa, Barto disse. Na cozinha. Francescho. Você já veio aqui mil vezes.

Deixei a boca se abrir : Esvaziei o rosto : Ergui a mão molhada da água da mesa : olhei pra ela como se nunca tivesse visto uma mão, como se não tivesse ideia do que era uma mão.

Sou eu. Bartolommeo, Barto disse. Garganelli.

Que lugar é este? eu disse. Quem é Bartolommeo Garranegli?

Barto ficou mais pálido que a névoa do outono.

Ah santo Deus santa Madonna e todos os anjos e o Menino Jesus, ele disse.

Quem são Deus e a santa Madonna e um menino? eu disse.

O que foi que eu fiz? ele disse.

O que foi que você fez? eu disse.

Fiz que ia me levantar, aí que não conseguia lembrar pra que serviam as pernas : caí do meu banquinho : caí de modo bem convincente : ah mas aí senti o molhado dos ovos quebrados no bolso.

Ai, inferno dos diabos, eu disse.

Francescho? Barto disse.

Achei que eu ia conseguir te enganar, eu disse.

É você? Barto disse.

Ele tinha suor na testa : sentou à mesa.

Cria de uma puta, ele disse.

Aí ele disse, agradeça a Deus, Francescho.

Eu me levantei : o molhado dos ovos tinha criado uma escuridão na frente do meu casaco e nas roupas do lado da minha perna.

Por um minuto, ele disse, meu mundo acabou.

Eu comecei a rir e ele riu também : pus a mão no bolso e catei uma única gema que — milagre — tinha ficado inteira no seu saco dentro de uma meia casca de ovo ainda intacta : as outras gemas estavam misturadas com suas claras e cascas e escorriam da minha mão numa longa baba de muco : limpei a mão na mesa e aí no rosto do meu amigo, que deixou : depois eu virei a meia casca na mão e estendi a gema não partida na palma pra lhe mostrar.

O oráculo falou, Barto disse.

Esqueci completamente que os ovos estavam aqui, eu disse.

Está vendo? Barto disse. Eu te falei que ia funcionar.

A menina não consegue dormir : ou quando dorme fica se virando na cama como um peixe que não está na água : durante a noite eu fico olhando ela se contorcer num semissono ou ficar sentada de cara vazia e imóvel no escuro do quarto.

O grande Alberti diz que quando nós pintamos os mortos, o morto deve estar morto em cada parte, até as unhas dos dedos dos pés e das mãos, que estão vivas e mortas, as duas coisas ao mesmo tempo : ele diz que quando pintamos os vivos o vivo deve estar vivo na mais mínima das suas partes, cada fio de cabelo da cabeça ou dos braços de uma pessoa viva estando vivo ele também : a pintura, Alberti diz, é uma espécie de oposto da morte : e apesar de nós sabermos que quando nos despimos de tudo e ficamos só osso, apenas Deus pode nos refazer em gente, colocar um rosto na nossa caveira no último dia e assim por diante &tc, o que significa que não há blasfêmia no que eu vou dizer —

que Alberti disse e é verdade —

ao mesmo tempo há muita gente capaz de ir até uma pintura e ver alguém como se aquela pessoa estivesse tão viva quanto a luz do dia apesar de na verdade a pessoa não estar viva nem respirando há centenas de anos.

É o Alberti quem ensina, também, a construir um corpo a partir apenas dos ossos : de modo que o processo de desenhar e de pintar passe a perna na morte e você desenha, como ele diz, qualquer animal *isolando cada osso do animal, e acrescentando músculos, e aí vestindo tudo isso com sua carne* : e essa cessão de músculos e de carne aos ossos é o que em sua essência é todo o ato de pintar.

Agora percebo que essa menina viveu uma morte ou um desaparecimento talvez da mulher morena das imagens da parede sul sobre a cama que são imagens que ela às vezes contempla por vários minutos e às vezes não consegue, em que a mulher é mais jovem e mais velha, as duas coisas, às vezes com um pequeno infante que lembra esta menina, e às vezes com outro pequeno infante que então amadurece e vira o irmão, e às vezes com desconhecidos : nesse caso as imagens significam uma morte : que as pinturas podem ser vida e morte, as duas coisas ao mesmo tempo, e podem atravessar a fronteira entre uma e outra.

Uma vez a menina segurou uma imagem dessa mulher tão perto de uma fonte de luz, pra poder ver melhor, como que pra iluminar as coisas na sua escuridão, que eu achei que certamente a pintura fosse queimar : mas as luzes no *purgatorium* são de um tipo encantado de chama e nada no fim pegou fogo.

Ou é essa mulher, ou será santa Mônica Vítimas que é a perda da menina? Ou talvez uma das duas meninas da pintura da rua ensolarada, as duas amigas, a clara e a escura, uma trajando ouro, outra, azul : talvez sejam todas elas as desaparecidas : talvez tenha havido aqui uma doença negra e tenham todas morrido nela.

Mas a menina é artista! Que ela descolou da parede norte todas as múltiplas imagens da casa diante da qual nós ficamos tantas vezes sentados esperando e, na mesa do seu quarto, está criando uma obra nova com elas e eu não posso deixar de sentir que acertei o alvo com ela, que a nova obra tem a forma de — um muro de tijolos.

Como se cada um dos pequenos estudos fosse um tijolo deste muro, ela os alinhou com a irregularidade correta e desenhou e sombreou com grafite as linhas de argamassa em volta de cada um deles e entre eles e recortou algumas imagens pras linhas alternadas nas extremidades do muro, bem como a aparência de tijolos cortados ou virados, aquilo parece mesmo um muro! Ela é uma artesã e pode muito bem criar boas coisas : o muro de pinturas é bem comprido e cai e se enrosca pelas bordas da mesa no chão e parte do chão do quarto como se o quarto fosse um território dividido em que

sim

aqui vêm todas as lembranças junto com todo o seu esquecimento

fazendo o são Vincenzo por uma boa paga em Bolonha, eu tinha usado uma espessa camada de aurum musicum (que o grande Cennini, que muito raramente está errado, *está* errado quanto a esse ouro quando diz que não é tão bom de usar quanto o outro ouro) : eu tinha pintado o meu falecido pai sobre a cabeça de Vincenzo na forma de um Cristo : nada blasfemo eu torcia, que o meu pai tanto adorava e tanto reverenciava aquele Vincenzo, o novo padroeiro de construtores e oleiros : o meu pai celebrou o dia desse santo oito vezes nos oito anos antes de morrer

(apesar de me agradar também a ideia de que o Cristo pudesse talvez ter vivido mais do que todo mundo dizia, que, sim, é uma blasfêmia mas que bem vale o escurecimento de um cantinho da alma e com alguma sorte é perdoável).

A pintura estava cheia de ovo : queria que ela ficasse sempre mais rica, especialmente o panejamento da capa e a pele do santo.

O senhor não pode usar esse tanto, o ladrãozinho disse. Não vai secar direito.

Espere pra ver, Ercole, eu disse.

E o azzurrite está grosso demais, o ladrãozinho disse.

Espere pra ver, eu disse de novo.

Mas eu precisava de mais ouro, então dei uma volta pra esticar os olhos e pegar mais com os fabricantes de pigmentos, e também pra lhes pagar direito porque devia muito dinheiro

(tinha feito uma santa Luzia com mais ouro do que eu podia pagar na época : ela tinha olhos num raminho que carregava, olhos que se abriam na ponta do raminho como flores se abrem, que o grande Alberti escreve que *o olho é qual botão de flor*, o que me fez pensar em olhos que se abrem como plantas, que santa Luzia é a santa dos olhos e da luz e é normalmente vista cega ou sem olhos e muitos artistas lhe dão olhos mas não no rosto, preferem colocar numa salva ou na palma da mão dela — mas eu deixei ela ficar com todos os olhos, não queria privá-la de nenhum deles.

Mas, mestre Francescho, se o ramo foi colhido, quanto tempo os olhos vão durar assim fora d'água desse jeito? Eles vão murchar e morrer, o ladrãozinho disse.

Ercole, você é uma besta, eu disse.

Não, eles são tão frágeis quanto uma florzinha de verdade, o ladrãozinho disse. Se não forem mais.

Ele olhou pra pintura : parecia quase às lágrimas.

Pra começo de conversa ela é santa, então as flores são

santificadas. O que significa que as flores não vão morrer, eu disse.

Os santos só entendem é de morte. É pré-requisito pros santos, ele disse.

Segundo, é uma pintura, o que significa que as flores não podem morrer porque estão numa pintura, eu disse, e terceiro, se elas morrerem mesmo, vai ser no mundo santificado especial da pintura e ela sempre pode colher outro raminho do arbusto onde achou aquele ali.

Ah, o ladrãozinho disse.

Ele continuou com o seu trabalho mas eu vi que ele ficava espiando o ramo magro com os olhos espetados na mão da santa : pelo rosto dele, todo incômodo, e pelos seus olhos incapazes de não olhar, eu vi que seria uma boa pintura).

Na volta da loja de pigmentos eu estava acompanhando o rio, perto de onde as pessoas deixam as coisas pútridas, e vi um bom par de botas jogadas de lado atrás de um morro de arbustos cujas raízes estavam todas cobertas de lixo e tripas e entranhas largadas.

Fui ver de que tamanho eram : moscas subiram : quando me aproximei vi uma das botas se mexer sozinha.

Por trás do lixo em meio ao emaranhado de galhos eu vi mãos no ar como que ligadas a corpo nenhum : estavam cobertas de pústulas, como que revestidas por uma espessa sopa cremosa feita de lentilhas mas lentilhas todas azuis e negras : eu lembro o cheiro : o cheiro era forte : dei a volta no morro arborizado e vi que as mãos estavam em braços e que na ponta dos braços havia ombros e uma cabeça mas com as chagas por tudo, até no rosto : ele respirava : estava vivo : algo se movia no branco dos olhos dele, os olhos me viram e uma boca se abriu embaixo deles.

Não chegue mais perto, ele disse.

Eu me afastei bem : fiquei num lugar de onde ainda podia ver as mãos por entre a matéria arbórea.

Você ainda está aí? o homem disse.

Estou, eu disse.

Vá embora, ele disse.

Você é jovem ou velho? eu disse (que não podia saber só de olhar).

Acho que jovem, ele disse.

Você precisa de uma pele nova, eu disse.

Ele fez um ruído semelhante a uma risada.

Esta aqui é a minha pele nova, ele disse.

Qual é o seu nome? eu disse.

Não sei, ele disse.

De onde você é? eu disse. Não tem ninguém que possa te ajudar? Família ou amigos? Me diga onde você mora.

Não sei, ele disse.

O que aconteceu com você? eu disse.

Eu tive uma dor de cabeça, ele disse.

Quando? eu disse.

Não lembro, ele disse. Eu só lembro da dor de cabeça.

Quer que eu vá chamar as freiras? eu disse.

Foram as freiras que me deixaram aqui, ele disse.

Que freiras? eu disse.

Não sei, ele disse.

O que eu posso fazer? eu disse. Me diga.

Você pode ir embora, ele disse.

Mas o que vai acontecer com você? eu disse.

Eu vou morrer, ele disse.

Eu voltei pra oficina e a visão tomava todo o meu corpo : gritei pro ladrãozinho que nós íamos pintar faixas de arbustos e árvores, mas pintar como se eles fossem cegos e enxergassem, as duas coisas ao mesmo tempo.

O senhor quer dizer com olhos de verdade, que nem a sua Luzia? o ladrãozinho perguntou.

Eu sacudi a cabeça : eu não sabia como : só sabia que tinha acabado de ver o homem, o lixo, as folhas, os ramos da paisagem e tinha entendido a compaixão e a falta de compaixão, as duas coisas, como algo a ver com a abertura dos galhos.

A imperturbável natureza da folhagem, eu disse.

Ãh? o ladrãozinho disse.

Ele me pintou um galho exatamente como são os galhos, isso mesmo —

que agora eu lembro de tudo —

dizer de uma vez antes de esquecer de novo —

no dia em que eu abri um olho, o outro não abria, eu estava estendido no chão, será que tinha caído da escada?

Eu encontrei o senhor embrulhado no cobertor velho do cavalo uma hora atrás, ele disse, não, não faça — não faça isso, o calor que está saindo do senhor, o senhor está suando e está tão quente lá fora, mestre Francescho, então como é que o senhor pode estar com frio? O senhor está me ouvindo? Está ouvindo?

O que eu vi foi o ladrãozinho acima de mim na minha testa, ele derramou água na manga da roupa e pôs o braço de novo na minha testa, frio demais : as pessoas fugiram correndo : todo mundo menos o ladrãozinho que abriu os botões da minha jaqueta e aí me cortou a camisa com uma faca e aí cortou mais, mais fundo, cortou as camadas que me atavam e as afastou de mim dizendo *com o seu perdão, mestre Francescho, é pra ajudar o senhor a respirar e eu não estou sendo desrespeitoso* : eu me preocupava, agitava os braços, fúria, não por causa do corte das ataduras mas pelos profetas e médicos que nós estávamos pintando nas paredes e no teto (que não havia médicos com

coragem de estar naquele quarto naquele dia e os únicos
médicos perto de mim eram pinturas), o melhor trabalho que
eu tinha feito até ali, inacabado ainda, e nós tínhamos recebido
o pagamento adiantado : disse pro ladrãozinho terminar os
profetas mas apagar de vez os médicos : ele disse que tudo bem :
eu me senti melhor quando ouvi isso : *nunca deixe as coisas
inacabadas, Ercole* : ele me tirou daquele lugar onde agora
éramos indesejados por causa das cores que tinham surgido na
minha pele e me levou nas costas até uma cama, não sei onde,
ficava perto de uma parede : fosse qual fosse o quarto ele se
apagava e ganhava nitidez e estralejava à minha volta como se
um terremoto tivesse acontecido e quando a cal se rachou na
parede eu vi as pessoas —

Ercole, me conte, eu disse, quem são aquelas pessoas
elegantes que estão passando pela parede. Eu não consigo
distinguir direito.

Que pessoas? Ercole disse. Onde?

Aí ele entendeu.

Ah, aqueles, ele disse, é uma trupe de gente jovem e
elegante, eles estão saindo dos bosques e teceram folhas e
ramos de carvalho no cabelo e no pescoço e nos pulsos e nos
tornozelos, tem um cheiro de árvore em volta deles como
uma guirlanda também como se estivessem vestindo árvores e
flores em vez de roupas, e estão carregando imensas braçadas
transbordantes de flores e ervas que colheram nas campinas
atrás do bosque, ervas e flores tão cheirosas que a fragrância
delas chega antes como um arauto, e eu sei que se o senhor
pudesse ver direito essas coisas, mestre Francescho, ia querer
pintar, e se o senhor pintasse ia conseguir captar direitinho, que
elas têm aquela cara de coisa que nunca vai morrer, ou mais,
que se morrer não vai se incomodar nem ficar com raiva da

vida, posso baixar a persiana, está claro demais aqui pro senhor? ele disse.

Meus parabéns, Ercole, eu disse. Está tão claro que está escuro

não lembro

o que veio depois

mas é isso que uma bela camada de ouro faz : bem-feita, ela transmite tanto escuridão quanto claridade : eu ensinei o ladrãozinho a lustrar : ensinei cabelos e galhos : ensinei pedras e rochas e como elas contêm as cores todas deste mundo e como cada cor em cada pintura que já tenha sido feita vem de pedra, planta, raiz, rocha e semente : eu lhe ensinei o corpo do filho nos braços da mãe, a Santa Ceia, o milagre da água e do vinho, os animais parados em volta da mesa e o dia prosseguindo por trás de tudo, tanto no primeiro quanto no segundo plano de tudo, da morte à santa ceia, do casamento ao nascimento.

Eu também lhe ensinei como as coisas e os seres que mostramos subindo nos ares sempre têm em si a maior e melhor vitalidade : ele sempre foi leal, doce ladrãozinho : eu agora lembro no inverno depois de termos terminado os afrescos no palácio de não se entediar de mandar ele de volta a Ferara de novo, e de ele ir sem reclamar, que eu queria saber como estava a cara do trabalho quase um ano depois de pronto.

Ele foi na quarta e voltou na sexta direto pra igreja onde nós estávamos restaurando a Madonna.

Ele só mudou uma coisa depois que a gente saiu, uma coisa na sala toda, o ladrãozinho disse. O seu próprio rosto.

Quem mudou? o Falcão? eu disse.

Borso, claro, o ladrãozinho disse. Ele mandou refazer o rosto dele em todos os meses, inclusive nos seus. Eu perguntei pro servo que cuidava da porta, eu conheço ele, antigo amigo do meu pai. Ele disse que Borso trouxe seu primo Baldassare pra refazer tudo.

O ladrãozinho me contou que o porteiro o recebeu como um filho e o levou até os aposentos dos criados onde todos agiram do mesmo jeito e brincaram com ele e perguntaram de mim —

(*eles perguntaram de mim?*)

— perguntaram, ele disse. E, escuta só, que não acabou. Borso passa muito tempo fora hoje em dia, que ele decidiu erguer uma montanha — não só *mover* uma montanha, já que a fé consegue fazer isso, fácil, mas *criar* uma montanha, novinha, grande como os Alpes, num lugar onde antes ela não existia. Então tem muita gente cavando e transportando e empilhando pedras em Monte Santo e um monte de pedreiros sendo forçados a trabalhar quase até morrer, e às vezes até morrer mesmo e quando isso acontece Borso acrescenta os corpos à sua montanha.

Mas, mestre Francescho, o ladrãozinho diz. Tem mais uma coisa que eles me contaram. A nossa sala dos meses ficou bem famosa entre as pessoas. Sempre tem bastante gente que vem da cidade ver o palácio e quando entram elas vão direto e param na frente da sua cena da justiça. Ficam ali e olham. Nunca dizem nada em voz alta. Borso acha que elas gostam de ir ver a pintura dele, sabe, administrando a justiça. Mas o porteiro diz que as pessoas, quando saem dali, seguem satisfeitas como se alguém tivesse posto dinheiro no bolso delas. Elas vêm especialmente, a esposa dele me disse enquanto me servia um cozido, pra ver o rosto que o senhor pintou no escuro, o rosto que só tem metade, cujos olhos — os seus olhos, mestre Francescho — olham direto pra elas, como se os olhos pudessem mesmo ver as pessoas por cima da cabeça de Borso.

Não são os meus olhos, eu disse.

Ãh rãh, o ladrãozinho disse.

Você não falou pra eles que são os meus olhos...? eu disse.

Não ia fazer diferença se eu falasse, ele disse. Eu sei que
são os seus olhos. Eu vejo os seus olhos todo dia. Mas eles
acham o que quiserem. A mulher do porteiro me disse que
todas as mulheres que vêm ver saem falando que os olhos são
olhos de mulher. Todos os homens que vêm ver saem certos
de que os olhos são de homem. E sabe como o senhor fez
ser só meio rosto, um rosto sem boca? Como se certas coisas
não pudessem ser ditas. As pessoas andam quilômetros pra
ver e concordar com a cabeça uma pra outra ali na frente. E
eles também me disseram outra coisa, escuta só — que vários
trabalhadores vivem indo agora até o palácio, trabalhadores
infiéis e outros camponeses, trabalhadores do nosso sul e os
pobres habitantes dali mesmo também, e eles batem na porta
em grandes quantidades, às vezes chegam a ser vinte de cada
vez, pra *demonstrar seu respeito*, eles dizem ao porteiro, *pra
prestar uma reverência a Borso*. Com o que eles querem dizer
que pretendem se curvar diante dele pessoalmente, o que Borso
permite, se está lá, e ele sempre os recebe na sala da virtude.

E daí? eu disse.

Pense, mestre Francescho, o ladrãozinho disse. Que pra
chegar na sala das virtudes você tem que passar pela sala dos
meses, não é?

Então nós fizemos ele virar o homem popular que é como
ele queria ser pintado? eu disse.

O ladrãozinho riu : tirou o casaco de viagem : estava me
contando tudo com tanta pressa que não tinha nem largado as
sacolas no chão : agora sentou na mais mole delas aos meus pés
e continuou sua história.

Reza a lenda, o ladrãozinho disse, que quando os
trabalhadores que passam pela sala dos meses se aproximam

um pouquinho que seja da ponta da sala, eles se desviam pra perto do mês de março onde param embaixo do seu trabalhador pintado no meio do azul e ficam ali o tempo que puderem. Alguns até começaram a vir com as mangas cheias de flores escondidas e quando eles trocam algum sinal deixam os braços cair ao lado do corpo e as flores caem da roupa deles no chão. Quando são obrigados a seguir adiante, eles entram e se curvam diante de Borso como deviam fazer, isso leva coisa de meio minuto, e aí são levados pra fora do palácio de novo pela sala dos meses e espicham bem o pescoço pra manter os olhos na pintura o quanto puderem em toda a travessia da sala.

E um dia uns vinte e cinco deles entraram ali e estavam parados embaixo dele, com a poeira dos campos caindo da roupa, todos olhando pra ele lá no alto, e se recusaram a ser retirados dali por quase uma hora, fingiam que não entendiam a língua quando lhes pediam, apesar de no fim quando foram terem ido em paz.

E Borso não mandou alterarem? eu disse (e minha voz saiu como o guincho de um camundongo).

Borso não tem nem ideia de que isso está acontecendo, o ladrãozinho disse. Ninguém contou. Ninguém se dá ao trabalho, e ele nunca viu a cena com os próprios olhos, não é? Já que ele sempre está do outro lado da parede espremido na cadeira da sala das virtudes esperando que as pessoas venham se curvar. Quando não está lá em Monte Santo, quer dizer, criando a nova montanha.

Naquele momento eu senti pena dele, Borso, o Justo, cuja vaidade me lembrou de mim —

mas o que senti mesmo foi medo de que alguma coisa que eu tivesse feito ou criado tivesse um efeito tão louco.

As suas histórias são só adulação, eu disse.

São somente a verdade, o ladrãozinho disse.

Não quero mais saber das suas mentiras, eu disse.

O senhor me mandou ver. Eu vi. Agora estou contando, o ladrãozinho disse. Achei que o senhor fosse gostar. Achei que fosse ficar satisfeito. O senhor é mais vaidoso que uma mocinha, achei que fosse ficar encantado.

Eu lhe dei um tapa na cabeça.

Eu não acredito nem que você foi até lá, eu disse.

Ai! ele disse. Muito bem. Chega. Mais um tapa e eu vou embora.

Eu dei mais um tapa.

Ele foi embora.

Bom.

Guardei todas as coisas do trabalho : fui pra casa descansar, fui pra cama : tranquei a porta pra deixar o ladrãozinho de fora, que tinha costume de dormir no pé da cama : ele que dormisse a céu aberto esta noite

(ele voltou três dias depois,

doce ladrãozinho, que ia morrer ainda jovem, mas bem depois de mim, por excesso de bebida, tempus edax, *me perdoe*)

quanto a mim, fiquei na cama aquela noite em solidão pensando se Cosimo tinha ouvido falar das minhas pinturas e das pessoas que vinham vê-las.

Cosimo, o merda do Cosimo.

Eu sou criança : acabei de virar Francescho : estou aprendendo a tingir pergaminhos e papéis e a misturar as cores pra pintar o escopo de diferentes tons de pele e de carne sob todas as luzes diferentes : estou aprendendo só com os livros enquanto o meu pai trabalha numa casa perto do fim da cidade e um dia num cômodo vazio da quase-casa eu me reclino contra os tijolos do que um dia será janela e vejo atravessando as campinas o filho do sapateiro, todos sabem quem ele é porque ele foi contratado pela corte : ele é jovem, vai pintar os estandartes e as mantas dos cavalos e as armaduras que eles usam nos torneios, mas quem entende alguma coisa de pintura também sabe que ele é um pintor de pinturas tão cheias de uma vida retorcida e intrigante que surpreendem todo mundo que as vê : enquanto ele atravessa as campinas é como se isso fosse revelado para mim : ele é um ser todo formado dela e recendente à cor verde : que tudo nele enquanto percorre o mato alto (ele abandonou a trilha que as pessoas normalmente usam pra atravessar o campo e está abrindo caminho por uma área de mato abandonado) é verde : a cabeça, os ombros, as roupas são tintas de verde : acima de tudo, o rosto é do verde mais verde : é como se o corpo dele emanasse verdor, um verdor cujo gosto eu quase sinto, como se a minha boca estivesse cheia de folhas e grama : apesar de eu saber claro que são as campinas que projetam nele a sua cor, mesmo assim ele é o motivo por que o mato que se estende por quilômetros à sua volta seja do verde que é.

Tenho dezoito anos : tenho grandes esperanças porque meu pai persuadiu o mais empolgante novo jovem mestre que a cidade já viu em muito tempo a dar uma olhada em alguns dos meus trabalhos e foi até o palácio municipal com vários pra mostrar a ele (que não é nada novo, que está trabalhando como criador de tapeçarias e tecidos e pintor de mantos de cavalos e estandartes aqui há uma década e criando certa reputação também com suas pinturas que são umas coisas quase aterradoras com o que têm de ásperas, só raízes e pedras e carrancas e todas de uma arrogância atordoante, tanto que olhar pra elas por um tempo vai te encher de uma espécie de desconforto e de desgosto : mais, Borso, o mais novo marquês, cansou de seus velhos mestres, os bons Bono e Angelo, que não eram os pintores oficiais dele, mas de seu meio-irmão, e correu a notícia de que esse novo pintor tinha chamado a atenção dele e recebido muitos presentes) : meu pai decidiu que seria bom conhecer esse homem e que um trabalho na corte podia ser meu com grande facilidade se eu fosse seu aprendiz : estou em casa na oficina que meu pai fez pra mim no nosso jardim com varas e telas penduradas, abrigo contra o vento, mas cheia de simples luz do dia, boa pra pintar : é um lugar precário e útil, as duas coisas, e eu não tive que re-erigir a tenda hoje de manhã (meus irmãos gostam de chutar as varas do chão à noite quando chegam do trabalho ou da bebedeira, mas ontem à noite eles esqueceram, ou tiveram a bondade de não fazer isso) e eu estou trabalhando duro numa pintura do tamanho das telas que compõem as paredes que me cercam, estou pintando uma história que guardei desde a infância : um músico tem uma discussão com um deus sobre qual música é a melhor : o deus vence a discussão e o músico tem que pagar o preço, que é ser esfolado e entregar o couro ao deus como troféu.

É uma história que me incomoda quase desde que eu me conheço por gente : só que agora eu descobri como contar : o deus fica de um lado, a faca não usada frouxa numa mão : tem um ar quase de decepção : mas o corpo interior do músico está se retorcendo pra sair da pele numa espécie de êxtase, como se a pele fosse um denso jorro de tecido que lhe sai colorido de uma vez só pelo ombro e se desprende ao mesmo tempo dos pulsos e tornozelos em pedacinhos como uma nevasca de confete soprada de baixo pra cima : o corpo surge através da pele que se desprende como a noiva que se despe depois das bodas : mas de um carmim vivo, cristal : melhor ainda, o músico pega a pele por cima do mesmo braço de onde ela está saindo e a dobra cuidadosamente.

Ouço alguém atrás de mim : viro : um homem está parado entre as dobras de tela que fazem as vezes de porta da minha oficina : é bem jovem : está adornado : suas roupas

são belíssimas : ele mesmo dentro das roupas também é bom
de ver e tem uma arrogância que chega até a ter cor : hei de
tentar várias vezes depois misturar aquela cor mas nunca vou
conseguir chegar a ela.

Ele está olhando a minha pintura : está sacudindo a
cabeça.

Isso está errado, ele diz.

Quem foi que disse? eu digo.

Marsias é um sátiro e portanto é homem, ele diz.

Quem foi que disse? eu digo.

Foi a história que disse, ele diz. Foram os estudiosos.
Foram os séculos. Foi todo o mundo. Você não pode fazer isso.
É um arremedo. Fui eu que disse.

Quem é você? eu digo
(apesar de saber muito bem quem ele é).

Quem sou eu? Pergunta errada, ele diz. Quem é você?
Ninguém. Ninguém vai te pagar, não em dinheiro, por isso aí.
Não vale nada. Não tem sentido. Se é pra pintar Marsias, Apolo
tem que sair vencedor. Marsias tem que aparentar ruína e ser
derrotado. Apolo é a pureza. Marsias tem que pagar.

Ele está encarando a pintura com, será uma espécie
de raiva? Chega mais perto e esfrega o canto de baixo entre
indicador e polegar.

Ei —, eu digo,
que me irrita ele encostar ali.

Ele age como se não ouvisse : examina os campos e as
cercas e as árvores, as casas distantes, as formações rochosas,
as pessoas que cuidam da vida e o nada de mais que acontece,
os meninos jogando pedrinhas no rio pra um cachorro ir
buscar, a mulher pisando roupa no barril, os pássaros voando,
as nuvens indo pra onde o vento as leva e a árvore em que o

músico foi amarrado por cordas e dais quais o músico se livrou
se retorcendo.

Está o mais perto que pode ficar da superfície da pintura,
tão perto que é como se seus cílios pudessem estar dando
pinceladas nos ramos e nas folhas da coroa de Apolo : ele
se põe igualmente próximo do ponto onde a pele do rosto e
do pescoço do músico, tudo que ainda resta preso ao corpo,
encontra o carmim da carne por baixo : dá um passo atrás, mais
um passo atrás, dá mais um passo atrás até ficar junto comigo :
olha pra baixo, pras cores sobre a minha mesa.

Quem fez o seu azul? ele diz.

Fui eu, eu digo.

Ele dá de ombros como se não tivesse importância
quem fez o azul : ergue os olhos e contempla de novo a
pintura : suspira : dá uma sacudidinha negativa da cabeça e aí
desaparece de novo pela abertura das tênues paredes.

Duas noites depois a pintura se foi : eu cheguei de manhã,
a oficina estava destruída e arruinada como de costume, mas
como eu sabia que os meus irmãos gostavam de se divertir,
eu sempre guardava as ferramentas e as coisas que tinham
importância bem longe dali : fui até o depósito da minha
mãe : a grama crescida na trilha que cortava o campo tinha
sido pisada por mais pés que os meus : a porta estava aberta : a
pintura tinha desaparecido e o rolo de esboços também (apesar
de o meu pai ter levado todo o resto com ele até o palácio onde
ninguém tivera tempo de recebê-lo, e então ele tinha trazido
tudo de volta : estava em segurança dentro da casa, no quarto
da minha mãe em cima dos armários e fora do alcance da boca
da cabra e seus filhotes).

Quem pode saber onde foi parar? No rio? Numa fogueira?
Num quarto de fundos, cortada, enrolada e enfiada nas frestas

entre a parede e a janela ou a porta e o piso ou martelada nas
fendas da madeira ou dos tijolos pra evitar a umidade?

(O reluzente Cosimo, pintor favorito da corte que vai
derrubar os pintores favoritos da corte antes de você e aí ser
derrubado por sua vez pelo meu próprio adorado aprendiz
ladrãozinho (ha!) : cintilante e adornado Cosimo velho e
doente, escrevendo uma carta pedindo dinheiro ao último dos
seus duques, que você já está doente demais agora pra pintar
e o bispo e o funcionário que te devem dinheiro pelo altar
e pelo painel com o santo estão, os dois, ignorando as suas
cobranças : eles tão ricos e você tão pobre : verde e esquecido
Cosimo, velho e depois morto, ainda que bem depois de mim,
de pobreza, sim

mas não de frio,

que eu tiro minha obra inacabada de uma história muito
antiga e desenrolo por cima de você, estendo por cima do seu
corpo, acomodo as pontas por baixo de você e dobro a borda
embaixo do seu queixo pra te deixar um pouco mais quente nos
invernos da velhice —

eu te perdoo).

A menina tem uma amiga.

A amiga lembra um pouco minha Isotta, bem bonita, e
chegou aqui como uma rajada de ar como se uma nova porta se
abrisse numa parede onde ninguém suspeitava da existência de
uma porta : há um afeto entre elas e o coração delas se inebria
disso : são ácidas e brilhantes juntas como a casca de dois
limões frescos.

A menina está erguendo pra amiga ver o muro que fez
com as muitas imagens pequenas : a amiga admira e aquiesce :

pega uma peça e olha com cuidado pra uma única imagem e aí pra como a imagem foi transformada em tijolo.

Uma menina segura uma ponta e a outra pega a outra e elas medem sua extensão esticando o muro pelo quarto : e *é* comprido mesmo : aí quarto adentro como um cachorrinho travesso vem o irmão mais novo que se abaixa pra passar debaixo do muro de imagens bem no meio e aí tromba nele com a cabeça como bode ou carneiro : as duas dão um gritinho : recolhem tudo e afastam cuidadosamente dele, estendem o muro em sua fragilidade sobre a mesa e colocam suas pontas de cada lado, no chão, sem retorcer pra ele ficar inteiro : quando isso está feito, a menina vira e grita com o irmão : ele fica abatido : sai do quarto : as meninas voltam a mexer no longo muro de imagens : momentos depois o irmão vem de novo trazendo duas canecas com alguma coisa quente, soltando vapor : uma trégua, uma oferenda : e claro que desce sobre eles certa concórdia : ele vai poder ficar sentado com elas no quarto por trazer essas bebidas : senta bem quietinho na cama como se nunca tivesse agido de outro jeito.

As meninas voltam a examinar o muro : assim que elas esquecem que ele está ali o irmão enfia a cabeça e as mãos na bolsa que a amiga trouxe consigo : ele achou alguma coisa de comer ali dentro e está rasgando a embalagem : as duas meninas escutam e viram pra ver e gritam com ele ao mesmo tempo, aí as duas levantam e o expulsam do quarto.

Mas quando elas retornam —

ruína !

Elas largaram as canecas quentes demais sobre o muro de imagens e as canecas vazaram um pouquinho quando a mesa levou um tranco : essas canecas estão grudadas em algumas das imagens de — elas são do quê mesmo? — tanto que pegar uma caneca pela alça é também pegar o muro inteiro.

As duas meninas desgrudam o muro de imagens das canecas : os estudos em que as canecas grudaram estão marcados pelo calor e pelo que se derramou com dois círculos perfeitos que vieram da forma da base das canecas.

A menina parece chocada.

Ela ergue o pedaço do muro : desgruda com uma faquinha os dois estudos marcados com círculos : sacode os estudos no ar como que pra secar.

Mas a amiga tira as imagens da mão dela : ri : ergue as duas na frente dos olhos como se fossem olhos.

Haha!

A menina parece espantada : sua boca abre : aí se estende num sorriso : aí gargalhadas das duas : aí as duas meninas pegam cada uma uma ponta do longo muro de imagens, como fizeram antes mas agora com os tijolos recortados ausentes no meio, e esticam aquilo de novo no quarto : mas em vez de tratar o muro com tanto cuidado, a menina, quando ele atinge seu pleno comprimento, enrola a ponta no ombro e prende a borda embaixo do braço como um colarinho ou uma echarpe.

Quando vê a menina fazer isso a amiga faz o mesmo : logo as duas estão usando uma mesma echarpe : elas se contorcem dentro da fita de muro até terem ambas um rolo de imagens como armaduras por cima do peito e da barriga e dos braços e até o pescoço : aí elas se contorcem uma rumo à outra como se fosse o muro que as aproximasse : e se encontram embrulhadas como lagartas no meio do quarto : mas elas não apenas se encontram, colidem, quando então se rompe o muro de papel e no que se rasga suas formas de tijolos voam como telhas e as meninas caem juntas no chão uma nos braços da outra em meio à bagunça das imagens jogadas em volta delas.

Eu gosto de uma boa amiga habilidosa.

Eu gosto de um bom muro rompido.

Estou fazendo um retrato agora do meu amigo de olhos castanhos : como é o nome dele? esqueci o nome dele : você sabe quem, é o como-é-que-chama : o pai dele morreu, o que significa que ele é o chefe oficial da família : ele é dono da terra toda e de todas as naus e herdou o dinheiro : é um retrato não oficial no entanto, que a mulher dele não quer que eu pinte oficialmente então só pra me agradar ele me pediu pra fazer um também, já que as versões oficiais nunca são reais, é o que ele diz quando eu pergunto por quê

(eu não lembro o nome dele mas lembro bem direitinho o quanto me irritava a mulher dele)

e eu esbocei navios no horizonte distante e voltei à forma da cabeça dele : mas o meu amigo, sentado diante de mim, está ainda mais inquieto hoje do que o normal : eu trabalho na dobra da camisa de baixo onde ela cobre bem linda o colarinho mas com o meu olho nele ele hoje mal consegue ficar parado.

Eu conheço a frustração dele : sempre conheci : é quase tão velha quanto a nossa amizade : a força murada, o desânimo no ar em volta dele como quando uma tempestade não consegue cair.

Mas como sempre por bondade ele finge pra mim que está sentindo outra coisa.

Ele diz que ficou enfurecido com uma história.

Ela virou uma obsessão, ele diz: ele não consegue parar de pensar naquilo.

Que história? eu digo.

Todas as histórias, ele diz, no fundo. Elas nunca são a história de que eu preciso ou que eu quero de verdade.

Eu preparo a pintura : estou em silêncio : deixo o tempo passar : instantes depois ele fala neste silêncio e me conta o esqueleto da história.

É sobre um capacete mágico que permite que quem o

usa se transforme em qualquer coisa, adote a forma que quiser, bastando pra isso pôr o capacete na cabeça.

Mas não é essa parte que deixa ele louco : dessa parte da história ele gosta : tem uma outra parte da história e é sobre três donzelas, guardiãs de um depósito de ouro, e quem tirar o ouro delas e forjar com ele um anel vai ter poder sobre todas as coisas, sobre a terra, o mar, o mundo e suas gentes : mas tem uma pegadinha : há uma condição : ele vai ter o poder, o homem que forjar o anel, mas pra manter esse poder vai ter que renunciar ao amor.

O meu amigo me olha : ele se mexe no banquinho : os olhos dele estão embotados e concentrados : o tudo que ele não pode me dizer o deixa ainda mais belo aos meus olhos.

Marco o ponto ali atrás onde o ombro dele vai terminar a curva da linha da pedra onde eu vou pôr o pescador : aqui eu vou pôr as duas crianças pescando com a lança sob a grande rocha projetada : marco onde a mão dele vai sair pela moldura na frente : marco em esboço a pequena forma circular para o anel que a sua mão vai segurar.

Eu simplesmente não vejo motivo, ele está dizendo. Por que a pessoa que tiver a bravura ou a sorte de ganhar o ouro e criar um anel não pode ter os dois, o anel *e* o amor.

Eu assinalo com a cabeça que concordo e compreendo.

Agora eu estava certa do que devia fazer do resto da paisagem atrás dele.

Eis-me aqui de novo : eu, dois olhos e um muro.

Estamos na frente de uma casa, eu já estive aqui antes? Tem duas meninas ajoelhadas na calçada.

Uma mulher, acho que eu
será que eu conheço a mulher? não

saiu e está sentada no muro olhando as duas : elas estão
pintando, ovos? Não, olhos : estão pintando dois olhos numa
parede : fazem cada uma um olho : começam com o preto pro
buraco por onde nós vemos : aí contornam o buraco com anéis
separados (azuis) : aí o branco : aí o contorno preto.
Uma mulher está lhes dizendo alguma coisa : uma
menina (quem é ela?) se curva pra um pote de branco, estende
a mão, acrescenta um quadradinho branco do tamanho da
ponta do dedo e aí faz a mesma coisa no mesmo lugar do outro
olho, que um olho sem luz é um olho sem ver, acho que é o
que a velha sentada no muro está dizendo
    mas mal consigo ouvir que tem
        alguma coisa
            Deus sabe o quê
                me atraindo
              pele do meu pai?
          os olhos da minha mãe?
   de volta a
aquela linha que parece fina
    feita de nada
       terra e pedrisco e
          um risco de pó e poeira e
             grãozinhos de pedra
               ali bem no pé deste
                  (muito malfeito   só comentando)
           muro no ponto em que o farelo
       da base dos tijolos encontra a calçada
  olha
     a linha onde
         uma coisa encontra a outra
o pouco de verde ali quase não ali ervas
         criam raiz ali

por encanto
que é uma linha encantada
a linha traçada entre planos
lugar de verdes possíveis
que o que quer que estejam fazendo ali em cima
olhos pintados na parede
é nada
diante das minúsculas e infinitas
variações de cores invisíveis
até que o olho esteja tão perto que
se torne o ponto
onde uma linha horizontal encontra uma
vertical e uma superfície encontra uma superfície e uma
estrutura encontra outra que parece
ter duas dimensões apenas mas é mais funda que
o mar se você ousar entrar ou
funda como o céu e vai tão fundo na
terra (a flor recolhe as pétalas
a cabeça murcha o ramo)
por camadas de argila sobre pedra
misturadas pelos
vermes por cujas bocas
tudo passa
empurrado pela miríade de pernas de
esporos tão pequenos que são bem
mais finos que um cílio e
são cores que só a escuridão pode
gerar
veias como veios
olha
o ramo de árvore grosso com
todas as folhas antes até da

ideia da flecha
como
a raiz no escuro abre seu
caminho sob o solo
antes de haver
qualquer sinal da árvore
a semente ainda intacta
o astro ainda incauto
a curva do osso-olho
do ainda não nascido
olá todos os ossos novos
olá todos os velhos
olá todos os todos que vão
ser
feitos e
desfeitos
as duas coisas

ESTA OBRA FOI COMPOSTA POR ACOMTE EM ELECTRA E IMPRESSA PELA
GEOGRÁFICA EM OFSETE SOBRE PAPEL PÓLEN SOFT DA SUZANO
PAPEL E CELULOSE PARA A EDITORA SCHWARCZ EM SETEMBRO DE 2016

A marca FSC® é a garantia de que a madeira utilizada na fabricação do papel deste livro provém de florestas que foram gerenciadas de maneira ambientalmente correta, socialmente justa e economicamente viável, além de outras fontes de origem controlada.